홀리데이하우스

김은채 장편소설

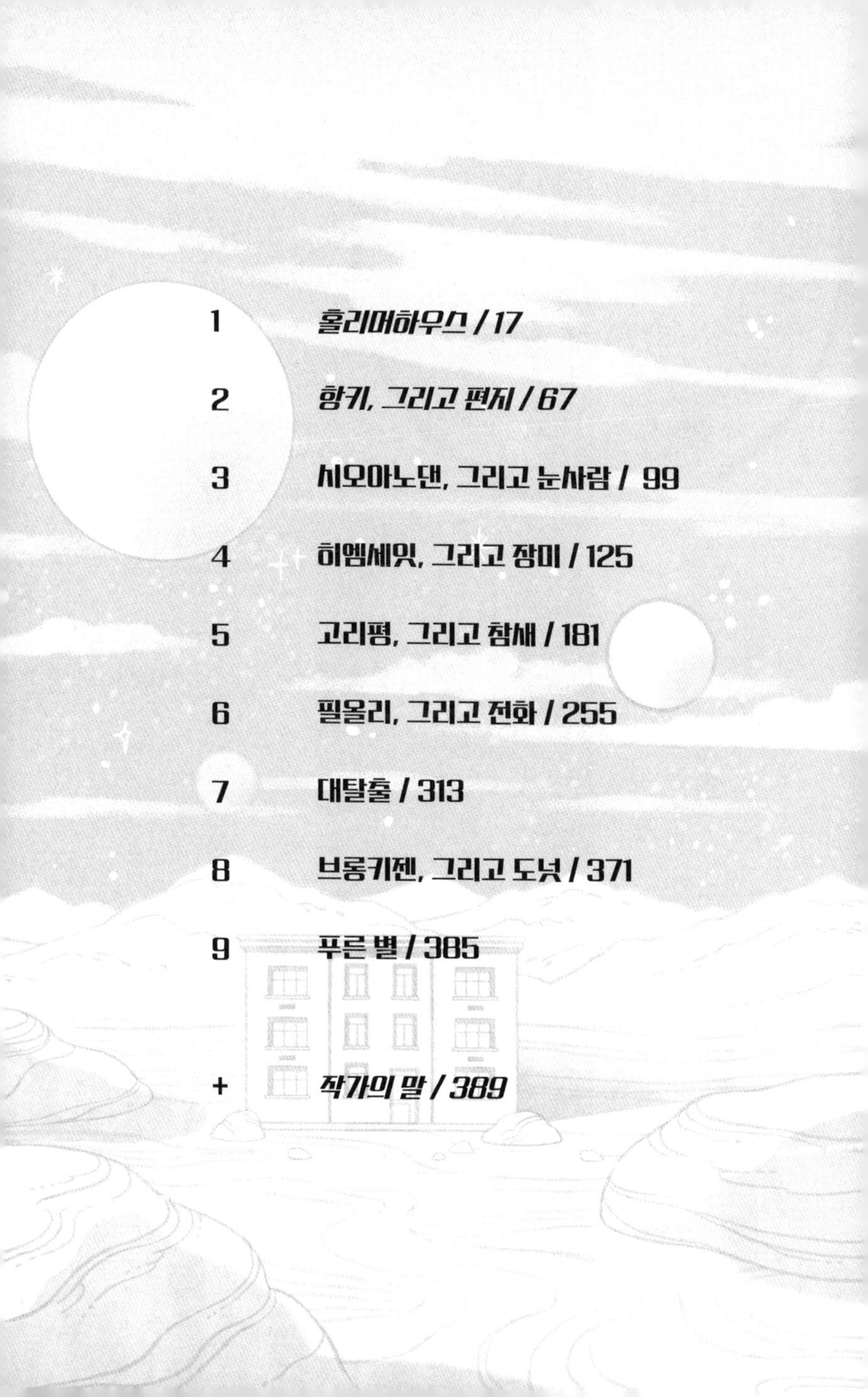

유준

극심한 우울증을 앓다 차원을 이탈한 홀리 머하우스의 방문객이자 평범한 고등학생. 지구인이지만 지구를 그 누구보다 싫어한다. 지구를 벗어나기 전에는 오아시스의 음악을 들으며 껌 씹는 걸 좋아했다. 동생인 번의 우울을 동정하고, 질투하며, 탐구하는 시간이 많다. 차원을 이탈했을 당시 머리 스타일은 거지존의 생머리. 제경에게 지구의 문화를 소개할 때마다 얼굴이 상기되는데, 본인은 이 사실을 한참이나 몰랐다고 한다.

준의 동생. 자해를 하며 칼로 그림을 그리거나 반창고 위에 그림을 그리는 취미가 있었으나 우울증이 치료되어 그만두었다. 하지만 아직 그의 몸 구석구석에는 하얀 타투 같은 흔적들이 있다. 검은 후드티와 줄없는 풍선을 좋아한다. 상당히 시니컬한 생김새와는 달리 친절의 순환을 믿는다. 언제까지나 준의 친구이고 싶은 동생.

유번

오튼

하우스의 매니저. 직종 특유의 피곤함과 집요함으로 구성된 다크서클이 매력이라면 매력이다. 여러 손님을 만나며 다져진 결벽증 때문에 자유로움(?)을 추구하는 제경과 자주 다툰다. 하는 말만 들어보면 세상에서 가장 무신경한 사람 같지만 의외로 겁도 많고 눈물도 많은 편. 행성 중에는 브롱키젠을 가장 좋아한다. 최애 디저트는 바닐라 아이스크림.

하우스의 의료 팀장. 매사에 낙관적인 탓에 좋은 말론 밝게, 나쁜 말론 바보처럼 보인다. 하지만 그런 성격 덕분에 손님들의 고민을 잘 들어주고 애교도 잘 부리는 하우스의 대표 사랑둥이. 새로운 행성의 문화를 탐구하는 것을 좋아하고 특히 그 행성의 음악 차트를 살펴보는 것을 즐긴다. 준이 들려준 음악 중 가장 마음에 들었던 건 델리 스파이스의 〈환상 특급〉.

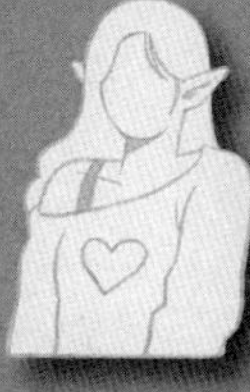

제경

박사

하우스의 관리인이자 직원들의 정신적 지주. 세상 거의 모든 것을 무서워하지만 때론 너무 친화력이 좋아서 문제일 정도. 어딘가 모자라 보이는 그이지만 그에겐 분명 사람을 끌어당기고, 격려하는 힘이 있다고 직원들은 평가한다. 실제로 그가 하루라도 쉬는 때면 직원들 전체가 침울해할 정도. 오튼 못지않은 워커홀릭이지만 하우스 주방장인 툰이 해주는 간식을 먹으며 코미디 쇼나 애니메이션을 보는 취미도 가지고 있다.

디앤디의 중앙 본부장. 오튼이 '광기'라고 표현하는 묘한 안광을 가지고 있다. 지구인의 표현을 빌리자면 '맑은 눈의 광인'. 의외로 일은 잘하는데, 디앤디에 입사하자마자 상사들의 총애를 샀으며 (왜 했는지 모름) 디앤디 중앙 본부 인기 투표에서 1위를 차지했을 정도로 명성이 자자했다. 하지만 취미 하나 없는, 전혀 인간답지 않은 인간인지라 친구가 없다. "이 정도의 냉혈한이 친구가 있으면 그게 더 이상하다."라고 오튼은 말한다. 오튼을 만날 때마다 애착 안경을 쓴다.

효모

나의 세상은 참 이상하다.

어찌 아름답다고 말할 수 있겠느냐마는,

그곳이 내가 사는 세계이다.

1

홀리데이하우스

나는 항상 지구를 떠나고 싶었다.

이상한 말인 것을 안다. 하지만 진심이었다. 나는 글러 먹은 놈이었다. 확실히 뭐가 될 것 같은 사람은 아니었다. 따지고 보면 내 환경적인 조건은 괜찮았다. 잘 곳이 없을 만큼 가난한 가정에서 태어난 것도 아니었고, 부모에게 폭력을 당하지도 않았다. 다시 말해 불행할 자격이 없는 사람이었다. 그럼 행복해야 할까. 오히려 조건의 만족이 나의 무능을 증명해 준 셈이니 나는 행복할 가치가 없었다. 역설적으로 나는 주제넘은 우울 속에서 행복을 꿈꾸고 있었다.

나는 종종 이곳저곳을 그었다. 내 몸을 말이다. 이틀에 한 번 정도. 꾸준하게. 세 개에 천 원으로 묶어 팔던, 붉은색의 싸구려 칼로. 이유는, 글쎄. 핑곗거리를 만들고 싶었던 것 같다. 피가 묻은 휴지가 하나둘 쌓이면 누구 하나가 날 동정해 줄까 봐. 그러면 그가 내가 얼마나 죽고 싶어 하는지 알아줄까 봐. 그 후에 나에게 더 살아달라고 마음에도 없는 말을 해줄까 봐. 그 말을 듣고 나서는 어쩔 수 없지, 하며 살아갈 생각이었던 것 같다. 때론, 나 같은 게 건강히 호흡한다는 사실이 같은 공기를 마시는 사람들에게 너무도 미안했다. 그래서 앞서 말한 바보 같은 방법으로 죽음을 유예받고 싶어 했던 것일 터였다.

가만 생각해 보면 그 역시 하나의 변명 같다. 모든 원인이 만들어지기 전에 나는 손목을 그었다. 당장 나에게서 흐르는 피를 봐야 했다. 혹은 고통을 느끼며 울어야 했다. 그렇게 해서라도 삶과 가까워져야 했다. 그게 나의 연명법이었다. 딱히 죽을 계획은 없었다. 그래서 지구를 떠나고 싶어 했나 보다. 내 우울을 우주로 쏘아 올리고 싶었다. 그러면 수백 년 후에 예쁜 행성으로 발견될까 봐.

"대학은 정했니? 학과는? 어머, 아직이라니. 그런 건 빨리 결정해 놓아야지. 이제는 빨리도 아니다, 얘."

네, 선생님. 저는 생각 없는 놈이라 뭐 해 먹고살지도 모른답니다. 그렇게 말하고 싶었지만 나는 그마저도 지쳐 대충 웃어넘겼다. 사서 선생님은 내 대답이 시원찮았는지 혀를 찼다.

"너 아까 담임한테 진로 상담받고 왔다며? 그 쌤 또 존나 꼽줬겠다."

이름도 기억나지 않는 아이가 말했다. 누구더라. 명찰을 보니 같은 학년이고, 하는 말을 들어보니 같은 반이다. 기억에서 그의 이름을 뒤져보려 하다가 귀찮아 그만두었다. 나는 불편한 자리를 떠나 어디론가 도망치고 싶었다. 어디로 갈까. 고민에 해답을 찾기도 전에 나는 9와 4분의 3번 화장실에 와있다. 그것은 내가 화장실의 비밀 공간에 붙인 이름이었다. 창고로 쓰려고 했던 건지 철문이 달린 그 공간은 칸과 세면대의 사이에 있었다. 녹슬고 으슥한 분위기에 그 안으로 들어오려는 학생은 없었다. 게다가 천만다행히도 철문은 안에서 잠글 수 있게 되어있었다. 자연스레 그곳은 나의 아지트 비스름한 것이 되었다.

내부에는 내 얼굴만 한 창문이 하나 달려있었다. 그것을 통해 보이는 건 뒷마당에 심어진 꽃이었다. 그러고 보니 그 꽃이 정확히 무슨 꽃이었는지는 본 적이 없는 것 같았다. 그래서 까치발을 세워 확인해 봤다. 장미였다. 전부 빨간색이었다. 그리 예뻐 보이지 않았다. 파란색도 있으면 좋으련만. 왠지 파란 장미가 보고 싶어졌다.

주체스러운 햇살, 그리고 철문을 거쳐 뭉개진 아이들의 말소리. 나는 그것들을 애써 모른 척하며 밀려오는 질문들에 삼켜졌다. 나 지금 뭐 하고 있지. 어쩌다가 여기에 왔더라. 여기가 어디지. 잠시만. 오늘이 언제지?

이상한 질문들, 그중 마지막 질문을 곱씹었다. 오늘이 언제지. 요즘이 여름인가? 무슨 날이더라.

맞다. 번의 생일이었지.

번에게 가기까지는 꽤 거리가 있었다. 그러나 버스를 타지는 않았다. 버스비가 아깝다는 이유로 말이다. 사실은 생각을 정리할 시간이 필요했다. 내가 어디로 가고 있지? 그래, 홀리머 정신건강의학과 의원. 왜 가야 하지? 엄마가 '하나뿐인 동생 생일인데 누나가 데리러 가주면 얼마나 좋아하겠니.'라고 해서. 막상 더듬어보니 정리할 것도 없었고, 이제는 무슨 생각을 해야 되나 싶었다. 괜히 했다. 고심할 거리가 필요했는데. 아주 복잡해서, 눈물이 날 틈도 없게 하는 그런 거리가 말이다.

도착해서는 이상하리만치 밝은 달빛에 눈살을 찌푸렸다. 북두칠성처럼 이어진 별들이 이상했다. 겨울도 아닐 텐데 해는 왜 이리 일찍 떨어진 거야. 번은 또 왜 이렇게 안 나오고. 짜증이 나려는 참에 걸어오는 번이 보였다.

"왜 이렇게 늦게 나왔어?"

그는 대답하지 않았다.

"케이크 사서 들어가자. 네가 골라."

우리는 빵집에 들렀다가 집으로 갔다. 그동안 대화는 오고 가지 않았다.

"엄마는?"

번이 케이크 위 생크림을 휘젹이며 물었다.

"늦는대."

"아들 생일인데."

"바쁘시잖아."

나는 먹고 남은 케이크를 냉장고에 넣으려고 일어났다. 한 판이 거의 다 남았다. 그것에 얼굴을 박고 싶은 충동이 들었다. 그러다 그것을 도로 테이블에 올려놓았다. 그러곤 생각했다. 나 뭐 하려고 일어났더라.

"번. 있잖아."

"난 누나가 나 이름으로 부를 때가 제일 무섭더라."

"재작년에 너 가출했을 때, 어디로 갔었어?"

"가출 아니었다니까."

"하여튼 갑자기 두 달 동안 사라졌을 때. 그때 어디 갔어?"

"몰라. 저 멀리."

"여행 갔냐?"

"그보다 더 멀리."

"화성이라도 갔어?"

"비슷해. 근데 더 멀리."

그 당시의 재미있는 추억이라도 있는지 번은 웃었다. 씁쓸해 보이기도 했다. 화성보다 더 먼 어딘가에 무언가를 두고 온 사람처럼.

그의 손목에는 흐릿한 흉터가 있었다. 2년 전에는 상처였던 것이었다. 그의 종아리와 허벅지, 그리고 팔뚝에도 비슷한 것들이 보였다. 모두 다 아문 것을 보니 자해를 그만두었다는 게 사실인 것 같았다. 재작년의 가출(그가 실종이라고 부르는) 후, 반년간의 정신과 치료 후 말이다. 병원이 도움이 되었던 걸까. 나도 그때 그만두지 말고 계속 다닐 걸 그랬나. 고집을 부리지 않았다면 지금쯤 내 서랍에 커터 칼이 없었을까. 그렇게 생각은 했지만 후회는 없었다.

왜냐하면, 나는 지금도 믿지 못하겠으니까. 약효도, 검사도, 내가 살아줬으면 한다는 의사의 말도. 차라리 아무도 내게 신경 쓰지 않았으면 좋겠다. 세상 사람들이 모조리 나빠서 날 죽이려 들었으면 좋겠다. 그것은 왜냐면, 마음의 농도를 구별하는 게 어려워서.

"갑자기 그건 왜 물어?"

그건 또 왜냐하면, 있잖아, 사실 나도 잘 모르겠는데, 근데도 있지,

"도망가야 할 것만 같아서."

그 이후로 대화는 오고 가지 않았다. 나는 방으로 들어가 누웠다. 창문 밖은 유난히 어두워서 웬일로 별이 빛났다. 이상했던 것은 별이 저 멀리에 있는 것 같았다는 것이다. 걷다 보면 잡힐 것 같은 우주 속이 아니라 더 먼 어딘가. 그 어딘가에 별빛이 있는 듯했다.

*

다음 순간 내가 눈을 떴을 때, 나는 눈부신 밤 속에 있었다. 물론 그날 온종일 별이 밝긴 했다만, 그곳은 달랐다. 내 방과 하늘의 경계가 흐릿했다. 창문만 넘어가면 하늘에 집어삼켜질 것 같았다. 흩뿌려진 은하수와 단정한 달. 그곳은 우주였다.

나는 창문 밖으로 다리를 넘겼다. 벽이 마치 구름 같았기에 어렵지 않은 일이었다. 넋을 놓은 채 방을 벗어나자 별들이 나른 맞이 주었나. 그러니까, 오후에 보았던 북두칠성 말이다. 진짜

북두칠성이 맞는 건가. 내가 의심하듯 쳐다보자 그것은 깜빡하며 빛을 내더니 금세 사라졌다. 나에게 인사라도 하고 가듯이.

바닥에 놓인 길을 따라 걸었다. 익숙한 것이 당연하지만 익숙하지 않은 길이었다.

길의 끝에는 단 하나의 건물이 우뚝 서 있었다. 정말 이상하지만, 그것은 분명 홀리머 정신과 의원이었다. 건물의 모양, 크기, 구조 전부 동일했다. 그러나 내 기억과 달라진 점이 있었다. 그것의 간판이었다. '홀리머하우스'라고 적힌 세련된 간판. 화려하지만 요란스럽진 않은 그곳은 안전지대처럼 보였다. 나는 묘한 안도감에 그곳의 문을 열었다.

"저, 안녕하세요."

"네, 안녕하세…… 네?"

안내데스크에는 내 또래로 보이는 생소한 얼굴의 남자가 있었다. 귀가 조금 길고 파란색 벨보이 복장을 한 그는 정신병원과 묘한 어울림을 자아냈다.

"오늘 예약해주신 분은 다 오셨는데…… 혹시 성함이 어떻게 되시나요?"

남자는 당황스러운 기색을 감추지 못했다. 그러는 중에도 나를 침착하게 하려 하는 것에서 노련함이 느껴졌다.

"준입니다. 유준이요."

남자는 수첩을 꺼내 한참을 뒤적거렸다. 손을 굉장히 떨었는데, 긴장을 한 건지 수전증이 있는 건지 궁금했다. 아마 둘 다이지 않을까 생각했다.

"에…… 확실히 예약은 없으셨네요. 실례지만 어떻게 오신……"

"좋은 날이에요, 새 친구!"

마찬가지로 내 나이대로 보이는 한 여자가 인기척도 없이 등장했다. 그 활기만큼이나 놀라웠던 건 군데군데가 백금발인 그의 오렌지색 머리였다. 나는 깜짝이야, 하고 그만 소리를 질렀다. 남자는 한두 번 이러는 게 아니라는 듯 짧은 한숨을 내쉬었다.

"방문자분들 그만 좀 놀라게 하랬지? 하여간 내 말은 더럽게 안 들어요. 박사님 말은 잘 듣더만."

박사님이라니. 이상한 실험이라도 하나 싶어 나는 그제야 현실을 자각했다. 내 앞에서 일어난 일이 무언지는 모르겠으나 정상적이지는 않음이 분명했다. 그러면 답은 하나였다. 튀어야지.

"전 괜찮습니다. 그럼 실례했습니다……."

나는 필사적으로 뒷걸음질 쳤다. 손을 휘적거리며 출입문의 손잡이를 찾았다. 영화 같은 탈출을 기대하며 뒤를 돌아 손잡이를 돌리려는 순간,

"죄송하지만 돌아갈 길이 없어요."

남자가 말했다.

“왜죠? 오는 길이 있으면 돌아갈 길도 있는 거 아닌가요?”

“원래는 오는 길도 없는 곳이라서요.”

남자가 말했다. 뜻을 알 수 없는 말이었다.

“저희가 해결할 때까지 기다려주세요. 그러면 정상적으로 방문자님 등록도 되고, 이곳도 빠져나가고. 윈윈이죠?”

나는 잠시 고민했다. 하지만 별다른 대책이 떠오르질 않았다.

“오신 곳의 차원과 행성 번호가 어떻게 되시죠?”

“네?”

내가 이럴 줄 알았다. 이곳은 미친 과학자의 비밀 과학 실험 기지인 것이 분명했다.

“그니까…… 계시던 행성의 정보 말이에요.”

내가 눈을 열심히 굴리며 고민하는 동안 남자는 수첩을 펼쳐 보았다. ‘방문자 목록’이라 쓰인 수첩에는 얼핏 봐도 수십 명은 돼 보이는 사람들의 이름이 쓰여있었다. 정갈한 글씨체가 그와 잘 어울렸다.

“큰일이네…… 하우스에 대해 안내도 못 받으신 거죠?”

“여기는 그냥 길 따라 오신 거예요?”

여자가 물었다.

“네. 길 따라 걷다 보니까 여기던데요.”

"차원의 틈으로 이탈했다라. 이건 또 처음 보는 경우인데."

남자가 말했다. 차원의 틈이라니 미친 사람이 분명했다. 아니면 내가 꿈에 단단히 취했거나.

"오튼, 박사님 방에 계셔?"

"응. 소등 준비하시고 계실 거야."

"알겠어. 괜찮으니까 저 따라와요. 아, 이름이?"

"준입니다. 유준이요."

"예쁜 이름이네요. 반가워요, 준. 난 제경이에요. 이쪽은……"

"오튼입니다."

두 사람이 동시에 손을 내밀었다. 나는 어색하게 악수를 나누었다. 온기가 감도는 손길들이었다.

두 사람은 즉시 나를 위층으로 이끌었다. 계단을 오르며 내려다본 내부는 이곳이 병원이 아님을 확신시켜주었다. 약품이 들어있던 카트에 형형색색의 사탕들이 쌓여있었다. 검사실은 대형 영화관처럼 보였다. 휴게실에서는 분수가 솟았다.

감탄하는 나를 보며 제경이 말했다.

"멋있죠?"

"네. 엄청요."

"그래도 진짜 집이 더 좋죠. 살던 곳은 어땠어요?"

"이곳이 어떤 곳이든 그곳보다 백 배는 아름다울 거예요."

"끔찍했나 보네요. 사고긴 해도, 여기까지 와줘서 고마워요."

제경과 오튼의 발걸음이 멈춘 것은 꼭대기 층의 507번 방이었다. 오튼이 문을 두드리자 문이 벌컥 열렸다. 제경만큼은 아니었다만 급작스러운 등장이었다. 여기 사람들은 다들 이런가.

"무슨 일이지?"

모습을 보인 것은 양복 조끼에 넥타이를 서툴게 맨 남자였다. 창백한 피부와 대조되는 따뜻한 눈이 시선을 끌었다. 오튼이 그에게 말했다.

"박사님, 예정에 없던 방문자가 오셨습니다."

박사는 점잖아 보이는 남자였다. 오튼과 제경보다는 나이가 들어 보였지만 결코 늙었다고는 할 수 없는 얼굴을 하고 있었다.

"그게 무슨…… 으아악!"

그는 나를 보자 소리를 지르며 오튼의 뒤로 숨었다. 그의 키가 오튼의 등으로 다 가려질 리가 없었고 실제로도 그러했지만 그는 그 사실을 모르는 것 같았다.

"박사님, 그러면 방문자님 놀라세요."

"응? 아, 그렇지."

오튼의 말에 그가 목을 가다듬으며 넥타이를 고쳐맸다.

"그만 실례를 범했군요. 진심으로 사과드리겠습니다. 반갑습니다, 박사라고 합니다. 혹시 성함이 어떻게 되시는지요?"

"준입니다. 유준이요."

"네, 준 씨. 앞으로 더욱 주의하도록 하겠습니다."

"아니, 뭐 그럴 필요는 없는데 저 집에만 좀 보내주시면 안 될까요."

"아마 길을 잃으신 것 같아요."

제경이 말했다. 박사가 눈살을 찌푸렸다.

"어느 차원에서 길을 잃으셨다는 거죠?"

"예?"

"모르시는 건가요?"

박사는 침묵했다. 점잖은 지배인의 좋은 습관처럼 보였다.

"박사님 숨 쉬세요. 또 기절하시면 안 돼요."

예상을 뛰어넘는 사람이었다.

"자, 천천히 말씀하세요. 심호흡하시고."

"그, 음, 그니까, 어딘지 모르는 차원에서, 눈 떠보니 갑자기 여기로 온 거라는 말이십니까?"

"비슷할걸요."

박사의 얼굴에 식은땀이 흘렀다. 죄책감이 들기 시작했다. 상황이 이해되지 않는 것은 나도 마찬가지였는데 말이다. 제경은 내 얼굴을 잠시 살피더니 말했다.

"준 씨가 돌아갈 방법부터 찾아보죠. 누구보다 이 상황이 싫은 건 준 씨일 테니까."

"도움을 요청하라는 말인가?"

"저도 거기에 다시 가고 싶진 않아요. 그치만 어쩔 수 없잖아요."

"그렇습니다."

오튼이 거들었다. 이젠 또 어디로 가는 걸까 걱정이 앞섰다. 내 생각을 아는지 모르는지 박사가 말했다.

"죄송합니다, 제가 예의가 없었군요. 저희가 최선을 다해 집으로 돌려보내 드리겠습니다. 그러기 위해서는 우선 하우스 밖으로 나가볼까요?"

그가 휘파람을 불자 커다란 바람 소리가 났다. 곧이어 모습을 드러낸 것은 침대였다. 환자 이송용 침대. 평범한 물건은 아니었다. 바퀴가 비상식적으로 커다랬고 의자들이 엉성하게 달려있었으며 머리맡 부분에는 파이프가 여러 개 달려있었다. 그중 몇몇에선 연기가 뿜어져 나왔다.

"타시죠."

박사는 가장 앞의 자리에 능숙히 앉았다.

"이래 보여도 꽤 튼튼하답니다. 걱정 말고 앉으시지요."

제경이 망설이는 나의 손을 이끌며 살며시 착석했다. 박사가 철 프레임을 살짝 두드렸고, 침대는 요란한 소리를 내며 움직였다. 오튼이 말했다.

"꽉 잡아요."

"왜 그러시는……"

이유를 물으려 할 찰나였다. 침대가 속도를 내기 시작했다. 언젠가 한 번 보았던 레이싱 영화 속 슈퍼카처럼. 안전벨트가 없다는 차이점이 문제긴 했지만.

침대 자동차는 계속하여 복도를 달렸다.

"준 씨가 얼마나 위급하고 어려운 상황에 처해있는지 먼저 알려드리죠. 소개가 늦었네요. 이쪽은 이미 인사하셨겠지만 오튼, 제경입니다. 하우스의 매니저들이라고 할 수 있죠."

오튼과 제경이 순서대로 나에게 눈인사를 건넸다.

"어쨌거나 저쨌거나, 홀리머하우스에 오신 걸 환영합니다! 이곳은 차원을 이탈하신 이동자분들을 안내해 드리고 보호해 드리는 곳입니다. 차원의 틈에 위치해서 말이죠. 알고 계실 테지만, 이동자분들은 종종 정신 건강의 이상, 심신 미약 등의 이유로 차원을 이탈하십니다. 아마 준 씨도 그렇게 차원 주파수 혼란으로 이탈자가 되신 거겠죠. 그러나 다른 방문자분들은 주로 이곳에 열차를 타고 오십니다. 이탈로 도착한 차원의 안내를 받아서 말입니다."

그가 나에게 알겠냐며 시선을 주었다. 하지만 나는 아직 감이 잡히지 않았다. 꿈이라기에도 너무 허망한 것이었다. 차라리 범죄 집단이라고 믿는 게 논리적이었다.

“아, 계단 조심하십시오.”

침대 자동차는 생각 외로 매끄럽게 계단을 내려갔다. 소달구지 승차감을 예상했는데 말이다. 그저 각도가 기운 탓에 추락을 조심해야 했을 뿐이었다. 어라, 그런데 원형 바퀴가 덜컹거림 없이 계단을 내려갈 수가 있나. 이상한 노릇이었다.

“어디까지 얘기했었죠. 아, 그래요. 아시겠지만 이 대우주라고 불리는 하나의 우주는 결국 여러 차원, 그니까 각각의 우주들이 모여 만들어진 것이라 그 사이에 틈이라는 게 존재합니다. 일반적인 경우 이탈자분들은 차원으로 이탈하시게 됩니다. 하지만 아까도 말했다시피 이곳은 차원의 ‘틈’이지요. 특별한 수단 없이 차원의 틈 속으로 떨어지게 된 것은 저희로선 설명이 되지 않는 현상입니다.”

“제가 알고 있던 차원의 개념과는 많이 다른데요. 지금 저 놀리는 거 아니죠?”

“다른 차원들의 개념은 매우 과학적인 사실입니다.”

나는 최대한 의심하는 내색을 하지 않으려 했다. 결론부터 말하자면, 실패였다.

“다른 차원이요? 말이 되는 소리를 하셔야지……”

세 사람이 하나같이 날 게슴츠레한 눈으로 바라봤다. 내가 뭘 잘못했나. 많은 고민이 스쳤다.

"도대체 어디에서 오신 겁니까?"

순식간에 분위기가 바뀌었다. 내가 어디에서 왔냐니.

"그쪽들은 어디에서 온 건데요?"

그들은 대답하지 않았다. 혹은 못 했거나.

다행히도 적막이 공기를 가득 채우기 전 하우스 밖으로 나왔다. 침대 자동차는 어느샌가 사라졌다. 오튼이 멈춰서 휘파람을 불었다. 그러자 하늘에서 수화기 하나가 내려왔다. 얇은 줄 하나에 의지한 초록색 수화기였다. 수화기 너머에서는 부드러운 목소리가 들려왔다.

"안녕하십니까, 오튼님. 하우스의 인공지능 비서 도엔입니다. 무엇을 도와드릴까요?"

"오랜만이야 도엔. 디앤디 본사 연결해 줘."

"또 사고를 치신 겁니까?"

"내가 뭔 사고를 쳤다고 그래. 빨리 연결이나 해줘."

"며칠 전에 아이스크림 몰래 드시다가 손님들 것까지 다 드셔버리셔서 저한테 대신 메꿔달라고 하시지 않으셨습니까?"

"자네 그랬나?"

박사가 말했다. 오튼의 얼굴과 귓불이 빨갛게 변하는 것이 보였다.

“아니 저, 그, 뭐야, 옛날에 조금 식료품 재고 계산을 잘못해서……. 아무튼 도엔, 제발 빨리 연결해줘.”

“알겠습니다. 디앤디 중앙 본부 연결 중입니다.”

잠깐의 연결음이 끝나고 사무적인 음성이 이어졌다. 디앤디라는 곳의 직원이었다.

“디앤디 중앙 본부입니다. 무엇을 도와드릴까요?”

“홀리머하우스 오튼입니다. 위급상황이에요. 효온 바꿔주실 수 있을까요?”

“아, 예. 잠시만 기다려주세요. 본부장님…… 좀 비켜봐. 오랜만이야, 자기.”

효온이라는 남자는 직원에게서 빠르게 말을 가로챘다. 오튼은 한심하다는 얼굴로 통화를 이었다.

“참 빨리 받으시네. 오늘은 진지하게 굴어줘요. 이탈자가 발생했는데 상황이 안 좋아요. 조사 부탁할게요.”

“버스 보낼게. 빨리 와. 끝나고 차나 한잔 하자고.”

“그럴 시간은 없을 것 같지만요.”

오튼이 전화기를 짧게 잡아당기자 그것이 하늘로 올라갔다. 그 순간 커다란 굉음이 울려 퍼졌다. 별 무리의 틈에서 무언가가 등장한 것이었다. 효온이 말했던 그 버스였다. 전혀 버스처럼 생기지 않았지만 아름다웠다. 은하수처럼 빛나는 검은빛의 몸체가 어느 방향에서 보아도 반짝였다.

"타시죠."

그렇게 말하는 오튼을 마지막으로 모두가 버스에 탑승했다. 그는 운전석의 마이크를 들고 말했다.

"101.1차원 특별 행성 디앤디 중앙 본부행 버스 차원 문 통과하겠습니다. 흔들림이 있을 수 있으니 손잡이를 꼭 잡아주십시오."

오튼은 정말로 손잡이를 '꼭' 잡았다. 눈을 질끈 감은 채로. 이유를 대강 알 것 같아 나 역시 그를 따라 했다.

버스는 한순간에 떠올랐다. 우주 속으로 들어갈수록 속도는 빨라졌고, 중력은 줄었다.

제경은 창 밖을 가리켰다. 새까만 바탕에 수놓아진 하얗고 노란 별들. 푸르른 무언가들과 보랏빛으로 퍼진 은하수가 버스가 심하게 흔들렸다. 처음 느껴보는 감각과 함께 나는 별들의 꼬리를 따라 차원의 틈을 꿰뚫었다. 굉음과 새하얀 빛이 버스를 집어삼키더니 이내 잠잠해졌다. 잠시 후 흔들림이 멈추자 제경이 물었다.

"많이 무서워요?"

그는 신나 보였다.

"표정 진짜 웃겨요. 사진 찍어 줄까요?"

나는 지금 내 표정이 그렇게 웃긴가 생각했다. 그 정도는 아닌 것 같은데.

"고맙지만 괜찮아요."

"혹시 기분 나빴어요? 그렇다면 진심으로 사과할게요."

그는 정말 재미있는 것을 봐야만 나올 수 있는 미소를 지었다. 나를 어떻게든 놀리고 싶다는 하얀 장난기가 서린 웃음이었다.

"기분 안 나빴어요. 근데 제경은 왜 이렇게 신이 났어요?"

"준이랑 친구하고 싶어서요."

"네?"

"하우스에서 일하면서 내 또래 친구 만난 건 처음이거든요."

"여기서 오래 일하신 거 아니었어요? 그래서 이 버스도 안 무서워하는 줄 알았는데."

"저희야 워낙 버스 탈 일이 많긴 하니까요. 버스 처음 타봐요? 기차만 타보셨나."

"이런 버스는 처음이긴 하네요."

"그럼 눈 똑바로 뜨고 저기 좀 봐봐요."

만든 길. 따뜻한 행성들과 다정해 보이는 사람들. 그리고 처음 만난 우주들. 심장이 터질 것만 같았다. 내가 그렇게 가고 싶어 하던 지구 밖은 생각보다 더 아름다웠다.

"예쁘죠?"

제경이 물었다. 나는 목소리가 나오지 않아 대답하지 못했다. 그럼에도 제경은 되묻지 않았다. 그는 대신 뿌연 창문을 소매로 닦아주었다.

"목적지에 도착하였습니다. 내리실 때 두고 가신 물건은 없는지 다시 한번 확인해주십시오."

안내방송 문구는 어딜 가도 똑같나 보다. 신기했다. 내가 왜 이딴 것에 감탄하고 있지 싶긴 했다만 다행히도 잡생각이 그 꼬리를 물기 전에 정신을 차릴 수 있었다. 아니, 잃었다고 해야 할까. 이유는 눈 앞에 펼쳐진 한 건물 때문이었다. 머릿속 모든 생각을 날려버릴 정도로 웅장한 곳이었다. 하지만 하우스의 느낌과는 확연히 달랐다. 뭐랄까, 무서웠다. 그렇다. 무서웠다. 솔직히 말하자면 그 건물을 보자마자 집에 데려가 달라 떼라도 써야 하나 고민했다.

"보기엔 예쁘죠? 근데 쉽게 믿지 마요. 나도 잘은 모르겠지만, 아무튼 수상해요."

제경이 말했다.

"예쁘다기보다는 무서운데요."

그때 웃음소리가 들려왔다. 제경은 아니었다. 조금 더 멀리서 들려오는 소리였다.

"만나서 진심으로 반갑습니다. 이탈자분 맞으시죠? 큰 문제가 있다고 들었어요. 하지만 걱정 말아요. 금방 해결될 것이니까요. 저희 디앤디는 이 분야 최고의 전문가들로서 당신을 책임지고 집으로 돌려보내 드리겠습니다. 저는 디앤디의 중앙 본부장 효온입니다."

"준입니다. 유준이요."

그와 악수를 나누며 눈을 마주쳤다. 검은 뿔테안경 속으로 보이는 그의 눈은 자부심으로 보이는 광기와 피곤의 공허로 차 있었다. 이 사람도 보통은 아니구나.

"그래, 그렇게 악을 쓰더니 또다시 나를 찾았네. 역시 이런 일에는 전문가가 필요한 거지. 그치?"

"닥치고 준 씨나 빨리 도와줘요. 어디에서 오신 건지만 알아내 주면 나머진 우리가 할게요."

오튼이 말했다. 두 사람 사이에 알 수 없는 기류가 흘렀다. 오튼은 효온을 한참 노려보았고 효온은 미소 지었다. 홀리머하우스와 디앤디의 사이가 그리 좋지만은 않은 것이 분명했다.

"좋아. 이리 오시죠, 준 씨. 그쪽 상황은 대충 전해 들었어요.

저는 당신이 어디에서 왔는지 알아낼 거예요. 그러면 그 차원에 연락해서 버스를 보내고, 준 씨는 계셨던 행성으로 돌아가실 수 있는 거죠. 불만 없으시죠?"

그는 나의 대답을 기다리지도 않고 앞만 보고 걸었다. 커다란 입구에 다다르자 그가 손목을 움직여 수신호를 하였다. 그러자 거대한 문이 움직이기 시작했다. 효온을 따라 그 안으로 들어가기 전 제경은 내 등을 두어 번 토닥이더니 눈썹을 들어 올리며 장난스럽게 말했다.

"무서우면 말해요."

그는 입꼬리를 코 바로 밑까지 올리고 눈꼬리를 여리게 푼, 굳게 닫은 입과 작게 팬 보조개를 한 미소를 가지고 있었다. 사람을 편안하게 하는 데 특화된 미소였다.

건물 내부의 그 어떠한 곳에서도 똑같은 향기가 났다. 걸어가다 마주친 몇몇 직원들 역시 동일한 향을 풍겼다. 나와 제경, 오튼, 박사의 향까지 집어삼켜 버린 이곳에서 유일하게 다른 향이 나는 것은 효온 뿐이었다. 그의 몸집보다 조금 큰 양복이 펄럭일 때마다 그와 어울리지 않는 샌달우드 향이 퍼졌다.

"이쪽으로 오실까요. 저 밑으로요."

나는 겁먹은 티를 내지 않으려 노력하며 계단을 내려갔다.

"나머지들은 여기까지만. 여기서 기다려."

"나머지?"

제경이 되물었다.

"또 이러기야? 이번엔 못 물러나. 나는 저 어두컴컴한 감옥에 우리 손님 못 보내."

효온은 쓰고 있던 안경을 주머니에 넣었다. 그러곤 아주 천천히 제경에게 다가갔다.

"손님? 누가 그래. 목록에 등록이라도 됐어? 앤 내 고객이야. 기다려."

'애'가 나인 거 맞겠지? 그렇다면 상당히 불쾌한 말이었다. 오튼은 괜찮다며 나와 효온의 사이를 막아섰고, 나는 그 몰래 효온을 노려보았다.

"좋아. 다들 기다려줄 거지? 그치. 그래야지."

잠시 오튼의 손에 힘이 들어가는 것이 느껴졌다. 그러다 내 어깨를 놓아주었다.

효온이 뒤를 돌아 계단을 내려갔다. 그 틈을 타 박사는 나에게 쪽지 하나를 건넸다. 쪽지에는 이런 말이 쓰여있었다.

[어떻게든 하우스로 돌아가겠다고 하세요. 정말 어떻게든요.]

"앉아요."

효온은 여유가 넘쳐 보였다. 한 곳에서 오래 일한 사람들이 으레 그렇듯 그는 생각을 읽을 수 없는 눈빛으로 능숙하게 일을 진행했다. 나는 아무 말도 하지 못했다. 의자는 차가웠다. 효온은 등받이를 눕혀 나를 눕게 했다. 그의 손에는 정체 모를 물체가 들려있었다. 스티커 같기도 했지만 그림이 그려져 있지 않았다.

"따끔해요."

상황을 파악할 시간도 없이 손목에 따가운 통각이 느껴졌다. 어느새 내 손목에 그 물건이 붙어있었다. 그가 물건을 누르자 허공에 홀로그램 화면이 띄워졌다. 놀라운 일이었지만 그런 기술에 감탄할 만한 상황은 아니었기에 감탄을 내색하지 않으려 노력했다.

그는 셔츠 소매를 걷으며 나와 눈을 맞추었다. 한숨을 쉬는 것 같았는데, 나의 착각일 수도 있다. 그가 곧장 눈을 돌려 화면을 보았기 때문에 정확히 알 수 없었다. 이숙하게 화면을 조작하는 모습에서 다시금 그가 오래 이 일을 해왔다는 것을 짐작했다. 이 일 이라는 것이 정확히 뭔지도 모르지만.

"어디 보자. 흠, 정보가 안 나오는데요. 미등록자이신가 봐요? 예상한 거긴 하지만…… 귀찮게 됐네요, 이거."

그가 이번에는 확실히 한숨을 쉬며 나에게 다가왔다.

"본인이 살고 계셨던 행성의 이름은 아세요?"

"지구요."

그의 얼굴에 녹은 피로가 한순간에 환희로 바뀌었다. 왜일까. 도무지 이해가 가지 않았다. 그는 섬찟한 미소를 손으로 가리며 말했다.

"좋아요. 그런데 행성 이름이 중복된 걸 수 있으니까 몇 개만 더 여쭤볼게요. 그곳에 최근 수백 년 사이 전염병이 창궐했었나요?"

"네. 그런데 그게 왜요?'

"전쟁이 진행 중이고, 분단국가가 있으며 하루에도 한 국가에서 30명이 넘는 사람들이 스스로 목숨을 끊고 있나요? 학교에는 매일 폭행 당하는 학생들이 있고요. 또, 인종차별로 인한 폭력으로 희생자들이 발생 중인가요?"

나는 잠시 생각했다. 과연 그 말이 사실인가? 사실이다. 변명의 여지가 없는 사실. 인정하고 싶지 않았지만 내가 그렇게 미워하던 지구를 변호할 의무도 없었다. 나는 약간의 씁쓸함을 머금고 그의 말에 답했다.

"어느 정도 맞는 말인 것 같네요. 한 백 퍼센트 정도."

"좋아요. 아주 좋아요. 이제 준은 어떻게 될 거냐면……"

"워, 잠시만요. 제가 지구에서 온 게 문제가 되나요?"

"문제는 없어요. 저에겐 오히려 기회죠. 지구는 디앤디에 가입되지 않은 차원의 행성이에요. 그런 눈으로 보지 마요. 디앤디는 그 쓰레기 같은 차원을 버릴 수밖에 없었다고요. 중요한 건 그 때문에 차원 이동이 불가하다는 거예요. 그래서 제가 직접 준을 도우려고 하는 거고요. 저기 방에 들어가 계시면 곧 고향으로 돌려보내 드릴게요."

"저 지하실에 있으라고요?"

"지하실이 맞기는 하죠."

"언제는 차원을 이동할 방법이 없다면서요?"

"그건 다 수가 있죠. 다시 한번 말하지만, 저는 이 분야 최고의 전문가고, 대우주의 총책임자니까요."

나는 그의 말에 어째 믿음이 가지 않았다. 그의 불길한 웃음 탓인지, 내 의심병 탓인지 헷갈렸다.

"감사하지만 아무래도 하우스로 돌아가 봐야 할 것 같아요. 하우스 분들하고 얘기해 보고 결정할게요."

그는 황당하다는 표정이었다. 살다 살다 이런 대답은 처음 들어본다는, 그런 표정.

"왜요? 제가 당신 집으로 보내드리겠다는데."

이유야 많았다. 효온이 나쁜 사람 같아서. 저 지하실에 들어가기가 무서워서. 디앤디를 보고 또 보니까 하우스가 안전한 곳

같아서. 그곳의 직원들도 못된 사람들은 아닌 것 같아서. 그리고 마지막으로, 이건 내 추측이지만, 내가 지구로 돌아가기를 꺼리니까.

그렇게 생각하니 모든 것이 너무도 덧없어졌다. 내가 몸담았던 곳은 버려진 차원의 버려진 행성. 그 행성에서조차 적응하지 못하고 버려진 나.

"돌아가지 않으면 어떻게 되죠?"

"답하기 어려운 질문이네요. 좋아요. 만약 당신이 돌아가지 않으신다면. 그니까, 이곳에 남으신다면……"

"남으신다면?"

"죽어요."

갑작스러웠다. 공포스러운 것은 아니었다. 말 그대로 갑작스러웠다.

"왜 죽는 건데요?"

"소멸하니까요. 차원의 틈으로 이탈하면, 이론적으로 대우주에 오류가 생겨요. 그렇게 당신은 먼지가 되는 거죠. 지금으로부터 한 달 후에요."

나는 아무 반응도 하지 않았다. 효온도 마찬가지였다. 그는 눈 하나 깜빡하지 않으면서 나에게 다가왔다.

"그런 일을 방지하여 희생자를 최소화하는 것이 저희 디앤디의 존재 이유 중 하나예요. 그리고 저희는 최근 368년 동안 단 한 명의 희생자 없이 우주를 유지해 왔어요. 저만이 준을 살릴 수 있다는 뜻이죠."

대기에 서리가 낀 듯 찼다. 뭐라도 해야 하는데 아무것도 할 수가 없었다.

"안 돼요."

"그래요? 뭐가?"

효온은 금세 나에게서 멀어졌다. 그는 그저 태연하게, 아무렇지도 않다는 듯이 안경을 바로잡을 뿐이었다.

"이렇게 급하게 정할 문제가 아닌 것 같아요. 하우스로 돌아갈래요."

"착각을 하고 계신 것 같네요. 왜 하우스로 돌아가려 하시죠?"

나는 대답하지 못했다.

"왜 그 사람들은 믿을만하고, 저는 그렇지 못하다고 생각하시죠? 두 쪽 다 오늘 처음 만난 외지인인 건 똑같은데. 믿음이 그렇게 편파적이어서야 되겠어요?"

가슴팍이 뜨끔했다. 내 온 뇌세포가 무력해지는 것 같았다. 결국 내가 누군가를 불신하고 미워했던 것도 내 탓이었을까. 과대한 생각인가. 다잡고 보면 지금 상황과 괴리된 불안인가 싶었다.

내가 그런 그늘에 구속되어 떠는 허벅지만 쓸고 있는 동안 효온은 지친 듯했다. 정확히는 내 태도에 질려버린 것이 분명했다.

"이상한 짓 그만하고 어서 선택해요. 저를 믿고 지구로 갈래요, 아니면 하우스로 돌아가서 다음 달에 죽어버릴래요?"

어떻게 해야 한담. 양자택일의 순간이었다. 하지만 누구도 믿지 못하면서 아무에게나 속마음을 말해버리는 내 괴상한 성정은 한 물음만을 머릿속에 그렸다.

"근데 진짜 죽을 수 있는 거예요?"

효온이 잠시 말을 멈췄다. 그의 입술만 작게 달싹였다. 그는 또다시 안경을 만지작거리다 말했다.

"네가 그렇게 죽고 싶다면 말리지 않을게. 대신에,"

그가 안경을 움켜잡았다. 잠시 뒤 선명한 파열음이 들렸다.

"갈 거면 곱게 가고."

차가운 바닥에 안경알 파편이 흩뿌려졌다. 그의 눈가에서는 피가 홍건히 흘렀다. 따뜻해 보이지는 않는 농후한 액체였다.

*

"세상에나. 얼마나 다행인지 몰라요. 그동안 효온만 믿고 지하실에 가서 행방이 묘연해진 분들이 한두 분이 아니에요. 그러면 이제…… 집에는 어떻게 가죠?"

하우스로 돌아와서, 내 이야기를 가만히 듣던 제경이 말했다.

"효온이 방법이 있다고 그랬잖아요. 그 방법을 쓰면 되지 않나요?"

"저희가 그 방법을 몰라서요. 안타깝게도, 저희는 이탈자분들을 도와드리지, 차원을 관리하지는 않거든요."

"방법이 있다는 말이 진짜기는 할까? 전 거기부터 안 믿겨요."

오튼이 말했다.

"그건 사실이에요? 제가 한 달 뒤에 죽을지도 모른다는 거요."

"사실일 겁니다. 차원학에서 가장 기본적인 이론이니까요. 그러니 그 전에 지구로 돌아가는 차원 문을 열어야 하는데……"

박사는 갑자기 자리를 박차고 일어서더니 무언가를 중얼거렸다.

"지구에서 보낸 날 중 가장 인상 깊었던 날이 있으십니까?"

그는 눈을 빛내며 물었다. 성실히 대답해야만 할 것 같았다.

"좋았던 날이요, 아님 힘들었던 날이요?"

"어느 쪽이든 상관없습니다. 지구에서 준 씨가 살아있음을 느꼈던 때면 됩니다."

나는 가만히 기억을 더듬어보았다. 내가 스스로 살아있음을 겨우 알았던 날. 그건 역시 재작년의 겨울이겠지.

*

편지를 하나 썼다. 연말의 분위기에 취해서는 아니었고, 졸업의 공기에 휩쓸려서는 더욱 아니었다. 그냥 언젠가 쓰고 남은 편지지를 버리기가 아까웠다. 발신인은 당연히 나였지만 수신인은 속지를 다 작성한 후에야 고민했다. 이런저런 궁리 끝에 결국 편지에는 내 이름이 두 번 적혔다. 준에게, 준이.

편지를 봉투에 넣고 나니 어떤 말을 썼더라 기억이 나지 않았다. 나는 하릴없이 겉봉에 세 번째 이름을 쓰다 문득 생각했다. 내가 너에게 무슨 말을 하겠니.

졸업식이 끝나고 엄마와 번과 외식을 하러 가려던 나는 두고 온 것이 있다고 말하고 학교로 돌아갔다. 주인을 잃게 된 3학년 교실의 복도는 을씨년스러웠다. 나는 기억에 잠기지 않으려 땅만 보며 교실로 향했다.

도착해서는 사물함을 열었다. 텅 빈 그곳에 편지를 넣었다.

사물함 문을 닫고 나서야 깨달았다. 맞다, 나 졸업했지. 이 사물함도 내 것이 아니지. 그대로 주저앉아 버렸다. 이제 나의 것은 없었다. 어서 정신을 차려야 하는데 그게 잘 안됐다. 엔딩을 본 게임 속 눈치 없는 NPC처럼 같은 말만 되풀이했다. 나 여기서 뭐 하니. 남들은 다음 챕터로 넘어가고 있는데 나는 그걸 어떻게 하는지 몰랐다. 이 게임의 주인공이 누구인지도, 목표와 장르가 무엇인지도 몰랐다. 그저 같은 자리에서 중얼거렸다. 나 여기서 뭐 하니, 나 여기서 뭐 하니.

누가 이 게임을 강제 종료해 주면 좋겠다고 생각했다. 삭제해 주면 더 좋을 거라고도. 다시 편지를 빼내 주머니에 넣었다. 편지는 보관할 수 없게 되었지만, 두고 온 물건이 있다는 말은 사실이었다. 나는 내 자리였던 책상의 서랍 속으로 손을 휘적였다. 투박한 물체 하나가 걸렸다. 커터 칼이었다. 세 개 묶음 중 하나. 무슨 이유에서인지 녹이 슬어 있었다. 그걸로 당장 허벅지를 그어버릴까 생각을 하다 관두고선 주머니 깊은 곳에 쑤셔 넣었다.

나는 쭈그려 앉아 칠판이나 운동장 같은 것들을 보았다. 고등학교의 교정도 이와 비슷한 모양일까. 그렇다면 그곳도 사람이 살만한 곳은 아닌 것 같았다.

아니. 내가 살만한 곳은 아닌 것 같았다.

그래. 난 끝내 살아내지 못할 테지.

그렇다면 더 늦기 전에 나를 삭제해야겠다.

뒷문이 열리는 소리가 들렸다. 나는 일어나지도, 뒤를 돌아보지도 않았다.

"거기 앉아서 뭐 해. 빨리 가자. 엄마 기다려."

나의 상황을 설명하기 위해 무슨 말이라도 해야 할 것 같은데 말을 할 수가 없었다. 내 안을 구성한 모든 것들이 차갑게 식어 목구멍까지도 넘어오지 못했다.

"누나. 병원에 가자. 나 다니는 데 선생님이 엄청 좋으셔. 약 먹고 그러면 숨통이 트일 거야. 나도 아프지만, 누나도 많이 아프잖아. 우리 잠시 쉬었다 가자."

번은 내 앞에 앉아 나와 눈을 맞추며 말했다. 나는 또 아무 말을 하지 못했다. 할 말이 없었다. 그가 그런 말을 하는 이유가 뭘까. 내가 죽으면 곤란해할 엄마의 눈치가 보였나.

"이거 받아. 나 고등학교 입학할 때 입학 선물로 전해줘."

나는 그에게 편지를 건넸다. 그는 봉투를 훑어보더니 내 이름을 읽고 당황한 듯했다.

"까먹고 못 한 일이 있어. 그니까 나 빼고 엄마랑 먼저 밥 먹어."

나는 번을 지나쳐 교실을 나갔다. 진작에 했어야 할 일을 끝마치러. 그리고 바로잡으러. 시끄러운 정문과는 달리 후문은 인적이 없었다. 눈사람 하나만이 외로이 있었다. 내 무릎까지도 오지 않을 만큼 작은 눈사람이었지만 나름 목도리도 둘려 있었다. 누가 만든 건지 몰라도 공을 들인 티가 났다. 그것을 가만 보고 있자니 어쩐지 목이 쓸쓸해져 목도리를 뺏어 둘렀다. 차가웠다. 그 한기가 날씨 때문인지, 아니면 목도리에 붙어있던 눈송이 때문인지 고민하다가 이도 저도 아닌 것 같아 걸음을 재촉했다. 그러는 중에 눈사람을 밟아버렸다. 실수였는지는 모르겠다. 그저 심술이 났던 걸 수도.

가다 보니 장미밭이 있었다. 나는 그 안에 들어갔다. 코트 주머니에 손을 넣어도 장미 가시가 자꾸 찔렀다. 이곳이 번이 처음으로 자해를 한 장소라 했던가. 직접 들어와 보니 시뻘건 장미가 요란하기만 한데, 여기가 뭐가 좋다고. 하긴 화려하게 우울한 것은 그의 특기였다. 손목에 칼로 그의 생일을 적는 것도 모자라 허벅지에 밴드를 붙일 때도 그 위에 그림을 잔뜩 그려놓고는 했으니. 그런 화려함이 그를 회복의 길로 이끈 걸까. 그의 손목에 남은 장미 모양 흉터가 선연했다.

다 아물었네. 하얀 장미가 됐네.

그러게. 빨간색보다는 이게 나은 것 같아. 파란색이면 더 좋겠지만.

언제는 빨간 장미 좋아한다며.

그랬지. 아무튼 장미는 파란색이야.

그가 사라졌다 돌아온 날의 대화를 떠올리며 나는 녹슨 칼을 꺼내 손목을 그었다. 반팔을 입기 전까지는 상처가 아물겠지, 그 전에 나는 사라지겠지. 피가 고이다 못해 넘쳐흘러 꽃잎 안으로 떨어졌다. 장미의 색 때문에 내 피가 보이지 않았다. 이래서 번이 좋아했었던 건가 보다. 그는 처음 이곳에 와서 어떤 기분이었을까. 꽃을 보며 어쩌다 몸을 그을 생각을 한 걸까. 나는 어땠더라. 어쩌다 여기까지 왔나.

이제 와서 대답하기엔 너무 늦은 질문들이었다.

나는 무릎을 꿇어 장미를 끌어안고, 다시 걸음을 이어 학교 밖으로 나갔다. 좁은 길에 그득히 들어찬 가로수가 보였다. 거의 다 왔다는 뜻이다. 나는 시선을 떨구다 나무에 앉은 참새와 눈이 마주쳤다. 그것은 고개를 갸우뚱했고, 나는 따라 했다. 그러다 참새가 눈을 돌리자 왈칵 설움에 겨웠다. 누가 내 죽음의 이유를 묻는다면 참새 때문이라고 해야지. 나는 나무에 머리를 박았다. 곧 눈물이 나왔고, 저항 없이 울었다. 어깨를 보니 아까 그 참새가 앉아있었다. 너도 결국은 날 떠날 거면서. 참새에게조차 그런 생각을 하는 내가 혐오스러웠다. 머리카락 위로 나뭇잎이 잔뜩 떨어졌다.

조금만 더 가면 도착인데, 거기까지 가기가 힘에 부쳤다. 걸어가며 마주치는 사람들이 다들 나를 역겨워하는 것 같았다. 나는 고개를 들지 못했다. 앞을 봤다가는 구역질을 할 것이 분명했다. 혹시 아는 사람과 눈이라도 마주쳤다가는……

방금의 참새도 나를 같잖아했을까.

마침내 도착했다. 한강 위에 놓인 많고 많은 다리 중 하나에. 이름은 모르겠다. 어렸을 적 분명 엄마에게 물어봤던 것 같은데 기억이 나질 않았다. 마포대교가 아니라는 것은 안다. 이왕이면 마포대교에서 죽고 싶었는데. 아직도 아쉬울 것이 남아있다는 게 놀라웠다.

생명의 전화가 보였다. 항상 궁금했다. 저기로 전화를 걸면 어떻게 되는 걸까. 수화기를 들고 초록 버튼을 누르자 잠깐의 연결음 뒤에 상담원의 목소리가 들렸다. 그는 편히 이야기하라 했지만 나는 아무 말도 하지 못했다. 그렇게 몇 분을 보냈을까. 나는 죄송하다는 말과 동시에 수화기를 내려놓았다.

다리 하나를 넘기고, 또 반대쪽 다리를 넘겨 걸터앉았다. 팔에 힘을 풀어 허리만 살짝 숙이면 저 밑으로 떨어질 수 있었다. 기어이 죽을 수 있었다. 죽을 수 있었는데, 그것마저도 잘 안됐다.

5분만 더 이러고 있을까. 아니야. 딱 30분만 더. 그러고 나서 반드시 죽자. 반드시. 그래야지. 드디어 나의 출생이라는 죄를 바로잡는 거야.

많은 생각이 들지는 않았다. 이렇게까지 단순할 수가 있나 싶을 정도로. 곧 있으면 죽을 건데 말이야. 대신 펑펑 울었다. 울고, 또 울고. 종일 울다가 지쳐 죽지 못할 정도로 울었다. 왜 그랬을까. 억울했나. 보고 싶은 사람이 있었나. 서운했나. 피곤했나. 아니었다. 전부 아니었다.

살고 싶었는데, 그러지를 못해서. 다시는 숨 쉴 기회가 오지 않을 걸 알아서. 내가 얼마나 살고 싶어 했는지 알아줄 사람을 생전에 만들지 못해서. 서러웠다. 이 서러움도 잠시 뒤 묻힐 거라고 생각하니 더 그랬다.

엄마, 미안해. 나는 엄마 원망 안 해요. 나도, 아빠도 다 잊고 이제 번이랑 둘이 하고 싶은 거 다 하고 살아.

이제 슬슬 죽어버리자. 그렇게 생각을 하는데 벌써 코앞까지 배 하나가 다가와 있었다. 설마 내가 뛰어내리면 구하려고 그러는 건가. 날 위해서? 그럴 리가. 그러면 안 되는데. 그러지 마세요. 저한테 시간 쏟지 마세요. 죄송해요. 미안해요. 미안한데, 딱 하나만 물을게요. 진짜 저 떨어지면 살려주실 거예요?

멀리서는 다가오는 구급차 불빛이 보였다. 119가 이렇게 아무 때나 오면 안 되는 거 아닌가. 나는 손에 힘을 풀기 시작했다.

마지막으로 할 말은?

누구도 들어주지는 않겠지만.

살려주세요.

나는 그 말을 투신하기도 전에 웅얼거렸다.

"누나가 여기 보고 처음 한 말이 뭔지 알아?"

시야가 뿌예졌다. 얼굴이 뜨거웠다.

"예쁘다, 였어. 한강이 이렇게 예쁜 강인 줄 몰랐다고. 죽기엔 너무 예쁜 곳이라고. 중학교 입학식 날 누나가 그랬어."

그랬나? 그랬겠지. 내가 그랬구나.

앞이 보이지 않는다. 옷소매로 눈물을 닦는 것도 잠깐이다. 눈동자만 먼저 강에 침수된 것 같았다.

그러나 이상하게 문장이 떠오르지 않는다. 흐린 감정만 뜨겁다. 현재를 형용할 수 있는 어떤 문장도 구체적이지 않았다. 사람이 죽을 때가 되면 이리도 초연해지는 걸까. 손에 힘이 풀렸다. 번이 나를 끌어안는 게 느껴졌다. 때문에 한강 다리에 대롱대롱 매달린 나. 달려오는 주황과 검정 옷의 사람들. 나 여기서 뭐 하고 있니. 이것도 꽤 우스운 볼거리지만. 하지만 미안해. 나도 어떻게 하지를 못하겠어.

그 뒤의 기억은 흐릿하다. 뛰어내리는 나를 꼬옥 안고서 강에 빠지는 번. 허우적대는 나를 부축하는 아마도 구급 대원일 사람들. 그런 형상만이 교차된다. 아, 그건 기억난다. 응급실을 나온 새벽, 집으로 돌아가는 길에 한강 공원에서 도넛을 먹었다. 힘든 날에는 당을 충전해 줘야 한다는 번의 신념 때문이었다.

"맛있네. 어디 거야?"

"몰라. 유명한 집이라던데."

나는 이름도 맛도 모르는 도넛을 한입 가득 베어 물었다.

"걔가 죽을 계획을 말해서, 그리고 그게 장난이 아닌 것 같아서. 편지를 하나 썼어. 지금까지 살아와 줘서 고마우니, 앞으로도 살아가 주면 좋겠다고. 행복, 뭐 그런 건 아니더라도 죽지 않길 잘했다는 생각쯤은 찾아오지 않겠냐고."

"답장은 왔어?"

"모르겠어. 걔가 죽으려고 했던 날에 편지를 하나 받긴 했는데, 그게 미리 써둔 유서 비슷한 건지, 아니면 정말 답장이 맞는지. 뭐라고 쓰여있었냐고? 한 번쯤은 행복하게 살 기회가…… 뭐였더라. 잘 기억이 안 나."

거짓말이었다. 그게 몇 달이나 된 일이라고 잊을까. 나는 다 기억하고 있었다.

"잘했네. 결국은 살았다며."

"그런가."

"진심이었잖아."

"그랬지."

"내가 방금 그랬던 것처럼."

그런가. 자꾸만 의심이 갔다. 믿을 수가 없었다. 어떤 미친 사람이 내가 살아있기를 바란다는 말인가.

"사실 누나도 믿고 싶잖아."

잼이 입안에서 퍼졌다. 딸기잼이었는데, 어째 장미 맛이 났다.

*

내 이야기가 끝나자 박사는 나를 식당으로 안내했다. 제경과 오튼도 영문을 모르는지 어리둥절한 얼굴로 쭈뼛 식탁 의자에 앉았다.

"툰, 직원 스페셜 하나 부탁하네."

"네, 조금만 기다리세…… 이분은 누구예요?"

하얀 머리와 하얀 속눈썹, 그리고 빨간 코와 더 빨간 귀를 가진 툰이라는 사람이 나를 보고 말했다. 그는 피로해 보였는데, 업무가 고된 것 같기도 했고 그냥 시간이 늦어서 그런 것 같기도 했다. 나는 내 소개를 누군가 대신해주기를 기다리다가 누구도 말이 없자 스스로 입을 열었다.

"준이라고 해요."

"툰이에요. 새 직원 뽑는다는 말 없었는데?"

"새 직원 아니야. 이분은…… 얘기가 좀 복잡한데. 들으면 언니 쓰러질 수도 있어."

"뭔데. 미등록 차원에서 오기라도 했다, 이 정도는 돼야 내가 쓰러질 텐데."

툰은 주문서를 보며 말하다 허한 웃음을 지었다.

"음. 그래, 그러면 일단 쓰러질 준비 하고 있어 볼래?"

제경이 너스레를 떨며 그에게 내 일을 털어놓았다. 그는 주방까지 따라가 이야기를 하더니 끝마치고는 어색하게 치아를 보이며 미소 지었다. 그 사이 툰은 완성된 음식을 테이블에 내려놓았다.

"그냥 알아만 두라고. 저기 언니, 괜찮아?"

제경이 다시 내 옆에 앉고, 툰은 자리에 가만히 서 있었다. 코를 훌쩍이는 걸로 보아, 설마 우는 건가. 눈이며 코며 애당초에 빨갰기에 구분하기가 쉽지 않았다. 툰은 입술을 삐죽거리다 어쩐지 어깨가 축 처져 주방으로 돌아갔다.

"저 언니가 마음이 좀 여려."

제경이 내 쪽으로 접시를 밀어주며 말했다.

주의를 돌려 테이블을 보니 식사가 가득 차려져 있었다. 서너 명이 간단히 먹기 좋을 양이었다. 둥둥 떠 있는 구름 모양의 무언가, 투명한 치즈 같은 것에 싸인 고기, 잼에 절인 감자 비스름한 식물 등이 노란 접시에 담겨 나왔다. 박사는 그중 둥근 토스트같이 생긴 것을 집어 들고 설명했다.

"여기부터 시작하죠."

그가 냅킨에 파란 펜으로 원 하나를 그렸다.

"차원 주파수의 혼란으로 차원을 이탈할 수 있듯이, 특정 주파수를 유도하면 그 차원으로 이동할 수도 있습니다. 디앤디가 아닌 민간 시설에서 이를 가능케 한 경우는 아직 보고된 적이 없지만, 그렇다고 불가능한 것은 아닙니다. 이론적으로는 말이죠. 의도적으로 준 씨의 머릿속을 지구와 연동시키면 됩니다."

그는 냅킨 위에 동그라미 일곱 개를 그렸다. 그는 그사이를 하나씩 점선으로 이었다.

"그때의 강렬했던 생존에 대한 감각을 가져오려면, 그날의 감정을 불러올 요소들을 찾아가면 됩니다. 때문에 저희는 여러 차원을 방문해 그것들을 찾아야 합니다. 순서대로 항키, 시오아노댄, 히엠세잇, 고리평, 필올리, 브롱키젠이 되겠습니다. 각각 편지, 눈사람, 장미, 참새, 전화, 도넛을 맡습니다."

"그러면 여섯 개 아닙니까? 하나가 남아요."

오튼이 일곱 번째 원을 가리키며 말했다. 박사는 씨익 웃으며 마지막 원을 파랗게 칠했다.

"지구입니다. 집에 가야죠."

"워, 잠시만요. 그러면 누가 준과 함께 가는 거예요? 일단 나는 갈 거고. 박사님도 가셔야 할 테고. 오튼도 갈 거야?"

제경이 동그란 눈을 굴리며 말했다.

"아니. 그렇게 많은 사람이 붙으면 일이 산으로 가. 난 방문자분들 관리해야지."

"자네도 가는 게 좋겠네. 출장을 갈 때마다 느끼는 건데, 자네는 대우주에 대한 지식이 많아. 함께하면 큰 도움이 될 걸세."

"박사님이 그렇게 말씀하신다면야……"

"오키, 딴말하기 없기다. 근데 말이야, 우리가 다 가면 하우스는 누가 관리해?"

제경이 눈을 이리저리 구르다가 한 곳에 초점을 맞췄다. 그곳에는 양손에 국자를 들고 코를 먹고 있는 툰이 있었다. 툰도 그를 향한 네 명의 시선을 느꼈는지 우리를 봤다.

"뭔데."

그가 입을 뻐끔거렸다.

"언니는 안 갈 거야?"

"안 가. 이 망할 직장에서 먹을 수 있는 음식을 하는 사람이 나밖에 없어. 왜 그러는데. 넌 갈 거고. 박사님은 안 갈 거죠?"

"미안하게 됐네."

"뭐야, 뭔데요."

튠은 불안한 눈으로 국자를 움켜쥐었다.

"미안해요. 금방 다녀올게. 남은 직원들이랑 잘해 봐요. 직원이 우리 빼면 열 명도 없긴 하지만, 선배 일 잘 하잖아요."

오튼이 프런트를 정리하며 말했다.

"됐으니까 미안하다는 말 하지 마. 넌 저분 살리기나 해."

튠은 그렁그렁한 눈을 부릅뜨고서 배낭 하나를 나에게 주었다. 여정 중 필요한 물건 몇 개를 챙겨두었다고 했다. 가방의 무게로 보아하니 그저 '몇 개'만 넣은 건 아닌 듯했다.

"조심히 가. 무슨 일 생기면 하우스로 연락하고. 죽지 마."

튠은 휙 하우스로 돌아갔다.

하우스의 세 사람과 나는 기차를 타러 갔다. 디앤디에 버스를 요청할 수 없기에 열차를 하염없이 기다리는 수밖에 없다고 오튼이 말해주었다. 기차역은 하우스의 뒷마당에 있었다. 한적한 우주와 잔디를 바탕으로 덩그러니 놓인 정거장은 어딘가 친근했다. 정거장 맞은편에는 파란 장미가 가득 있었다. 우리가 찾는 빨간 장미는 아니었지만, 나는 파란 편이 더 마음에 들었다.

"좀 기다려야 될 것 같은데. 이참에 궁금한 거 있으면 물어볼래요?"

제경이 열차 시간표를 보여주며 말했다.

"질문할 게 너무 많은데, 뭐부터 하죠. 아, 그래요. 제 말을 어떻게 알아들으시는 거예요? 저는 또 여러분들 말 어떻게 알아듣고?"

"통역 체계 때문이에요. 디앤디 놈들이 만든 괴상하지만 쓸모는 있는 시스템이죠. 덕분에 준이 어디 가서 의사소통 때문에 애먹을 일은 없을 거예요."

"그렇구나. 하나 더요. 참새랑 도넛이랑 장미가 다른 차원에도 있어요? 어떻게 있어요?"

"이 차원에도 인간이 있고, 저 차원에도 인간이 있는 것과 같은 거죠."

나는 시답잖은 질문 한두 개를 더 하다 귀찮아져서 입을 다물었다. 오튼은 우리가 갈 행성들의 정보를 휴대폰이나 태블릿으로 추정되는 기기로 검색하고 있었다. 박사는 어떤 종이 더미를 읽고 있었다. 막상 시간이 지나니 지루해졌지만(인터넷이 안 됐으므로) 그들을 방해하면 안 될 것 같았다.

"선택지가 두 개 있어요. 내가 들려주는 저 별들 이야기 듣는 거랑, 준이 지구 이야기 들려주는 거."

내가 심심한 걸 어찌 알았는지 제경이 고개를 치켜들며 말했다.

“전자요.”

“좋아요. 대신 조건이 있어요.”

“조건이요?”

“나랑……”

때마침 평생 안 올 것만 같던 열차가 도착했다. 별 구름을 뚫고서. 열차는 길고, 또 길었다. 지구의 것과는 전혀 다르게 생겼지만 못나지는 않았다. 출입문이 열리자 두 명이 내렸다. 둘 다 얼이 빠진 얼굴이었다.

“드디어 왔네요. 근데 아까 뭐라고 했어요?”

“아니에요, 그냥…….”

그는 왠지 시무룩해져서는 열차에 올라탔다. 우리는 맨 뒤 칸으로 갔다. 하우스 직원 전용칸이라나. 그게 틀린 말은 아니었는지 그 칸에는 사람이 아무도 없었다.

“항키까지면 한 10시간은 걸릴 거예요. 이탈하기 전에 준이 살던 곳이 밤이었는지는 모르겠지만, 하여간 눈 좀 붙이는 게 좋아요.”

“의자 밑에 수면 도구가 있습니다. 필요하시면 세팅해 드릴게요.”

오튼은 정갈하게 바닥에 간이침대를 깔았다. 나와 제경은 그 위에 누웠는데, 정작 오튼 본인은 좌석에 앉아만 있었다. 찾아볼 자료가 남아있는 모양이었다. 그는 손을 쉬지도 않고 수첩을 채워갔다. 박사는 아직도 종이를 읽고 있었다. 두 사람은 밤을 꼬박 새울 작정인 듯했다.

"편히 주무십시오. 저는 여기서 계속 있을 테니 자다가 필요하면 부르시고요. 오늘 하루도 수고하셨습니다."

박사가 생긋 웃으며 인사를 했고, 오튼은 가볍게 목례를 했다.

"예쁜 꿈 꿔요."

제경이 검은 고글을 쓰며 말했다. 눈이 민감하여 별빛을 가리기 위함이라고 했다. 때문에 그의 눈이 보이지 않아 그가 잠들었는지 아닌지를 알 수 없었다. 아무튼 나는 자야지. 털썩 누워 눈을 감았다. 잠시 뒤면 또 하루가 시작되겠거니, 하며 한숨을 내쉬었다. 아니, 그게 아니지. 내일은 학교도, 한강도 없지. 집도, 아는 사람도, 연락도, 밀린 일과도 없지. 지구가 없지. 슬프고 파란 행성이 없지. 내가 알던 모든 일상이 없지.

어쩌면 우울과 조금은 멀어지겠다.

어째 웃음이 새어 나왔다.

제경이 말한 대로 예쁜 꿈을 꾸지는 못했다. 꿈속의 나는 팔에 붕대를 감고 있었다. 방문 너머에서 번이 엄마를 설득하는 소리가 들린다. 사람이 아프면 병원에 가야죠. 누나도 가겠다고 했어. 엄마는 대체 왜 그래? 그나마 멀쩡하던 딸까지 정신병원에 보내려니까 싫다, 뭐 그런 거잖아요. 어떻게 우리를 그런 식으로 볼 수가 있어? 우리는 잘못한 거 하나 없어.

나는 침대에 드러누워 창밖을 보고 있었다. 그날의 집은 유독 추웠다. 강에 빠졌다 나와서 그런가. 잠들어보려고 했지만 번번이 실패했다. 하늘을 올려다보면 별도 추위를 타는지 잠들지 않고 반짝이고 있었다. 이불을 덮어주고 싶었지만 그것에 닿을 방법을 몰랐다. 곧 해가 뜨면 조금은 더 따뜻해질 거야. 그때가 되면 나는 널 보지 못하겠지만, 그래도 사라지지만 말아줘.

그 기나긴 밤은 느릿느릿 지나갔다. 다음날의 밤부터 별은 보이지 않았다.

2

항키, 그리고 편지

-776차원 제1 행성 항키에 도착했습니다. 내리실 문은 왼쪽입니다. 마음과 마음의 대도시 항키에서 모두 즐거운 추억 만드시길 바랍니다.

항키에 도착하니 아침이었다. 나는 태양의 것이 아니었을 빛을 햇살이라고 착각하며 얼굴을 구겼다. 5분만 더 자고 싶다. 아니, 평생 잠들어버리고 싶다.

“저기, 준. 일어나요.”

“잘 건데요.”

잠꼬대였다. 제경은 그런 줄을 몰랐는지 성실히 대화를 이어갔다. 필시 알고도 그랬을 것 같지만.

“잘 거예요? 저기 오튼이 시간 없다고 막 귀 접었다 폈다 하는데도요?"

"귀를…… 폈다…… 뭐요?"

"재 습관이에요. 손톱 깨무는 거나, 내가 누워서 발목 까딱까딱하는 것처럼."

들을 거라고 기대도 못 한 사실들을 알게 되자 정신이 들었다. 발목? 오튼? 이게 다 무슨 소리람. 그래, 맞다. 나 지금 지구에 없지.

기지개를 켜고 곧장 기차에서 내렸다. 이곳이 지구가 아니라는 사실을 실감했다. 물에 번진 형광펜 같은 하늘 아래로 낮은 건물들이 즐비했다. 기하학적으로 튀어나온 조형물과 글리터가 흩뿌려진 듯한 가로수. 원색의 전차는 하늘 위 레일을 달렸고, 땅은 코팅된 분홍 슬라임 같았다. 까슬까슬한 질감의 공기는 네온사인으로 묻힌 도시를 삼켰다.

"세상에나. 이게 몇 년 만에 오는 항키야? 어때요?"

제경이 신이 잔뜩 나서는 방방 뛰며 말했다.

"건물은 50년대 지구랑 비슷하게 생겼네요. 건물만요."

제경은 그 말이 재미있었는지 피식하고 웃다가 오튼이 목을 가다듬자 주의를 집중하였다. 오튼은 그가 계획한 일정을 브리핑해 주었다. 분 단위로 맞춰진 스케줄을. 그가 말하길, 우리의 첫 번째 목표는 아이선이라는 집배원을 찾아가는 거란다. 그는 하우스의 우편을 종종 전달해줘 친분이 있는 인물이라고 했다. 그에게서 편지지를 받고, 그 위에 편지를 써 내려가면 내 기억을 상기시키는 데 도움이 될 거라고 오튼은 평이하게 말했다. 확신이 있어서 그러는 건가, 아니면 그 밖의 변수를 생각하기 싫은 걸까. 어쩨 후자일 것 같지.

주유소를 지나, 전차 역을 넘어, 극장을 건너 자그마한 건물에 도착했다. 우체국이었다. 실은 우체국보다는 가정집에 가까워 보였다. 지구 속 어느 먼 나라의 시골에서 보일 법한 외관이었다.

“계십니까?”

박사가 문을 두드렸지만 반응은 없었다. 문을 열고 소리를 쳐봐도 대답은 들려오지 않았다.

“일하러 가셨나?”

제경이 대수롭지 않게 말했지만 오튼은 계획이 틀어져 퍽 불안한 모양이었다.

“여기 있을 시간이 맞는데. 어디로 갔을까요?”

“짐작 가는 곳이 하나 있긴 하네.”

박사는 뛰기 시작했다. 나는 묻지도 않고 그를 따랐다.

힘차게 뛰느라 가빠진 숨이 무색하게도 아이선은 그리 먼 곳에 있지 않았다. 우체국 가는 길에 보았던 극장의 매표소. 그곳에서 직원과 손을 맞대고 있었다. 사이다 탄 바닷물 색 머리 청년. 그게 아이선에 대한 내 첫인상이었다.

자세히 보니 그는 손바닥이 아니라 손목을 맞대고 있었다. 손목에는 반투명한 시계 같은 것이 있었다. 그것이 직원의 시계와 닿자 자주색 빛을 내었다. 시곗줄에 나타난 숫자가 커져갔다. 05286. 05739. 07489. 10000.

"뭐 하는 걸까요?"

"그걸 왜 지구인한테 물어봐요. 제경, 항키 와봤다면서요?"

"네. 딱 한 번이었죠."

아이선은 볼일이 끝났는지 유유히 자리를 벗어나려고 했다.

"서둘러요."

"뭐라고요?"

"서두르라고요!"

도시가 시끄러워 그의 이름을 부른다고 해도 그가 들을 일은 전무해 보였다. 하는 수 없지. 또다시 발로 뛰는 수밖에.

항키 사람들이 걸음이 빠른 건지 그와의 거리는 좁혀지질 않았다. 나는 더는 안 되겠다며 걷듯이 뛰어가는데, 말이 나를 가로막았다. 정확히 말하자면, 집채만 한 유니콘이 우리의 앞을 막았다.

"야, 거기서 멈추면 어떡해, 사람들 못 지나가잖아. 죄송해요. 우리 애가 말을 잘 안 들어서. 하하. 조금만 기다려주세요."

나는 물론 오튼도, 제경도 넋을 놓고 그 광경을 지켜보았다.

"껴안아도 되나요?"

"그럼요. 사람 되게 좋아해요."

우리완 달리 박사는 신이 났지만 말이다.

유니콘이 시야에서 사라졌을 때, 당연하게도 바다색 머리를 한 아이선은 사라지고 없었다. 다시 서점을 지나, 횡단보도를 넘어, 은행을 건너 그를 찾았다. 이번에는 가정집들이 모인 뒷골목에서였다. 골목만 놓고 보면 친숙한데, 또 하늘이나 가로등 같은 것을 보면 너무도 낯설어 괴리감이 느껴졌다.

아이선은 으슥한 그늘이 진 곳, 골목길과 계단이 맞닿은 곳으로 향했다. 그의 사뭇 진지한 표정에 우리는 어쩌지를 못하고 숨만 죽였다. 층계에는 또 다른 누군가가 앉아있었다. 허리를 푹 숙인 것이 그도 사연이 이만저만이 아닌 듯했다. 아이선은 그의 몸통만 한 메신저백에서 봉투를 꺼내 내밀었다.

"편지 왔어요. 패연 씨 본인 맞으시죠?"

패연이라는 사람은 대답하지 않았다. 아이선은 그의 옆에 나란히 앉았다.

"언니분으로부터 파란 사랑 100그램이 배달되었습니다."

패연은 팔로 거칠게 눈물을 훔치더니 편지를 받아 들었다. 그가 손목시계를 편지에 가져다 대자 봉투가 열리며 가루가 주위에 퍼졌다. 생일 폭죽처럼, 혹은 먼지처럼. 아마도 사랑이란 것일 파란 먼지가 반짝이며 허공을 날았다. 세상에서 가장 고요한 폭탄 같았다. 그는 즉시 속지를 읽어내렸다. 아이선은 묵묵히 그의 옆을 지켰다.

글을 다 읽은 걸까. 패연은 무릎에 얼굴을 묻고 웃었다. 울기도 했을 테지만, 어쨌거나 그가 몸을 일으켰을 때 그의 얼굴에는 웃음기가 가득했다. 가루들은 때가 되었다는 듯 움직였다. 패연을 중심으로 모여 돌고 돌다가 아이선의 시계에 흡수됐다. 그의 시곗줄의 숫자가 0093에서 0193으로 바뀌었다.

"감사합니다."

"아닙니다. 아, 팁은 괜찮아요. 이미 만땅이에요."

아이선이 자신의 시계를 보이며 말했다.

"귀가 도와드릴까요?"

"괜찮아요. 바로 요 앞이에요."

"알겠습니다. 그럼 이만 가볼게요."

아이선은 가방을 메고 자리에서 일어났다. 그가 몸을 돌리자 나와 눈이 마주쳤다. 바다가 반짝였다. 물리적으로. 그의 눈 안에서.

"그래서, 준 님이 지구로 가는 걸 도와달라는 말이죠? 제 편지로요."

아이선은 함께 우체국으로 돌아가는 길에 오튼에게 자초지종을 전해 듣고선 심각한 표정으로 말했다.

"진심으로 도울게요. 근데 어디서부터 뭘 어떻게 도와드려야 될지가 사실…… 잘 모르겠네요."

"가장 중점이 되는 건 기억입니다. 순간의 감정 말입니다."

아이선은 박사의 말에 잠시 고민하는 듯하더니 그의 머리 위 문을 열어 다락으로 가는 길을 열었다.

"따라오시죠. 이리로."

모두가 도착하자마자 다락의 문이 닫히고 불이 켜졌다. 곳곳에서 서랍이 보였다. 모든 벽면이 서랍이었다. 나는 처음 보는 방의 모습에 놀랐다. 아이선은 날 감탄케 한 게 뿌듯했는지 한껏 들뜬 목소리로 말했다.

"여기가 바로 제 우체국의 하이라이트! 커스텀-우편-서비스를 진행하는 공간이에요. 항키의 표준 편지지를 이용할 수 없는 외부인 분들을 위한 특별 상품이죠."

그는 온갖 제스처를 섞어 운을 띄우곤 자리를 박차고 일어나 서랍들을 뒤지기 시작했다. "분명 이쯤인 것 같은데"라는 말을 열 번 정도 뱉고 나서 그가 찾은 것은 웬 게임 컨트롤러였다.

"여기, 시계도 차시고. 직원분들도."

아이선이 건넨 시계를 손목에 감싸자마자 하트 아이콘이 나타났다. 그리고 밴드에 나타난 숫자. 0083.

아이선은 박사의 8976, 오튼의 5501, 제경의 9786이라는 수를 보고 흐뭇해하다가 이내 내 것을 보고 웃음을 거두었다.

"이 숫자는 뭐죠?"

제경이 시계를 요리조리 둘러보며 말했다.

"누군가에게 부칠 수 있는 먼지의 무게에요. 수가 낮더라도 걱정하지 마세요. 먼지는 있다가도 없고 없다가도 있는 거라서."

"먼지요?"

"아까 패연님의 편지에서 나왔던 가루 기억하시죠? 그걸 먼지라고 불러요."

"먼지와 마음이 같은 건가요?"

"비슷하긴 한데 조금 다르죠. 마음은 혼자서 꾹꾹 눌러 담는 것. 먼지는 자신을 떠나 하늘을 부유하다 누군가의 심장에 얹히는 것."

아이선은 비디오 게임 하나를 켰다. 컨트롤러를 내게 쥐여주면서.

[안녕, 모험의 주인공. 너의 이름을 알려줄래?]

-준.

[멋진 이름이야. 그럼 우리 함께 먼지를 찾아 여정을 떠나볼까?]

-딱히.

[정말로? 후회 안 하겠어?]

-하는 수 없지.

도트로 찬 2D 세계를 돌아다니며 먼지를 모으면 되는 게임이었다. 중간중간에 이상한 질문에 답도 해주면서.

[동료가 많이 다쳤는데 괴물들이 몰려오고 있어!]

-(B)동료를 업고 뛴다.

[이 모험이 끝나면 무얼 할 거야?]

-(D)모르겠어.

[친구에게 우리의 일대기를 어떻게 설명할 거야?]

-(B)특별할 거 없었어.

[적과 싸우다 죽게 될 경우를 대비해 유서를 쓴다면?]

-(A)어차피 읽을 사람도 없는걸.

"거기 앞에 포션 있어요. 먹어, 먹어."

"어어, 저기 뒤에. 나이스, 그렇지."

제경과 오튼의 훈수 아닌 훈수와 과몰입 덕분에 빠른 클리어가 가능했다. 엔딩 화면이 떴을 때는 솔직히 재미와 성취감도 들었다.

[위험한 모험을 이겨내고 살아남았습니다. 당신은 위대한 용사입니다. 축하합니다!]

문구가 뜨자마자 서랍 세 개가 텅, 하고 열렸다. 아이선은 그곳에서 봉투 한 장씩을 꺼내 내게 주었다.

“이 세 개의 편지 봉투에 준 님의 먼지를 담아 보내는 거예요. 그중 준 님의 먼지를 가장 잘 담아내는 편지 봉투를 받은 사람이 준 님께 답장을 할 거고, 그게 당신의 편지 봉투가 되는 거예요.”

편지들은 얼핏 보면 똑같아 보였고 자세히 보아야 그 차이를 알 수 있었다. 재질과 향기, 두께가 다 달랐다. 그날의 편지는 어떻게 생겼더라. 어떤 가루를 담아야 하려나.

애초에 나에게 먼지가 있긴 했던가.

“좋지 않은 감정도 먼지가 될 수 있어요?”

“그럼요. 먼지의 근간은 마음이고, 마음은 다양한 거니까.”

“우울 같은 감정은 전달해서 어디다 쓰죠?”

“먼지는 쓰는 게 아니에요. 쌓고 터는 거지. 지구라는 곳에서도 그렇지 않던가요?”

1층으로 내려가니 마침 손님 한 명이 문을 두드렸다.

“안녕하세요. 후회를…… 부치려고 왔는데요.”

"찾아와주셔서 감사합니다. 혹시 신입 사원들 교육을 위해 우편 전달 과정을 공유해도 괜찮을까요?"

아이선이 나를 포함한 우리 넷을 손짓했다. 손님은 고개를 끄덕였다.

"몇 그램 보내려고 하세요?"

아이선이 고글과 홀로그램 재킷을 걸치며 말했다.

"30g이요."

손님은 그에게 편지지를 내밀었다.

"알겠습니다. 봉투는요?"

"기본으로 주세요."

아이선이 봉투를 꺼낸 후 가져온 것은 빗자루였다. 잠시만, 빗자루?

"먼지를 쓸어야 하니까요."

그는 손님의 손목시계를 열었다. 손가락으로 가볍게 누르니 뻐꾸기시계처럼 시계가 열렸다. 그 안에는 형형색색의 먼지가 뒤엉켜있었다. 아이선이 그 위로 손짓을 할 때마다 먼지의 색이 바뀌었다.

"어디 보자…… 슬픔, 그리움, 행복, 설렘……. 찾았다. 후회. 손님께서는 파란색, 노란색, 빨간색, 검은색의 후회가 각각 23g, 10g, 5g, 17g 있으세요."

"파란색 조금만 남기고 다 넣어 주세요."

"네. 그럼 파란 후회 20g 제외 총 35g 배송하겠습니다."

터질 듯 말 듯 한 물방울의 표면 장력이 먼지에도 적용된 듯 보였다. 아이선은 조심스레 그 힘을 빗자루로 깨뜨렸다. 한 톨 한 톨. 빨간색과 노란색 먼지가 떨어지면서 주황 가루가 나타났고 뒤이어 검정과 파랑이 뒤섞여 형용할 수 없는 형태가 되었다. 그 모든 게 편지지에 담기고 손님이 시계를 닫는 순간, 반짝. 비로소 먼지는 빛났다.

손님이 몰려 들어올 시간임에도 장사를 접고 나를 돕겠다는 아이선을 겨우 말려 손님과 우편을 부치러 떠났다. 오튼을 제외한 하우스 두 사람과 함께. '사공이 많으면 배가 산으로 간다.'는 오튼의 신념이 또다시 발현한 것이었다.

우체통은 애매한 거리에 있었는데, 아주 멀리에 있지는 않았지만 대체 왜 우체통이 우체국 앞에 있지 않은 건지 나로선 이해가 가지 않았다.

"누구한테 보내는 거예요?"

제경이 말했다.

"얼마 전까지 친구였던 사람이요. 대학 동기."

며칠 전, 그의 시곗줄에는 0102라는 숫자가 있었다고 했다. 그리고 그 친구, 내 마음대로 B라고 명명해버린 그 사람은

6360. 손님은 B에게 온 마음을 주었다. 사랑과 기쁨. 손님에게 남은 티끌만큼의 좋은 감정들을 쥐어짜내 B에게 주었다. 100g. 그것이 그가 B에게 준 마음의 총량이었다.

"그런데도요. 6kg의 여유가 있는 사람이 70g을 거들떠보겠어요? 언제는 걔가 그러더라고요. 필요한 만큼 자기 먼지를 주겠다고. 부끄러워하지 말고 언제든 부탁하라고."

B는 손님에게 언제고 먼지를 주어왔다. 둘이 함께 있을 때마다. 200g, 500g, 또 어떨 땐 2kg. 그렇게 많은 마음을 자신에게 주면서 다음 날이 되면 다시 6kg으로 충전되어 있는 B가 손님은 부러웠다.

부러움. 손님은 그게 시작이었다고 복기했다.

이기적이었던 걸까. 어리석었던 걸까. 손님은 질투했다. B의 풍족함을. 자신이 온 마음을 주어도 가당치도 않다는 듯, 불쌍하다는 듯 그의 몇 배나 되는 먼지를 툭 던져주는 B를.

손님은 더 이상 B의 먼지를 받을 수 없게 되었다. 그가 3kg의 먼지를 준다 해도 그것을 진실로 받아들이지 못했으니까. 손님에게 있어서 먼지는 타고난 사람들만이 가지는, 자신처럼 불쌍한 사람들에게 모이 주듯 던져주는 그런 것이었다. 사치품. 그 이상도 이하도 아닌.

"제 숫자는 점점 떨어졌어요. 110에서 100. 100에서 50. 초라

해 보였어요. 내 옆에 재는 6kg인데. 내 마음을 심장의 바닥까지 긁어모아도 그에게는 하찮아 보이겠구나, 싶었죠. 그럴수록 먼지는 빠르게 비워졌어요. 나 스스로를 향한 속마음조차도 흐려졌죠. 한편으론 더 많은 걸 바라게 되더라고요. 쉴 새 없이 사라지는 먼지와 마음을 그가 채워주길 바랐어요. 남들의 두 배를 베풀길 요구했어요. 나를 봐줘요. 신경 써줘요. 마음을 줘요. 나에게 쌓인 먼지를 털고 가요. 어떤 감정이든요. 그래도 이왕이면, 이왕이면 부디 사랑을 주세요."

그는 짧은 한숨 뒤 덧붙였다.

"그럴 수 없단 걸 알았는데 말이죠. 혹여나 그가 내 바람을 들어주어도, 나는 그걸 밀어낼 거란 걸 알았는데."

한 번 비워진 그의 심장은 채워질 줄을 몰랐다. 마음이 쌓여야 하는데 기름칠이라도 한 듯 자꾸만 미끄러졌다. 간신히 자리를 잡은 소수의 먼지들은 손님이 심장을 아프게 만져대는 사이다 떨어져 나갔다. 결국 그에게 남은 것은 46g의 먼지. 그는 B가 보답으로 5kg을 주기를 바랐다. 터무니없이 큰 꿈인 걸 알지만 이를 받지 못하면 자신이 깨져버릴 것 같았다. 그러나 돌아온 대답은 참혹했다.

"이거 가지고 뭘 하라는 거야. 계속 이런 식이면 곤란해. 내가 너한테 준 마음이 얼만데. 한동안은 불쌍해서 그냥 줬다고 해도,

이쯤 되면 너도 주는 게 있어야지. 이젠 내 먼지도 줄어들고 있어. 나는 이런 소모적인 관계 지속 못 해."

B는 그렇게 나갔다.

이야기가 여기까지 다다라서야 손님의 손목을 확인해 보니 11이라는 숫자가 번뜩이고 있었다. 35를 더하면 46. B와 절연한 순간에 먼지가 멈춘 모양이었다.

"그분을 질투했던 걸 후회하시는 거예요?"

"그것도 그렇고, 받기만 했던 것도 그렇고. 미워했던 것도 그렇고. 그리고 무엇보다, 하지 못한 말도 있고요."

"그 말을 전하시려고요?"

"아뇨, 그냥…… 글쎄요."

에메랄드빛 우체통이 보였다. 손님은 발걸음을 늦추며 걸어가 그 앞에 섰다. 그는 편지지를 한참 만지다 우체통 입구에 반쯤 걸치고 눈을 감았다. 그러다 긴 잠을 자다 일어난 것처럼 느릿느릿 눈을 떴다.

"잠시만요. 한 마디만 더 써도 되죠? 아니다. 몇 문장 정도만. 겉봉에 만이라도 써도 되죠?"

우리는 어쩔 도리가 없어 눈만 굴리는데 손님은 주머니에서 볼펜을 꺼내 이로 뚜껑을 따 글을 쓰기 시작했다. 그리고 우리는 침묵했다. 설령 이게 이 행성의 규율을 어기는 일이라 해도 모른체하기로 했다.

[너에게 줄 먼지가 정말 하나도 남지 않았던 건 아니었어. 3g의 사랑이 있었거든. 그건 끝내 전하지 못하겠더라. 나의 사랑이, 네가 나에게 주어왔던 사랑과 다른 색을 띠고 있어서. 이 먼지는 내가 안을게. 눌어붙어 떠오르지 않는 때가 되고 마음이 되도록, 내가 소유할게.]

편지는 부드러운 툭, 소리를 내며 우체통으로 들어갔다.

이제 그에게 남은 11g의 먼지. 고작 그뿐이었지만 손님은 후련해 보였다. 당연한 일이었을지 모르겠다. 그는 35g의 후회를 멀리 날려 보냈으니. 나는 그저 신입의 마음으로 (나로서는 이해하기 힘든) 그 모든 과정을 바라볼 뿐이었다.

"마음이 보이면 좋은 것보다 문제가 더 많지 않나요?"

"꼭 먼지가 아니더라도 비슷할 거예요. 본래 마음은 보이는 거예요. 어떻게든. 분명하게."

그날 밤 아이선은 영업시간이 끝났음을 알리는 팻말을 걸며 내게 말했다. 먼지를 만들자고. 적어도 100g은 있어야 세 개의 편지에 안전히 실을 수 있다고.

근처 숙소에 방 두 개를 잡았다. 박사와 오튼이 한 방, 나는 제경과 같은 방.

나는 손목의 시계를 뚫어져라 바라보았다. 반대쪽 손을 뻗어 조심스레 매만지다 열어보려 하는데 문득 두려워졌다. 아무것도 없을까 봐. 낡고 낡은 83g의 마음만이 초라할까 봐. 텅 빈 심장을 볼 자신이 없었다.

그러다 벌레 소리가 들렸다. 프스, 하는 소리. 나는 바퀴벌레만 아니었으면 하는 마음으로 몸을 일으키는데 딱딱한 무언가와 이마를 부딪쳤다. 짧은 신음을 하다 눈을 떠보니 이마를 문지르는 제경이 있었다.

"제경이었어요?"

"네. 여긴 준이랑 나밖에 없잖아요?"

"전 벌레인 줄 알았죠."

"너무하네요. 벌레라니."

"아무튼, 무슨 일이에요?"

"아, 그게…… 그니까, 준만 괜찮다면……"

제경은 뜸을 들이며 그의 가방을 뒤적였다.

"제가 또 하우스의 의료 담당 아니겠습니까."

그가 두 손으로 내려놓은 것은 구급상자였다. 제경은 연고와 밴드 등을 꺼내 하나씩 보여주며 나에게 신호를 주는 듯했지만 나는 그의 행동을 알 수 없었다.

"언제는 다 나았다면서."

"뭔……데요, 지금?"

"시계 찰 때 봤어요. 팔 걷어줄래요?"

제경이 나를 똑바로 바라보며 웃었기에, 나는 아무 일도 할 수 없었고 순순히 팔을 내어주었다.

"소독할게요. 차가워요."

하우스의 '의료 담당'답게 그는 능란히 팔에 이것저것을 바르고 붙이고 했다.

"벌어진 살들 다 모아서 붙여놨어요. 흉터에 연고도 발랐으니까 막 긁거나 만지지 마시고. 마지막으로……"

제경은 내 상처 중 가장 작은 것 위로 동그란 캐릭터 밴드를 부착했다. 펭귄과 강아지를 반씩 닮은 동물 캐릭터였다.

"얘 이름이 뭐예요?"

"몰라요, 저도. 그냥 아까 걷다가 하나 샀어요. 귀여워서."

"지구에도 이렇게 생긴 애 있는데. 뽀로로라고. 아니다, 핑구 쪽에 더 가까운 것 같아요."

"둘 다 처음 들어보는 친구들이지만, 그래요, 그렇네요."

나는 어색함을 무마하려 웃어 보였지만 어째 웃을수록 더 서먹해지는 것 같았다. 잠이나 자야겠다고 생각하며 눕는데 이번에도 제경이 나를 불렀다.

"고마워요."

"누가요?"

"준이요."

"나요?"

"요즘도 해요?"

"아뇨. 다 옛날 거예요."

제경은 대답을 하지도, 고개를 끄덕이지도 않았다. 거짓말인 걸 알지만 눈감아 주겠다는 뜻이겠지. 그럼 나도 그의 동정을 눈감아 주어야지.

"제가 말하면 믿어줄 거예요?"

이렇게 다정히 물어봐 주는 건 고맙지만, 나는 그의 위로를 믿을 생각도, 그럴 수도 없었으므로.

"그건 어렵겠네요. 미안해요."

제경이 고개를 느리적 느리적 끄덕였다. 이건 또 무슨 뜻일까.

"보여주면, 그때는 믿어줄래요?"

그는 첫 공연을 앞둔 마술사처럼 긴장한, 그러면서도 들뜬 특유의 짓궂은 얼굴을 하고 자신의 시계에 손을 가져다 댔다. 그리곤, 딸칵.

어지러웠다. 산란하는 먼지들이 나를 감쌌다. 하얀색, 자주색. 대체로는 파란색. 하우스 뒷마당의 장미, 어쩌면 지구와도 닮은 색. 제경은 입김을 불어 가루를 하염없이 날렸다. 저러다 먼지가 다 떨어지면 어쩌지. 그를 말리고 싶었지만 나 따위가 그의 행동을 통제할 순 없었다. 그러는 새 가루는 또 나에게. 그러면서도 그것들은 명확한 경계를 두고 있었다. 나에게 스며들지 않고 맴돌기만 했다. 먼지가 쌓이기는커녕 자꾸만 미끄러졌다. 내 심장의 표면에서. 얼음 위를 스치듯이.

먼지는 쓰는 게 아니에요. 쌓고 터는 거지.

먼지는 쓰는 게 아니다. 쌓고 터는 거지.

아이선에겐 미안하지만 내겐 부적합한 소리다. 나에게 먼지란 그저 '먼지'. 귀찮고 더러운, 언젠가 또 쌓일까 부담인 요소.

제경의 시계 위 수가 급격히 줄어들었다. 그에 반해 내 것은 그대로였다. 나는 제경의 시계를 닫았다. 먼지는 토네이도에 휩쓸리듯이 그의 시계로 돌아갔다. 제경이 날 봤고, 나는 미안한 마음에 눈을 돌렸다. 하지만 그마저도 먼지는 되지 못하겠지. 내게는 미안함도 비행하지 못하는, 썩은 가슴에 머물다 사라지는 한숨일 뿐이었다.

나는 제경이 날 원망하기 전에 서둘러 침대에 누웠다. 그 뒤로도 제경은 오래 깨어있던 것 같다.

"푸른색, 파란색이라……"

제경이 늦잠에 빠진 사이 아이선에게 지난 밤 이야기를 했다. 자세히는 말고. 누군가의 먼지가 방 안을 가득 메우는 광경을 멀리서 보았다고.

"파란 먼지가 무슨 의미인데 그래요?"

나는 지나치게 눈썹을 올리고 있는 아이선에게 말했다.

"파랑은 회복의 색이에요. 그러니까 파란 먼지를 주는 건, 연고를 발라주는 거랑 같은 거죠."

과연 의료인 다운 조치군. 나는 내 손목을 보고 온갖 의학 용어를 내뱉던 의사들을 떠올렸다.

"그건 그렇고. 당장 우선인 것은 준 님의 시계를 여는 건데…… 준 님, 떠오르는 방법 있어요?"

"음……"

나는 3초 정도 고민하는 척을 했다.

"없어요."

"그렇군요."

아이선은 박사 옆에 아무렇게나 앉아 턱을 괬다. 두 사람 다 착잡한 듯이 있는데 홀로 서서 노트를 적고 있던 오튼이 말했다.

"그럼 떠오르는 문제는요?"

"문제요?"

"네. 무엇 때문에 먼지가 전달되지 못하는 거라고 생각하세요?”

문제. 문제라. 나와 가장 잘 어울리는 단어. 문제. 그래. 그래서, 뭐가 문제인 거냐면…….

체감상 1초, 사실은 1분 정도의 시간 동안 내가 대답하지 못하자 오튼이 입을 열었다.

“왜 누군가의 먼지를 믿지 못하세요?”

할 말이 없었다. 그야 너무도 당연했으니까. ‘왜 숨을 쉬세요?’라는 말처럼.

“그게 진심이라면, 그걸 왜 저에게 주겠어요? 바보도 아니고.”

늘 생각해오던 말이었지만 막상 입 밖으로 꺼내니 퍽 따지는 듯이 들렸다. 얼굴마저 인상이 써져 나조차도 놀라는데 하필이면 그때 제경이 눈을 비비며 일어났다. 그는 내 말을 들었는지 아닌지 자연스레 오튼 옆에 앉았다. 그의 손목 위 숫자는 9701이었다.

오튼은 수첩을 힘있게 닫고 고개를 끄덕였다. 마치 ‘답 나왔네.’라고 말하는 듯했다.

“아이선 씨, 오늘 오후 스케줄에 두 명 더 보내도 될까요?”

“오후 스케줄이요? 준 님이랑 누구요?”

“제가 아는 바보 하나요.”

오튼이 그새 소파에 누워 잠든 제경을 향해 턱짓했다. 제경의 먼지는 벌써 쌓여 9732g이 되었다. 참 알 수 없는 사람이라 생각하며 나는 나갈 채비를 했다.

코가 간지러웠다. 해(라고 부를 수 없을 어떤 광원)가 저무는 거리는 북적였다. 뭉쳐있는 사람들을 감싼 것은 먼지였다. 이 사람에서 저 사람으로 움직이는 먼지. 이 행성에서 먼지는 꽃가루와 비슷한 것으로 보였다. 지구에서도 그것 때문에 골치 아팠던 적은 없었는데. 나도 몰랐던 알러지를 다른 차원에서 발견한 건가 싶었다. 그 와중에 사람들의 복장은 그것대로 화려해서 눈은 눈대로 시렸다. 구석구석 낀 먼지와 홀로그램 고글. 이것도 조화라면 조화였다.

그 '오후 스케줄'의 도착지는 아이선을 처음 만났던 영화관이었다. 그때 아이선과 손목을 맞댔던 직원이 그대로 자리를 지키고 있었다.

"어서 오세요. 무엇을 도와드릴…… 아, 안녕하세요?"

직원은 입에 밴 인사를 하다 아이선을 보고는 눈을 크게 열었다.

"영화 준비됐습니다. 7관 11열로 가시면 됩니다."

그는 티켓 하나를 유리 밖으로 내밀다 나와 제경의 눈치를 살핀 후 두 장을 더 주었다. 티켓에 표시된 영화의 이름은 행복이었다.

종종 있는 일이라고 했다. 한 사람을 위해 감정 하나를 온전히 상영하는 것이.

이번 대관의 주인공은 상영관 앞에서 우리를 맞았다. 친구를 위해 행복을 이곳에 걸었댔지. 나는 아이선의 설명을 상기하며 그와 악수를 나눴다.

착석 전 나와 제경은 아이선을 따라 영사실에 가야 했다. 영사기에 의뢰인의 감정을 잘 담아 쏘는 것이 아이선의 업무였고, 그것을 돕는 것이 우리 '신입'들의 일이었기에.

아이선은 그의 메신저백에서 주머니 하나를 꺼냈다. 그는 그것의 입을 조심히 열었다. 그가 가까이 오라는 시늉을 하자 나와 제경은 고개를 빼 그 안을 보았다. 안에는 먼지가 빛을 뿜고 있었다. 밤을 새워도 다 헤아리지 못할 수의 색으로, 여태껏 보지 못한 밝기로.

먼지는 포로로 날아올라, 또 유영하며 허공을 메웠다. 아이선의 손짓을 따라 먼지들은 멀리 퍼져나갔다. 마치 마음을 완전히 품기엔 영사실이 너무도 좁다는 것 같았다.

아이선은 그 속을 휘저어 자신의 머리색과 꼭 닮은 먼지를 잡았다. 그는 장난스레 그것으로 머리칼을 수놓다 털어냈다. 또 그는 그것을 뭉쳐 공처럼 만들었다. 구형의 행복이 그의 가슴

팍에 안겼다.

손님과 그의 친구가 1열에 앉았다. 우리 셋은 함께 영사기에 먼지를 쏟아부었다. 기계가 반짝였고, 곧 영화가 시작됐다. 마법. 그 외의 단어로는 그 광경을 설명할 수 없었다. 찬란하고도 기적 같은, 그래서 믿을 수 없는, 내가 평생 부정해온 마법. 푸른빛의 홀로그램이 스크린에 드리웠다. 1열의 두 사람의 얼굴이 푸르게 물들었다. 친구의 얼굴이 채워졌다. 상영관의 모든 것이 여물어갔다.

우리는 맨 뒷좌석인 11열에 앉았다. 이번에는 심장이 근지러웠다. 벅차올랐다. 가루가 내 깊숙한 어느 구석에 들어온 모양이었다. 행복이었다. 지금의 나는 행복하지 않았지만, 적어도 나는 그 통각으로 행복의 실존을 알 수 있었다.

손님은 어떻게 친구에게 이 모두를 전하려 한 걸까. 이걸 받아 든 친구는 어떤 감정일까. 행복하겠지. 그래, 행복하겠지. 이런 마음이 나에게 쌓인다면, 이런 마음을 주는 사람을 안다면, 분명 행복하겠지.

"제가 손님이라면, 행복을 받아주는 사람이 있어서 행복할 거예요."

제경이 나를 보며 말했다. 그의 눈은 아이선과 같은 바다색으로 칠해져 있었다. 파랑은 회복의 색. 그가 주는 시선 하나하나가 나의 부서진 가슴에 붕대를 감아주는 것 같았다. 그는 하우스의 의료 담당이니까, 정말로 내 시계를 고쳐줄 수 있지 않을까. 그러면 나도 그에게 나의 먼지를 꺼내어 줄 수 있지 않을까. 우울밖에 없더라도, 나의 무어를 보여줄 수 있다면 좋겠다.

그래. 정말로 부럽네.

차올랐다. 무엇 때문인진 모르겠지만, 이번엔 나의 손목이 간지러웠다.

영화가 마무리될 즈음, 아이선이 영사실로 돌아간 틈을 타 나와 제경은 직원 전용 문으로 영화관을 나왔다.

"준, 손목."

그가 나의 손목을 손으로 가리켰다. 나는 당황하며 시계를 보았다.

107.

그게 나의 먼지였다.

나는 보답이라도 하려 했던 건지, 그냥 신이 났던 건지 시계를 열었다. 아주 조금의 가루가 흩뿌려져 있었다. 파란색은 보이지 않았다. 나는 그중에서 가장 예뻐 보이는 청자색 먼지 한 꼬집을 그 앞에 날려 보냈다. 105. 이제 나에겐 그만큼의 먼지가 남았다.

제경도 나에게 비슷한 색의 먼지를 주었다. 그의 것이 조금 더 빛나고 사랑스러웠다.

"이젠 믿어줄 수 있어요?"

"제경은 내 거 믿어줄 수 있죠?"

"네. 근데 조건이 있어요."

조건. 또다시 그의 입에서 그 단어가 나왔다.

"그때 하려고 했던 말이랑 같은 거예요?"

"네. 그때 준이 내 말 못 들었잖아요."

"무슨 말이었는데요?"

"나랑 친구 해요."

나는 고개를 끄덕인 후 그와 악수를 나누었다. 친구와 먼지, 영롱한 가루들. 모두가 생경한, 나와는 어울리지 않는 것들이었다. 그래도 나는 모른 척하기로 했다. 나에게도 가끔은 이런 것들이 쌓일 수 있다고 최면을 걸었다. 그니까, 여기는 태양계가 아니니. 어떤 일이 일어나도 이상하지 않은 우주이니.

그는 어제 그가 치료해 준 내 손목을 어루만졌다. 나는 가만히 눈을 감고 펑구를 닮은 그 캐릭터를 머릿속에 그렸다. 제경을 닮은 것 같기도 하고, 나를 닮은 것 같기도 하고. 사실은 대우주의 모든 생명이 서로를 닮아있는 게 아닌가, 하는 생각에 다다랐을 때 나는 제경을 안았다. 제경은 나를 안았다. 나는 아주 조금 울먹이면서 커져가는 내 손목 위 숫자를 보았다.

보라색 계열의 먼지가 애정을 뜻한다는 것을 안 건 그날 새벽의 일이었다.

다음 날 아침에는 편지를 썼다. 정확히는 세 개의 편지에 먼지를 쓸어 담았다. 그리곤 길을 잘 아는 오튼과 함께 에메랄드빛 우체통에 넣었다. 덜컹. 덜컹. 덜컹. 사랑과 우울의 글이 낯선 우주 곳곳으로 흩어졌다.

준에게.

편지를 받았습니다. 솔직한 마음 감사합니다.

사랑을 사랑하는 일이 얼마나 아픈 것인지 모르겠습니다. 그래서 더 아픈 것 같네요.

그래도 항키는 항키의 먼지를 사랑합니다. 그 먼지들은 각각의 우주입니다. 그 우주가 너무도 아프고 어두워도, 우주는 우주입니다.

조언을 하려는 건 아닙니다. 단지 사랑을 사랑하는 사람을 사랑하고 싶은 마음에 보내는 글입니다. 당신의 우울과 사랑 잘 받았습니다. 저도 저의 푸른 사랑을 보내봅니다.

푸르른 우주에서 안온한 하루 보내시길 바랍니다.

항키의 어느 등대지기가.

답장이 온 편지지를 손에 들고 종일토록 멍하니 서 있던 나는 저 멀리 등대 같은 빛만 보이는 밤에 편지를 써갔다. 무슨 말을 해야 할까. 고민은 결국 하나의 문장으로 귀결된다. 내가 너에게 무슨 말을 하겠니.

준에게.

너의 날은 어떠한가. 나의 날들은 왜 이리 아픈가.

내 우울의 시작은 부정. 그 어떤 값을 대입해도 성립한다.

해가 떠서, 해가 져서. 새로 산 신발이 발에 맞지 않아서, 길을 걷다 하얀 강아지를 봐서, 그래서 나는 죽음을 생각한다.

그것은 아마 내 삶에 이유가 없기 때문일지도 모른다. 그렇기에 내 우울의 유일한 이유를 만난다면 살아가는 의미가 생길지도. 그런 환상은 이 우주 어디를 가도 볼 수 없겠지. 그래서 난 내 우울을 더 먼 차원으로 쏘아 올리고 싶었다. 내 우울만은 우주를 난다. 나와 연결된 인공위성 같은 존재.

내가 불쌍하다면 내 손목과 허벅지 위 만들어진 줄 노트에 그대의 이름을 적어주길. 그러면 우리는 오래 함께할 수 있을 것이니.

사랑. 맞다. 나는 사랑이 필요하다. 늘 사랑을 사랑하고 싶었다. 그런데 사랑을 사랑하면 사랑이 미워지더라. 그 역설은 우주의 잘못된 설계 탓이라고 생각한다.

생존이 힘들다는 게 참 이상하다. 이 우주는 어딘가 이상하다.

준이.

"너도 읽어볼래?"

제경은 내 편지를 말없이 다 읽고선 말했다.

"나도 사랑을 사랑하지 못하게 될까 봐 두려웠어."

"그럼 넌 어떻게 9000을 넘긴 거야?"

"그냥 뭐, 모든 걸 사랑하기로 했거든."

나는 그의 옆에 쭈그려 앉아 봉투에 편지를 넣어 마감했다. 그리곤 우체국의 옥상에 올라가 난간에 살포시 올려놓았다. 문이 열렸다. 검고 푸른, 글리치 같은 무엇이. 그것에선 지구의 향이 난다.

"마지막 차원까지 가면 저 문이 완전히 열려서, 그 안으로 들어갈 수 있을 거예요."

오튼이 말했다. 그는 먼발치에서 그의 수첩을 들여다보고 있었다. 제경은 나보다 키도 크면서 내 어깨에 기대 차원 문을 쓰다듬었다. 그는 어떻게 그런 일을 하는 건지. 나는 의문을 품지 말자고 다짐했건만 금세 그의 모든 다정에 이름을 붙이고 싶은 심정이 되었다.

박사는 내 옆에 서서 차원 문을 보았다.

"저 안에 푸른 점이 있겠지요?"

"그렇겠죠. 푸른 점. 그렇죠, 그게 지구죠."

나는 제경의 손을 잡았다. 난 푸른 점에서 왔어, 제경아. 나는 속으로 그렇게 그를 불렀다.

눈을 감았다. 다시 코가 근지러웠다. 쌓여가는 먼지와 네온사인. 날아다니는 자동차와 이름 모를 등대지기. 화려하고 사랑하는, 낯선 우주의 대도시.

3

시오아노댄, 그리고 눈사람

“오튼, 몇 시간이면 도착하죠?”

“어디 보자, 20분이요.”

“네?”

“제가 가깝다는 말 안 했었나요?”

“그렇다고 이렇게까지 가까운 줄은 몰랐죠.”

짧지만 남아있는 시간 동안 시간 때울 거리를 찾으려 툰이 남겨준 가방을 뒤적거렸다. 쓸모없는 잡동사니들이 대부분인 것이 사실이었지만 꽤 재미있어 보이는 책들도 있었다. 나는 어딘가 섬찟한 제목의 책들 사이에서 『미등록 차원 안내서』라는 책을 꺼냈다. 그나마 밝은 책인 듯해 아무 페이지나 펼쳐보았다. 책은 조금씩 찢겨져 있었지만 선명하게 알아볼 수 있는 본문에는 파란 펜으로 밑줄이 그어져 있었다.

‘지구: 병과 오염, 전쟁의 행성. 암흑 속 치고는 푸른 내일을 꿈꾸는 사람들이 산다.’

그런 글을 읽으며 시간을 보내다 보니 주변의 칠흑 같던 우주가 거둬지고 하얀 하늘과 잘 정돈된 나무로 가득한 숲이 보였다. 눈이 내렸는지 나뭇가지에는 새하얀 눈이 가득 쌓여있었다. 시오아노댄이었다.

-169차원 제1 행성 시오아노댄에 도착했습니다. 내리실 문은 왼쪽입니다. 만년설과 강인함의 행성 시오아노댄에서 모두 즐거운 추억 만드시길 바라겠습니다.

“여기 맞아? 왜 아무리 가도 눈밖에 없어?”

제경이 하품을 하며 말했다.

“조금만 더 가면 돼. 이 근처에 기사 아카데미가 있어. 그들이라면 우릴 도와줄 거야.”

오튼은 눈보라에도 수첩을 놓지 않았다. 행성은 추웠지만 바람은 한 점 불지 않았다. 공기는 이상하리만치 서늘하고 무거웠다. 이런 표현을 이럴 때 써도 되는지는 모르겠지만, 날이 딱딱했다. 살면서 공기에 위엄을 느낄 일이 생길 줄은 몰랐는데 참 유별난 일이었다.

땅에 깔린 눈 역시 그러했다. 숨이 막힐 정도로 정돈되어 쌓여있었다. 기울거나 파진 부분 하나 없이 말이다. 오죽하면 발자국을 남기기가 미안할 정도였다.

하늘에는 해나 달 같은 그 무엇도 없었지만 은빛이 넘실거리는 모습이 마치 매끈한 달이 우주를 뒤덮은 것 같았다.

"여기가 맞나 봐. 발자국이 있어."

제경이 신이 나 말했다. 그의 말대로 땅에 깊은 발자국이 하나둘 보이기 시작했다. 제경이나 나의 것이 아니었고, 박사나 오튼의 것도 아니었다. 분명 사람의 것이 맞았지만, 다만 이상했던 것은 길을 따라갈수록 발자국의 폭이 점점 좁고 불규칙해진다는 것이었다. 마치 누군가에게 쫓기듯이.

어딘가 불길한 마음을 안고 그 발자국을 따라가자 한 덤불 앞에 다다랐다. 그 안에서는 누군가의 인기척이 들리는 듯했다.

"사람 아니야? 그냥 다른 데 가는 게 좋을 것 같은데."

오튼이 말했다.

"사람 있으면 좋은 거 아닌가? 길도 물어볼 수 있고. 좋은 날이에요, 누구 있어요?"

제경이 해맑게 말했다. 하지만 돌아오는 대답은 없었다. 혹시 내가 못 들은 걸까 싶어 덤불에 귀를 더 가까이 가져다 댔다. 그러니 누군가의 울음소리가 들렸다.

"길 좀 물으려고 그래요. 제가 이야기라도 들어드릴까요?"

제경이 또 한 번 말했다.

"다가오지 마세요."

처음으로 덤불 속에서 말소리가 들렸다. 흐느끼는 가녀린 미성이었다.

"방해였다면 미안해요. 그럼 마지막으로 하나만 물을게요. 길 좀 알려줄래요?"

제경은 당황한 듯 목소리를 가다듬고 말했다.

"실례지만 누구신데 그러시지요?"

덤불 속 그가 물었다.

"홀리머하우스에서 나왔어요."

제경이 그렇게 답하자 덤불 속에서는 한동안 정적이 흘렀다. 그러더니 그 속의 그가 조금은 진정된 목소리로 말했다.

"그렇다면 잠시 들어오시죠."

제경이 덤불을 헤치자 한 사람의 등이 보였다. 어리고 굽은 등이었다. 그 등은 그의 발끝과 같이 잘게 떨리고 있었다. 그의 긴 은빛 머리칼은 힘없이 어깨에 걸터앉았다. 또한 그는 무언가를 감추고 싶은 듯 양손을 둥글게 모으고 있었다.

"고마워요. 그런데 괜찮아요? 진정하실 때까지 기다릴게요. 편하게 해요."

제경이 그를 편안하게 했다. 이 때문에 그도 안심했는지 눈물을 그치고 말을 이었다.

"제 친구를 살려주세요."

그는 팔을 내리고 몸을 돌려 앉았다. 그는 역시나 울고 있었는지 두 볼이 붉었다. 하지만 그보다 눈에 띄는 것은 그의 눈이었다. 은색의 홍채와 하늘색 동공을 가진 눈이었다.

"제 친구…… 제 친구가 많이 아파요."

그는 손을 열었다. 그 안에는 작은 생명체가 있었다. 용 같기도 하고 좀비 같기도 한, 어찌 보면 유령과 가장 비슷한 형태의 생명이었다.

"목 부근이 많이 다쳤네요. 상처가 난 지 얼마나 되었죠?"

"세 시간, 세 시간 정도요."

제경은 더 묻지도 않고 가방의 구급상자를 열어 생명체를 치료했다. 사뭇 진지한 얼굴이었다. 오튼은 그런 그가 못마땅한 듯했다.

"그래서, 아카데미로 가려면 어떻게 해야 하는 거죠?"

"진정되신 후에 여쭤봐도 되잖아."

"우리도 우리 갈 길이 있어."

"이 친구분도 이분의 길이 있고."

오튼은 한숨을 쉬며 눈을 굴렸다. 박사는 의뢰인(?)의 옆자리를 지켜주었다.

"됐어요. 생명이나 일상생활에 지장은 없을 거예요. 약 드릴 테니까 이걸로 하루에 한 번씩 소독만 잘 해주시면 돼요."

"감사합니다. 정말 감사합니다…… 근데, 아카데미에 가려 하신다고요?"

"맞습니다. 길을 아시나요?"

박사가 예의를 갖춰 물었다.

"네. 제가 그곳의 학생이니까요. 이젠 퇴학 직전의 상황이지만. 아무튼, 저기 보이는 큰 나무 쪽으로 직진하시면 돼요. 그리고 혹시 누가 저와 제 친구에 대해 묻는다면 절 본 것은 비밀로 해주세요. 전 데옴이라고 해요."

"알겠어요. 그런데 왜 그러시는지……?"

"실례지만 먼저 질문 하나만 할게요. 혹시 왜 아카데미에 가시려 하는지 여쭤봐도 될까요? 첫눈을 보러 가시는 건가요?"

"첫눈이요? 첫눈은 이미 내린 것 같은데."

"아, 첫눈은 저희 언니예요. 아카데미의 원장이기도 하고."

"저희는 눈사람을 찾고 있어요. 작고, 목도리를 두른, 눈이 또렷한 눈사람이요. 그런데 이 근처에는 재료를 구할 곳도, 도움을 빌릴 사람도 없으니 아카데미를 찾아온 겁니다."

오튼이 설명했다.

"그렇군요. 하긴, 시오아노댄에서 사람이 사는 곳을 만나는 게 쉽진 않죠. 그런데 아카데미는 외부인의 출입을 엄격히 금지

하고 있어요. 첫눈의 초대장이 있어야만 갈 수 있죠."

"그럼 첫눈의 초대장은 어떻게 받을 수 있죠?"

"직접적인 친분이 있는 게 아니라면 직접 찾아가는 수밖에 없죠."

"그리고 마침 데옴은 첫눈의 동생이고요?"

"네, 뭐 그렇긴 한데……"

그때 행성을 반으로 가를 듯한 경보음이 울렸다. 눈밭이 붉게 물들었다. 은빛 세상이 심해의 보랏빛으로 변했다.

"괴물 시간이에요. 어서 숨어요. 빨리. 서둘러요!"

데옴을 따라 나무 밑 동굴로 숨고 나서 나는 밖을 내다보았다. 용 같은 날개가 달렸고, 좀비같이 걸어 다니며, 유령의 희미함을 지닌 것들이 눈 위를 이리저리 돌아다녔다. 그들은 숲속의 동물들을 물어뜯었다. 군단의 사냥. 그것이 괴물 시간의 의미임을 나는 단번에 알아차렸다.

하루에 두 번 괴물 시간이 찾아온다고 했다. 시오 아카데미는 그 시간에 괴물들로 인한 인명 피해를 막을 기사들을 육성하는 시설이라고도 했다. 데옴은 그곳에서 학생들이 모든 교육을 마치고 수료장을 받으면 정식 기사가 되어 각 마을에 파견을 간다고도 덧붙였다.

그렇게 설명하는 데옴의 눈은 불안해 보였다. 텅 비었지만 두려움으로 가득 찼다. 벌벌 떨리는 그의 손안에는 초록 생명체가 곤히 잠들어 있었다. 용의 날개, 좀비의 걸음, 유령의 희미함을 가진 초록 생명체. 생명체. 괴물. 이 시간의 주인공들.

그들의 이름은 후서였다. 그리고 데옴의 손안에 있는 서서라 이름 붙인 이 생명은 후서의 성체 이전의 모습이었다.

"비밀을 지켜주셔야 해요. 서서를 데리고 있다는 걸 들킨다면 저는 첫눈에게 큰 벌을 받을 거예요."

"좋아요, 그건 지킬게요. 그런데 어쩌다 이렇게 위험한 아이와 친구가 된 거죠?"

오튼은 따지듯이 물었고 데옴은 모든 것을 상실한 눈으로 대답했다.

"제가 훈련에서 낮은 성적을 받고 우울해할 때마다 제 숙소 창가로 찾아오던 아이예요. 원칙에 따르면 사살해야 하지만…… 너무 귀엽잖아요. 그리고 이 애마저 세상에서 사라지면 제 옆에는 누가 있어 줘요?"

허탈하게 웃는 그의 얼굴에서는 광기마저 느껴졌다. 오튼은 이해가 안 된다는 듯 팔짱을 꼈다. 제경은 난감하게 되었다며 데옴의 말을 들어주기에 바빴다. 박사는 벌써 서서와 친밀해져 잠에서 깬 그것을 쓰다듬었다.

"맞습니다. 이렇게 예쁜 아이를 죽이기란 어려워 보입니다."

오튼은 또다시 어이가 없다는 눈으로 박사를 흘겨보았다. 경보음이 멈추고 세상이 제 색을 되찾고 난 뒤 데옴은 말했다.

"부탁합니다. 부디 절 이해해 주세요."

"그러죠."

오튼이 말했다. 제경과 나는 저 인간이 웬일이지, 하고 그를 바라보았다.

"대신 조건이 있어요. 우리를 첫눈에게 데려다줘요."

"하지만 첫눈이 요즘 절 수상하게 여겨요. 잘못 걸리면 퇴학 처리가……"

"조건을 받아들이지 않으면 지금 바로 퇴학 처리가 될 텐데요."

재가 그럼 그렇지, 하며 제경이 고개를 저었다.

"너 진짜 말을 꼭 그렇게 해야겠니?"

"너처럼 우물쭈물했다간 준 씨가 더 위험해져. 넌 그걸 원하는 거야? 준 씨는 우리 손님이야. 우리가 책임질 의무가 있어."

"알겠어요. 첫눈을 만나게 해줄게요. 그러니까 다들 멈춰요."

모두의 시선이 데옴에게로 향했다. 서서는 박사의 등에 업혀 뿌우-하는 울음소리를 냈다.

"들어가십시오."

첫눈의 성문 앞에서 문지기가 데옴의 신원을 확인하고서 말했다. 성문은 위엄있게 열렸다. 디앤디의 문을 떠오르게 하는 모습이었다.

"무슨 일로 왔지? 그것도 제 발로."

첫눈은 하얀 머리에 데옴과 같은 눈, 루비 색 입술을 가진 사람이었다. 아름답다. 숨이 멎을 것만 같아. 그게 첫눈의 첫인상이었다. 빙판 위를 걷는 것만 같은 그의 매혹적인 목소리는 퉁명스러웠다. 그도 그럴 것이 그는 검토 중이던 서류에서 눈을 떼지도 않고 우리를 맞았다.

"홀리머하우스에서 나왔습니다. 아카데미 방문을 허락받고 싶습니다."

"아카데미는 무슨 일로 찾아가려 하시죠?"

"그니까 그게, 좀 웃기긴 한데…… 눈사람 만드려고요."

"눈사람?"

"저도 일이 이렇게 커질 줄은 몰랐죠."

제경이 체념하듯 말했다.

"꼭 아카데미에서 눈사람을 만들어야 하는 이유라도 있습니까?"

"목도리가 필요합니다. 목도리라 하면 아카데미 학생들의 상징이라 들었습니다."

오튼이 자신이 조사해 온 내용을 읊었다. 모두 사실이었는지 첫눈은 고개를 끄덕였다.

"좋습니다. 방문을 허락하죠. 방문증을 드리겠습니다. 그러나 데옴, 너는 남아서 이야기 좀 하고 가야겠어."

"나는 왜?"

"네. 기숙사 방에서 새끼 후서의 울음소리가 들린다는 제보가 하루에도 여러 건 접수돼. 수색을 해봐야겠어. 하우스 분들은 가보셔도 좋습니다. 멀리서 귀한 방문 하시느라 고생 많으셨습니다."

"감사합니다. 그럼 이만 들어가 보겠습니다."

오튼이 간결히 인사를 하고 돌아서서 걸었다. 나와 박사는 그를 느리게 따르며 어찌할지 방도를 생각하는데 제경이 데옴의 옆에 떡하니 멈춰 섰다.

"저희가 아카데미로 가는 길을 잘 몰라서요. 데옴의 도움이 필요할 것 같아요."

"그건 저희 측에서 안내인을 붙여드리죠."

"음. 안내인이 있구나. 그렇구나."

오튼은 또 눈을 굴리며 마른세수를 했다. 그 사이 첫눈은 무언가 새로운 점을 발견했다는 듯 반짝이는 눈으로 말했다

"잠시만. 저분은 누구시죠? 못 보던 얼굴인데. 저도 모르는 사

이 하우스에서 새 직원을 고용했나요?”

“아, 그게 얘기가 좀 긴데……”

“정식으로 인사나 드리죠.”

첫눈이 나를 향해 걸어왔다. 그의 태도가 전혀 호의적이지 않음이 시린 뒤통수로 느껴졌다.

“뒤를 돌아주시죠. 어디에서 오신 누구십니까?”

“그게…… 항키에서 온 준이라고 합니다.”

나는 이유 모를 위협감을 느껴 아무 말이나 내뱉었다. 첫눈은 일그러진 미소를 지었다. 성문이 잠기는 소리가 들려왔다. 환청인가?

“하우스 직원들은 입사할 때 이전의 기억을 모두 삭제합니다. 그런데 항키 출신이시라고요?”

성이 얼어붙었다. 오튼의 고요한 한숨 소리가 온 혈관을 타고 흐르는 듯했다. 제경마저 마른침을 삼켰다. 그리고 나는 확신할 수 있었다. 지금 이 순간, 성을 나갈 수 있는 모든 문은 봉쇄되었다.

첫눈은 나를 찬찬히 살펴봤다. 그는 분명 웃고 있었지만 그 웃음에서 친절함은 찾아볼 수 없었다. 모질고도 고운 미소였다.

“죽고 싶어서 이러는 건가요?”

“저도 잘 모르겠네요.”

나는 내가 할 수 있는 최선의 대답을 했다.

"여행이 좀 하고 싶어서요. 바로 지구로 돌아가기는 좀 내키지 않아서."

"잘 모르겠는 일에 목숨을 걸어요?"

"아까워하기엔 제 목숨값이 워낙 싸서요."

"아, 그래요."

갑자기 첫눈은 나에게 검은 쇳덩어리를 들이밀었다. 심장이 뛰었다. 총이었다. 진짜 총.

"정말 저희 없이 해낼 수 있겠어요?"

나는 잠시 생각했다. 분명 무섭지는 않다. 그런데, 떨린다. 그리고 한 가지. 나는 아직 가보지 못한 행성이 너무도 많다. 이제 겨우 지구를 벗어났는데 말이다.

그래서 나는 그에게 다가갔다. 그는 잠시 움찔하는 듯하더니 얼굴을 굳혔다. 나는 그의 총구에 내 관자놀이를 가져다 댔다.

"목숨을 걸죠."

그는 모든 행동을 멈췄다. 굳어버린 것이었다. 그는 오랫동안 그러고 있더니 눈을 깜빡이기 시작하며 말했다.

"지금도 지구에선 누군가가 스스로에게 흉기를 겨눌까요?"

"그러겠죠."

나는 그렇게 말하며 총을 쥔 그의 손에 내 손을 포갰다. 그는

무언가 아주 깊고 깊은 것을 회상하는 듯 눈을 깊게 떴다. 그리곤 허탈하게 웃었다. 그리고,

탕-

나는 정신을 잃었다.

시각보단 청각이 먼저 돌아왔다. 검은 시야에 지지직거리는 소리가 입혀졌다. 소리가 점점 선명해져갔다.

-안녕, 자기. 나 많이 보고 싶었지?

효온이었다. 목소리, 말의 빠르기, 특유의 호흡까지도 그가 맞았다.

나는 소리가 나는 쪽을 바라봤다. 그곳에는 아니나 다를까 효온이 있었다. 우리를 내려다보는 눈가에는 아직 아물지 않은 상처가 있었다. 당장이라도 피가 터져 나올 것 같은 광기에 찬 눈이었다.

"뭐야, 이게?"

제경의 목소리에 나는 안도했다.

"고마워. 날 구하러 와줬구나!"

"아니. 나도 잡혔어."

점차 눈이 떠지며 의자에 묶여있는 제경의 손이 보였다.

"우리한테 원하는 게 뭔데요?"

오튼이 말했다.

"해치려는 게 아니야. 합의를 보려고 그러는 거지. 너희를 할 수 있는 만큼 돕도록 하겠어. 맹세하지. 너희도 이렇게 도망쳐 봤자 좋을 거 하나 없잖아? 우선, 더 넓은 방으로 안내하지. 참고로, 여긴 내 별장이야. 너희는…… 그니까, 손님인 거지."

효온의 별장은 크고, 크고, 컸다. 그는 성대한 만찬을 우리에게 대접해줬다. 그는 테이블의 맨 끝자리에 앉았다. 어느 각도에서 보아도 가장 눈에 띄는 자리였다.

"시간 끌지 마요. 원하는 게 뭡니까?"

오튼이 세상에서 가장 불만이 많은 사람 부분의 기네스북에 등재될 만한 얼굴로 말했다. 효온은 입꼬리를 귀밑까지 걸며 웃었다. 오튼이 그가 바라는 질문을 한 것 같았다.

"처음에는 사실 내 위치만 지키고 싶었어. 별일 없이 묻어가려고 했지. 권력은 그렇게 유지되는 거니까. 그런데 이제는…… 재미가 붙어서 말이야. 너희가 어디까지 내 도움 없이 살 수 있을까 궁금해졌어. 언제까지 그 같잖은 마음을 붙잡고 버틸 수 있을지가 말이야. 그래서 이렇게 자리까지 마련한 거야. 도와줄게. 진심이야."

그는 상당히 진지해 보였다. 어쩌면 그의 말을 믿어도 괜찮을

지도 모른다고 나는 생각했다.

"진짜로?"

"그럼. 대신 한 가지 조건이 있어."

모두가 숨을 죽이고 그의 다음 말을 기다렸다.

"홀리머하우스를 폐쇄해. 그게 유일한 조건이야."

그가 옅은 비웃음을 흘렸다. 아무도 그의 말에 반박하지 않았다. 그렇다고 동의하지도 않았다. 제경, 오튼, 박사는 그의 말에 수많은 감정을 느끼는 듯했다. 그러나 입 밖으로 낼 수 있는 말은 없어 보였다. 나 때문이었다. 효온의 도움이 있어야 내가 무사히 집에 갈 수 있을 테니까.

"다른 조건은 없어? 그 조건만 아니면 뭐든 상관없을 것 같은데."

내가 말했다.

"아니야. 조금만 더 생각해 보자. 너 집 가야 하잖아, 응?"

제경이 나를 말렸다. 여느 때와 같은 장난스러운 말투 속에 담긴 절망감을 느낄 수 있었다. 그런 그 앞에서도 나는 효온의 제안을 단칼에 거절하지 못했다. 오튼은 나의 눈을 자꾸만 피했다. 박사는 바닥을 뚫어져라 쳐다보며 울먹이고 있었다. 제경은 나의 손을 잡아주며 괜찮다는 말을 되풀이했다. 아무것도 괜찮지 않았는데도.

"선택하기 어려우면 이렇게 하지. 내가 한 가지 도움을 먼저 줄게. 아무런 대가 없이. 그걸로 한번 살아남아 봐. 그 후 내 도움의 필요성을 느끼면 그때 다시 얘기해 보는 걸로 하지. 어때?"

또다시 그 누구도 대답하지 않았다. 이번에는 동의의 침묵이었다.

"여기. 아카데미의 마스터키야."

짤랑, 하고 그가 던진 열쇠가 내 손바닥에 안착했다.

"아카데미와는 도대체 어떤 관계인 겁니까?"

오튼이 말했다.

"거기까지 궁금해하면 조금 곤란한데."

"외람된 질문입니다만, 저는 이 상황과 무슨 연관이 있는 겁니까?"

데옴이 말했다. 이런, 그를 잊고 있었다. 미안한 마음이 들었다.

"그냥. 애네랑 같이 있길래. 자, 이제 갈 시간이다. 좀 따끔할 거야. 하나, 둘, 셋……"

다시 정신을 잃고 깨어나 보니 아카데미 정문 앞이었다. 그리고 나의 손에는 여전히 마스터키가 있었다. 그 열쇠가 가짜는 아니었다. 우리는 손쉽게 아카데미 안으로 나아갈 수 있었다.

"조금만 더 가면 돼요."

데옴은 자신의 기숙사 방에 목도리가 있다고 했다. 눈사람을 만들 다른 재료도.

"그리고 역시 눈 공예라 하면 시오아노댄인이죠."

그런가. 공예인 건가. 나는 쓸데없는 생각을 하며 방문을 여는 그를 따라갔다.

그는 그의 은빛 옷걸이에서 남색 목도리를 꺼냈다. 기억 속 그것과 비슷해 보였다. 목도리는 매우 따뜻해 보였는데, 그것이 되려 눈사람을 녹이진 않을까 걱정했다. 따스함과 더위의 경계는 복잡해 보였다. 온기도 향기의 먼지처럼 전달된다면 우리는 조금 더 자신에게 적합한 온도 속에서 살 수 있지 않을까 싶었다.

여하튼 우리는 모든 준비물을 챙겨 마당으로 나왔다. 데옴은 빠르고 섬세하게 눈사람을 만들어냈다. 그는 그것에게 눈, 코, 입을 달아주었다. 마지막으로는 목도리를 둘러주었다.

"이제 끝이네요. 준 차례에요."

모두가 나를 바라봤다. 특히 오튼은 지겨워 죽겠다는 표정을 하고 있었기에 나는 다음 행동을 서둘러야 할 것 같았다. 그런데, 아주 이상하게도, 발이 움직이지 않았다. 왜였을까. 다른 이들도 영문을 모르겠다는 듯이 나를 쳐다봤다.

사실은 모두 알고 있었다.

뿌우-

어느새 또 데옴의 어깨 위에 올라탄 서서의 울음소리가 아카데미를 채웠다. 데옴은 또 온몸을 떨었다. 그는 아무렇지 않다는 듯 웃었지만, 그게 추위 때문이 아니라는 것을 우리는 모두 알고 있었다. 몸을 돌리는 오튼마저도.

뿌우-

이번엔 서서의 소리가 아니었다. 사이렌이었다.

"괴물 시간."

세상이 붉게 물들었다.

"서서를 숨겨둬야 해요. 저희가 돌아가면 첫눈이 곧 데옴 님을 찾을 거예요."

내가 말했다.

"우선 도망가세요. 저는 싸워야 해요. 저는 신경 쓰지 마시고, 서서와 저 멀리로 도망가세요."

"서서와 이렇게 헤어지려고요? 아무렇지 않게 헤어져서, 아무렇지 않게 싸울 수 있어요?"

데옴의 눈에 눈물이 고였다. 그의 눈이 수정 구슬처럼 되었고, 나는 그것을 고이 아껴야 할 것 같았다. 제경과 박사가 나를 봤다. 우리는 동시에 고개를 끄덕였다.

"미친 짓이야. 미친 짓이야, 이건."

오튼이 말했다. 그는 달리기 시작했다. 우리가 왔던 길을 지나 멀리 멀리로 떠나가려 하는 것 같았다.

"야! 너 진짜 이럴 거야? 하우스 직원이?"

"어떡하라고, 그럼!"

그리 멀지 않은 곳에서 비명소리가 들렸다. 살점이 뜯기는 소리와 무언가가 타들어 가는 소리도.

"어떡하라고. 대체 어떡하려고……"

오튼은 공포에 떨고 있었다. 그의 다리가 후들거렸다. 그것 역시 추워서는 아니었다.

뿌우- 서서의 것보다 낮은 울음소리가 들렸다. 그리고 소리가 난 곳에서 비명소리가 다시 들려왔다. 우리는 모두 서서를 바라보았다. 박사는 그것을 향해 손을 내밀었다. 서서는 망설임도 없이 그 위에 날아와 앉았다.

"친구입니다. 사랑합니까?"

박사의 말에 데옴이 고개를 끄덕였다. 박사는 그런 데옴의 얼굴을 살핀 뒤 오튼을 향해 비장한 목소리로 말했다.

"오튼. 이들을 지켜주어야 하네. 동일이 자네의 안전도 지켜주겠다고 약속하네."

"아오, 진짜 다들 저한테 왜 그래요?"

오튼은 그러면서 무릎을 꿇고 앉아 서서와 눈을 맞추었다. 서서가 고개를 갸우뚱거렸다. 오튼은 수첩을 꺼내 만지작거리다 일어섰다.

"이 친구 집이나 찾아줍시다."

그는 무릎에 묻은 눈을 짜증스레 털어냈다. 이곳은 항키가 아니지만, 나는 그의 어깨 위로 푸른 먼지가 쌓이는 것을 볼 수 있었다.

우리는 숲 깊숙한 곳으로 내달렸다. 열 그루의 나무를 지났을 때쯤 커다란 날개가 우리의 눈 앞을 가렸다.

뿌우-

데옴이 허리춤에서 칼을 꺼내 들었다. 그는 두 손으로 그것을 잡고 서서를 향해 꺼내 들었다. 그의 손은 떨리고 있었다. 역시 추위 때문은 아니었기에, 나는 그가 그것을 휘두를 수 없다는 것을 알았다.

"그러지 마요. 못 할 거잖아요."

"노력할 수 있어요."

"노력할 필요 없어요."

오튼은 그에게서 칼을 뺏어 들었다.

"다른 분들은 보지도 못할 거잖아요?"

박사가 나와 제경, 데옴을 이끌며 더 깊은 곳으로 달려갔다. 그 누구도 뒤를 돌아보지 않았다. 잠시 뒤 후서의 흐느끼는 소리가 났을 때, 데옴은 서서를 품에 꼭 안으며 울었다.

세상이 하얀색으로 돌아오고 우리는 서서의 안식처를 만드는 일에 착수했다. 제경과 박사는 데옴을 진정시키는 데 여념이 없었다. 나와 오튼은 나뭇가지를 모으기로 했다.

"왜 그랬어요? 그니까, 따지는 게 아니라…… 어떻게 그랬어요?"

"이 중에 아무도 못 할 일이었잖아요. 그럼 할 수 있는 사람이 해야지."

"오튼이 처음으로 따뜻해 보이네요."

"제가 따뜻하지 않은 건 맞지만, 절 얼마나 나쁜 사람으로 본 거예요?"

"그냥, 마음을 쉽게 주는 사람은 아니구나 싶었죠."

"그건 당연한 거고요."

"왜요?"

"그전에 질문. 제경이랑은 언제 그렇게 친해졌어요?"

"어쩌다 보니까요. 근데 왜 그렇게 불만스러운 얼굴로 봐요?"

"한 달 뒤면 떠날 분이잖아요. 제경이 그 후에 얼마나 힘들어할지 생각은 안 해요?"

나는 허리를 숙여 나뭇가지를 줍다가 그대로 쭈그려 앉았다.

"제가 봤을 때 제경은, 그럴 만큼 약하지 않은 사람이에요."

"약해요, 걔. 걔는 아직 사랑이며 영원이며, 뭐 그런 거 믿는 애예요. 걔는 대우주에 있는 모든 걸 사랑한다니까요?"

"오튼은요?"

"전 사랑 안 해요. 그러니까 무서운 것도 없고."

나는 허리를 움직여 두둑 소리를 내며 생각했다. 사랑을 사랑하지 못할 게 무서워서 모든 걸 사랑하기로 한 사람과 사랑을 그만둔 사람. 둘 중 누가 더 바람직할까. 나는 누가 되어야 할까.

"이쯤이면 됐어요."

그는 망치를 두드리기 시작했다. 금세 집의 형태가 잡히기 시작했다.

"데옴 씨, 이리 와서 봐주세요. 이만하면 서서가 들어갈까요?"

데옴은 붉어진 눈으로 걸어와 집을 살피더니 말했다.

"완벽해요. 감사합니다. 서서가 아주 좋아할 거예요."

"그럼 이제 여기에 서서를 놓아줘요. 그리고 아주 가끔만 찾아오시고요."

오튼이 단호히 말했다. 데옴은 거기까진 생각하지 못했다는 표정이었다. 멍을 때리는 것처럼 보이기도 했는데, 사람이 생각이 지나치게 팽창하면 아무 생각도 없어 보인다는 걸 나는 잘 악았다. 그는 숨을 들이마시었다. 한숨을 내쉬지는 않았다.

“서로에게 안전한 걸 서서도 원할 거예요. 제가 무슨 말을 해도 위로는 안 되겠지만, 데옴은 위대한 인연을 지켜온 거예요.”

내가 말했다. 데옴은 나와 짧은 포옹을 했다.

“감사합니다.”

어째 그의 눈은 더 붉어지고, 한층 따뜻해진 것 같았다. 그는 그 온도의 눈과 입으로 웃었는데, 그걸 보는 나는 영 기분이 이상했다.

“고마웠어. 날 찾아와줘서, 내가 시험에서 꼴찌 했을 때 새벽이 다 가도록 내 곁에 있어 줘서. 너는 날 어떻게 생각할지 모르겠지만 말이야, 우리는 친구야. 네가 다 커서 날 잡아먹으러 와도, 나는 지난 시간을 떠올리면 웃을 것 같아.”

나는 그 역시 강한 사람이라고 생각했다. 나는 그의 곁에서 휴지를 건네주며 그가 웅얼대는 소리를 들었다. 우는 그의 모습을 옆에서 보는 것도 영 기분이 이상했다.

데옴은 눈사람을 만들어주었다. 마지막으로 그의 목도리를 벗어 그것에게 둘러주었다. 세상에서 가장 소중해 보이는 눈사람이라고 나는 생각했다. 가장 행복해 보이는 눈이라고도. 가장 슬퍼 보이는 목도리라고도. 그래서 나는 조금 화가 났다. 조금은 우울했다.

나는 그런 마음으로 눈사람을 걷어찼다. 목도리는 매끄럽게 눈밭을 굴렀다. 그 모습이 귀여웠다. 그래서 나는 웃으며 하늘에 생기는 글리치를 봤다. 이제는 내 손가락 정도가 들어갈 정도로 넓어져 있었다. 나는 그것을 만졌다. 데옴은 내 옆에서 축하한다, 고맙다는 말만 되풀이했다.

"도와주셔서 감사합니다. 덕분에 웃을 수 있네요."

그와 헤어질 때 그는 손을 흔들며 말했다. 도와주셔서 감사합니다. 그는 그 말을 나와 눈을 맞추며 했다. 도와주셔서. 도와서. 도움. 참 이상한 말이라고 생각했다.

그렇게 생각하며 열차에 오를 때, 나는 그 말을 처음 들어보는 것임을 확신했다. 그 확신은 달고도 시원했다.

4

히엠세잇, 그리고 장미

“하우스 취직하기 전에는 뭐 했어?”

“몰라.”

“알려주기 싫어?”

“아니. 정말 모른다고. 하우스에 취직하려면 과거의 기억은 다 지워야 한대. 박사님마저도.”

나는 지난 하우스 사람들과의 대화를 복기해보았다. 과거가 지워진 사람들이었다니, 괜스레 미안해지는 부분들이 있었던 것이었다.

“너한테만 알려주자면, 그 사실 때문에 자주 힘들어.”

“왜 나한테만 알려줘?”

“자신을 인정하고 표현하는 것도 상대를 향한 사랑의 일종이라고 생각해. 그래서 그런가, 내가 사랑하는 사람들한테는 각각의 비밀들을 알려주게 돼."

-28차원 제2 행성 히엠세잇에 도착했습니다. 내리실 문은 오른쪽입니다. 믿음과 축복의 꽃들이 살아 숨 쉬는 땅 히엠세잇에서 모두 즐거운 추억 만드시길 바랍니다.

열차는 밤을 달리고 새벽을 달려 낮이 되어서야 행성에 도착했다.

역을 나와보니 건물 하나 없이 드넓은 청록색 풀밭이 내 앞에 펼쳐졌다. 하늘은 크림색이었다. 역시나 기대했던 바와 같이 행성의 이곳저곳에는 색색의 꽃들이 만발했는데, 그보다 더 눈에 띄는 것이 하나 있었다.

"저 거대한 전구는 뭐예요?"

그것은 하늘 위에 떠 있는 태양과 비슷한 것이었다. 태양보다는 아니겠지만 그 크기가 결코 한눈에 들어오지는 않아서 그것이 전구의 모양을 하고 있음을 알아차리는 데 시간이 걸렸다.

"저게 바로 28차원의 1행성입니다. 지구의 태양과 비슷한 역할을 하지요. 물론 그 외의 역할이 더 중요하기는 합니다."

박사가 말했다. 그는 이 차원을 좋아하는 것 같았다. 이전에 와본 적이 있냐는 나의 물음에는 그런 적 없다며 부정의 뜻을 표했지만 그는 행성의 모든 길을 알고 있었다. 그는 감을 따라가는 거라고 했지만 그 감이 결코 평범한 것이 아니라고 나는 생각했다.

"아마 이쯤에 사람들이 많이 몰리는 것 같습니다. 아, 마침 저기 있네요. 실례합니다."

박사는 거리낌 없이 한 부부에게 말을 걸었다.

"길을 여쭤봐도 되겠습니까?"

"그럼요."

"장미가 피는 곳이 어디입니까?"

부부는 서로 눈을 맞추더니 재미있다는 듯이 소리 내 웃었다.

"조사를 잘 안 하시고 오셨나 보군요. 히엠세잇에서 장미가 피는 곳은 단 한 곳입니다. 신께서 보살피시는 정원이죠. 광명의 정원이라고도 불린답니다. 그곳에 가려면 신의 간택을 받는 수밖에 없어요."

그들은 신의 존재를 확신하는 것처럼, 더 나아가 그것이 누구나가 아는 진리인 것처럼 말했다. 그런 그들의 말은 이유 모를 거부감을 불러일으켰다.

"그 간택을 받으려면 어떻게 해야 합니까?"

박사는 그들의 말을 아무 동요 없이 들었다.

"마침 내일모레 축제가 있을 예정이에요. 같이 성실하게 준비한다면 신께서 여러분께도 마음을 주실지 몰라요. 같이 참여하지 않을래요? 바로 여기서 열리는 거예요."

"정말 그 방법밖에 없습니까?"

오튼이 말했다.

"그것이 유일한 길이에요. 신의 뜻이고요. 그 누구도 신의 뜻을 거역할 수는 없지요."

그들은 확고한 목소리로 말했다. 오튼도 어딘가 꺼림직한 느낌을 받았는지 나와 눈치를 살폈다.

"좋아요. 그럼 오늘부터 준비하면 되는 건가요?"

제경이 두 팔을 걷어붙이며 말했다.

"오, 아쉽지만 그건 안 돼요. 오늘은 중요한 행사가 있거든요. 역시 전통적인 신의 행사죠."

"행사가 많네요. 오늘은 뭔데요?"

제경이 말했다.

"개화식이요. 어린아이들의 성인식 같은 날이에요. 그들 각각의 내면 씨앗이 심어진 화분을 꽃피우는 날이죠."

"내면 씨앗이요?"

"히엠세잇에서는 사람이 태어날 때 하나씩 씨앗을 갖게 돼요. 저는 지혜의 씨앗을, 제 남편은 인내의 씨앗을 받았죠."

"그리고 그 씨앗을 성인식에서만 피울 수 있고요?"

"네, 맞아요. 그 꽃을 피워야만 진정한 어른이 될 수 있어요."

"그럼 무척 중요한 날이겠네요. 두 분은 그날 기억하세요?"

"저희한테야 워낙 옛날 일이니까요. 가물가물하죠."

"옛날 일이요?"

"네. 정확히 31년 됐네요."

"말도 안 돼요. 훨씬 젊어 보이시는데?"

제경의 말대로 그들은 노인이라고는 믿기지 않는 외모를 가지고 있었다. 나는 그들이 우리에게 짓궂은 장난을 하는 거라고 생각했다.

"아, 히엠세잇 사람들은 꽃을 피우면 그 후 10년이 지난 후부터는 더 이상 늙지 않아요. 33살의 몸에서 성장이 멈추는 거죠. 노화 진행을 포함한 모든 게요."

나는 그들의 얼굴을 찬찬히 들여다보았다. 그것이 실례가 될 거라고 생각하면서도 그러길 멈출 수가 없었다. 그들의 이마는 주름 하나 없었다. 모든 피부가 탄력 있게 빛났다. 믿을 수 없는 광경이었다. 지구에서 그런 일은 영화에서나 나오는 상상에 불과했으니까.

"시간 괜찮으시다면 같이 가시죠. 재미있을 겁니다."

남자가 말했다.

"가겠습니다. 저만이라도 함께 하겠습니다."

박사는 나와 오튼이 그를 말릴 새도 없이 대답했다.

그는 낯설게도 기뻐하는 얼굴이었다. 이 행성이 여간 마음에 드는 게 아닌 모양이었다. 그들은 미소를 띠며 우리에게 길을 안내했다. 먼 거리는 아니었지만 끝없는 풀 내음에 정신이 아득해졌다.

개화식 현장에 도착해보니 벌써 많은 청소년들이 모여있었다. 그들은 성인이 될 준비에 한창 분주했다. 그 들판에는 수많은 천막이 둥글게 모여있었다. 부부는 그중 한 천막으로 우리를 들여보냈다. 가장 깔끔했지만 초라해 보이기도 하는 천막이었다.

천막 안에는 두 사람이 있었다. 한 명은 성인식을 치르기 위해 온 것이 분명한 아이였고, 다른 한 명은 흔들의자에 앉은 남자였다. 하지만 그 노인은 30대 청년의 얼굴을 하고 있었기에 부부의 설명으로 겨우 그의 나이를 가늠할 수 있었다.

"이쪽은 제 조카고, 이쪽은 제 아버지세요."

남자가 소개했다. 그들과 짧은 인사를 끝내자 남자는 말했다.

"저는 조카를 잠시 도와줘야 해요. 아내가 이 주변을 구경시켜드릴 거예요. 저도 곧 따라갈게요."

"둘째니?"

노인이 말했다. 그는 건강해 보이는 몸과는 다르게 쇠약한 목소리로 둘째를 애타게 찾았다.

"아버지. 제가 몇 번을 말해요. 아버지 아들은 저 하나라고요, 네? 제가 가계도랑 증명서도 다 보여드렸잖아요."

"아니야. 내가 다 기억한다니까? 저기 저 청년과 아주 닮은 아이였어. 네 동생이었단 말이다."

노인이 박사를 가리키며 말했다.

"아버지, 이제 그만 하세요. 오늘은 코림이 개화식 하는 날이잖아요."

"자, 우리는 어서 구경하러 가볼까요?"

여자가 상황을 모면하듯 급히 말하며 우리를 천막 밖으로 끌어들였다. 천막에서부터 한참을 멀리 걸어도 남자와 노인의 말다툼 소리는 끊기지 않았다.

여자는 많은 것을 보여주었다. 호수와 꽃, 준비된 음식과 이웃 주민들까지. 히엠세잇은 그 어떤 행성보다 밝아 보였다. 누구나 꿈꿔봤을 법한 완벽하고 단란한 곳이었다. 사람들은 모두 사랑하는 사람과 함께했고 비옥한 토양에서는 아름다운 식물들이 자유로이 자라났다. 이웃들은 친절한 미소로 먹을 것을 베풀어주었다. 매일이 평온하고 아늑한 주말 아침 같은 행성처럼 보였다.

"죄송해요, 제가 좀 늦었죠? 이제 곧 시작해요. 어서 가요."

날이 어두워져 갈 무렵 남자가 나타나 말했다. 그의 말대로 시간이 다 되었는지 청소년들이 천막 앞으로 나와 원을 만들어 앉고 있었다. 맨 풀밭에 닿은 그들의 살결에 스치는 잔디가 신비로워 보였다.

"올해의 개화식을 시작하겠습니다."

박수 소리 속에서 누군가가 나타났다. 다채로운 화관을 쓴 그는 아이들이 만든 원 중앙으로 걸어갔다. 모든 것은 순식간에 벌어졌다. 그만큼 고요하고 몽환적으로 말이다.

그는 화관에서 꽃잎 하나를 따 입술에 가져갔다. 그의 입술이 꽃잎과 짧은 입맞춤을 했다. 입술을 스쳐 간 꽃잎을 그는 가만히 바라보다 눈을 감고 무릎 한쪽을 꿇었다. 그러고선 그는 꽃잎을 두 손으로 모아 땅에 내려보았다. 그 순간 그 꽃잎으로부터 향기로운 파동이 일었다. 빛이 퍼지며 봄의 환상이 흙으로 번져갔다. 하나의 약속 같았다. 어른이 되는 대가로 건네지는 꽃의 약속.

퍼져간 빛은 아이들의 화분에 닿아 꽃을 피워냈다. 누군가는 노랗고 봉우리가 둥근 꽃을, 누구는 나무와 비슷한 초록 꽃을 피웠다.

그 만개의 시간에 가만히 서서만 있는 사람이 있었다. 박사였다. 그는 위화감 없이 히엠세잇 사람들 주위에 앉아 눈을 지그시 감고 있었다. 그는 다른 이들이 성인식을 마치고 자리를 떠날 때까지 눈을 뜨지 않았다.

개화식이 끝난 공터에는 경쾌한 고즈넉함이 남았다. 막 어른이 된 아이들이 신이 난 듯이 각자의 화분에 물을 주었다. 코림도 마찬가지였다.

부부가 천막 안에서 식사 준비를 하고 있을 때 코림은 자신의 화분을 돌보고 있었다. 나는 음식을 나르는 것을 돕다가 그와 마주치게 되었다. 어색함에 말을 걸기가 싫었지만 그가 나에게서 시선을 거두질 않자 먼저 화두를 띄웠다.

"그건 무슨 꽃이에요?"

코림은 온화했다.

"진리의 씨앗이었으니까, 이제는 진리의 꽃이네요."

"진리요?"

"네. 아마 더 많은 것의 진실을 탐구하라는 신의 뜻인 것 같아요."

"신이요?"

코림이 눈을 반짝였다. 그가 들려준 것은 뜻밖의 이야기였다.

"신이요. 저기 저 전구 보이시죠? 신은 저 전구를 통해 히엠세잇의 행성민들과 소통하세요."

"전구로요?"

"전구는 행성의 낮과 밤을 만들어 줘요. 또한 저희에게 꽃과 자연, 그리고 더 많은 것들을 베풀죠. 저희는 그분 덕분에 매일이 행복해요."

그렇게 말하는 그의 표정에는 순수한 행복이 넘쳤다. 그제서야 여태 만났던 히엠세잇의 모든 사람들이 왜 그렇게 화목해 보였는지 이해할 수 있었다. 신앙 때문이었다. 그들은 무궁한 행복을 믿었다. 스스로를 신께 헌신하여 얻은 행복으로부터 오는 성취감은 그 행복을 당연하지 않게 여기도록 했다. 그렇기에 그들은 일상을 누구보다 소중하게 생각하며 하루하루를 웃음으로 채워가고 있었다. 그 모든 것은 믿음으로부터 오는 것이었다. 이 행복은 소중한 것이며 내가 신께 봉사하는 한 영원할 것이라는. 신과 축복은 진실된 것이라는 믿음.

식사 시간 동안 짧은 대화가 오고 갔다. 평화로워 보이는 이 시간에 박사만은 우울해 보였다. 이유는 알 수 없었다. 그는 물었다.

"꽃을 피우지 못한 청소년들은 어떻게 됩니까?"

"그리 걱정하지 말게. 우리 둘째도 꽃을 못 피워서 고민이 많았지."

노인이 말했다. 그의 눈에는 아주 오래전의 이야기가 일렁이고 있었다.

"아버지. 손님이시잖아요."

남자가 말렸다. 노인은 잠자코 그의 말을 따랐다. 그의 뒷이야기가 내심 궁금하기도 하였으나 차마 끼어들 수가 없었다. 분위기가 나빠서가 아니라 너무 좋아서였다. 남자는 행복감에 찬 미소로 말을 이어갔고 대화는 끊기지 않았다. 나의 궁금증으로 가로막기에는 너무도 행복한 시간이었다.

히엠세잇에서 맞는 둘째 날은 완벽했고, 그만큼 기이했다.

축제는 개화식이 열렸던 터에서 진행된다고 했다. 천막이 하나둘 없어지며 단아한 장식들이 들어왔다. 축제를 준비하러 모인 수많은 사람들이 나와 박사와 오튼, 제경을 환대해주었다. 그들은 마을에 외부인이 오는 것이 처음이라고 말했다. 히엠세잇은 내가 감히 상상할 수 없을 정도로 외부와 단절된 곳인 듯했다. 부부와 남편의 가족들만이 우리를 낯설지 않게 대해주었다.

코림은 그의 친구들과 꽃바구니를 들고 들판으로 향했다. 꽃잎을 흩뿌리며 걸어갔다. 꽃길을 만드는 과정이었다. 신이 다가오는 길을 더 아름답게 하기 위해서라고 코림은 말했다. 아름다움이라는 말에 잠시 머리가 어질해졌다.

공간은 금세 꽃과 나무로 풍성해졌다. 허전하지도, 그렇다고 과하지도 않은 수준으로 말이다. 풀잎의 향기는 꽃의 향과 잘 어우러졌다. 무결해 보이는 봄이었다.

"저랑 마실 것 사러 갈래요?"

부부가 박사에게 제안했다. 그에게만 그런 말을 한 것은 남자의 아버지 때문인 것 같았다. 그가 박사를 볼 때마다 그의 둘째의 존재를 언급했으므로.

박사는 불편한 얼굴로 그들을 따라갔다.

덕분에 나와 제경, 오튼에게는 휴식 시간이 주어졌다. 축제 준비는 마무리 단계에 접어들었고 부부가 돌아오기까지는 시간이 많이 남아있었다. 제경은 잔디 위로 주저앉으며 말했다.

"이제 좀 쉴 수 있겠네. 엄청 중요한 행사인가 봐?"

"신과 관련된 일이라잖아. 중요할 수밖에."

오튼은 심드렁한 말투로 말했다. 나는 그런 오튼에게 한가지 이야기를 건넸다.

"그래, 신. 근데 좀 이상하지 않아? 신의 존재를 직접 본 사람은 대우주 그 어디에도 없어. 그런데 이 사람들은 신과 소통하고 있다고. 저 전구로 말이야. 어떻게 그게 가능하지?"

오튼은 대답하지 않았다. 그다운 반응이었다. 오튼을 대신해 내가 말했다.

"믿음에 관한 일이라면 쉽게 말할 수 있는 일은 아니지."

"나도 그렇게 생각은 해. 그런데 다만 말이 안 된다는 거지. 너도 느끼고 있잖아. 이 행성 사람들은 심각하게 단순해. 아예 머릿속에 불행이라는 개념이 없어."

제경이 말했다. 재경의 말에 오튼은 시큰둥한 얼굴로 말했다.

"미안한데 그건 너도 그렇지 않니?"

"나랑은 다르지. 이 사람들은 부정적인 것 자체를 모르는 거잖아."

"하긴 다들 이상하긴 해. 저 코림이란 사람만 봐도 그래. 이틀 동안 저 사람 입꼬리가 내려간 걸 본 적이 없어. 재미없는 농담에도 배꼽이 빠져라 웃어대고, 만나는 모든 사람을 일관된 친절로만 대하고. 욕하는 사람 하나를 못 봤어. 얼굴을 찡그리는 사람이나."

내가 말했다. 나는 시간이 흐를수록 이 행성의 기괴함에 확신을 얻어가고 있었다.

"인형 같아. 기계 같고, 교육용 게임의 두 시간짜리 튜토리얼 같아."

그것이 내가 이 행성에 내린 결론이었다.

"맞아. 그래도 사람들은 행복해 보이네."

제경이 주변을 둘러보며 말했다.

"그런데 박사님은 어쩌다가 하우스의 수장이 되신 거예요?"

내가 물었다. 그 질문이 무례하게 들리지 않기 위해 애를 썼다.

"너는 아직 모르겠구나. 박사님은, 그럴만한 분이시지. 암, 그렇고말고."

오튼도 제경의 말에 고개를 끄덕였다. 그들의 태도는 분명한 존경이었다.

"그렇게 대단한 분이셔?"

"그럼. 하우스와 박사님은 마치 너와 나 같달까?"

"그게 무슨 사이인데?"

"서로에게 없어선 안 될 존재라는 거였어."

"아. 미안."

"됐어. 이미 마음 식었어."

"진짜로?"

"절대 아니지. 넌 눈치가 너무 빨라서 탈이야."

나와 제경이 덧없는 장난을 치고 있는 사이에도 오튼은 침묵을 이어갔다.

"오튼. 너는 할 말 없냐? 이제 준이랑 친해질 때도 된 것 같은데."

"난 지금이 딱 좋아."

"이해해요. 그럼 제경, 우리끼리 저녁 얻어먹으러 갈까? 맛있는 거 잔뜩 쌓여있던데."

"뭐야, 준. 나만 빼놓고 가는 게 어디 있어. 같이 가요."

박사가 돌아오기 직전까지 우리 세 사람은 많은 담화를 나누었다. 대체로 내가 박사에 대해 묻고, 오튼과 제경이 뭉뚱그린 답을 하는 식이었다. 그들은 박사가 대단한 사람이라고 말했다. 그가 하우스의 정신적 지주임은 부인할 수 없는 사실인 것 같았다. 하지만 그 이유에 대해서는 다들 말을 아꼈다. 그것이 내가 그들의 말을 믿지 못하는 이유였다. 내가 지금껏 봐왔던 박사는 어린아이 같은 모습이었다. 물론 그런 행태가 나쁘다는 것은 아니지만 결코 믿음직해 보이지 않는 것은 어쩔 수가 없었다.

"고민이 있으신가 봐요. 그러면 저기 전구를 보며 신께 소원을 빌어봐요. 근심, 걱정이 금방 사라질 거예요."

코림이 잠이 들 준비를 하다가 나에게 말했다. 나는 그의 말대로 하늘의 전구를 바라보았다. 저것이 정말 신의 대리인 노릇을 하는 걸까? 나는 그렇게 생각하지 않았다. 히엠세잇의 모두가 믿는 그 믿음은 거짓된 것이라고 생각했다. 그럴 수밖에 없었다. 거대한 전구 하나가 어떻게 신의 역할을 할까. 애초에 신이 실존하는 것이긴 할까. 다 거짓말 같았다. 그렇게 생각하니 이 행성의 모든 것이 애상적인 듯했다. 잘 자라는 인사를 건네는 코림의 미소가 한낱 헛된 거짓으로 느껴졌다. 차라리 축 처진 박사의 어깨가 진실된 것 같았다. 받아들이기 힘든 역설이었다.

아홉 시가 되자 전구의 불이 꺼졌다. 그러자 하늘은 에메랄드빛이 도는 검은색으로 변했다. 전구는 신이기도 했지만 그전에 규칙적으로 태양의 역할을 하고 있는 듯했다. 그 신비한 광경을 태어날 때부터 죽을 때까지 본다면 그것의 경이로움을 믿게 될까. 히엠세잇 사람들의 믿음은 자연스럽게 생기는 것 같았다. 의심의 여지를 제공받지 못했으니까. 이들에겐 그것이 당연한 것이었다.

두 번째 밤은 그렇게 지나갔다.

드디어 축젯날이 되었다. 이른 아침 전구가 점등되자마자 주민들은 하나같이 분주해졌다. 기계처럼 길을 쓸고, 창틀의 먼지를 털고, 잔디를 가꾸었다. 박사와 오튼은 그런 그들을 도왔다. 나는 제경과 그 움직임들을 지켜보았다.

“이상해. 정말로.”

내가 말했다.

“그래. 그렇지. 그런데 오튼의 말이 맞는 것 같아. 내가 신경 쓸 수 있는 선 밖인 것 같다는 말이야.”

“그럼 그 선의 경계는 어디야?”

“글쎄.”

제경은 한참을 머뭇거리다 물었다.

“혹시 너도 내 관심이 부담스러워?”

'너도'라는 말이 신경 쓰였다. 하지만 나는 그런 고민을 할 틈도 없이 제경에게 확신을 주어야 했다.

"나는 좋은데."

"내 지나친 관심이?"

"그건 아니고. 그 비슷한 거."

"그렇구나."

제경은 답지 않게 혼란스러워 보였다. 머리가 복잡한 것은 나도 마찬가지였기에 나는 그의 말에 별 반응을 보일 수가 없었다.

"눈을 가리면 행복해지나 봐."

나는 그렇게 말하며 코림의 일을 도우러 달려갔다. 제경의 시선이 내 뒷모습에 오랫동안 머무는 것을 느낄 수 있었다.

우렁찬 새소리가 축제의 시작을 알렸다. 불어오는 바람에 풀잎이 휘날렸다. 세상이 한 순간에 밝아졌다. 전구에서 빛이 뿜어져 나온 것이었다.

전구에서는 어떤 목소리가 들렸다.

"히엠세잇의 행성민들이여, 또다시 아침이 밝았구나. 그동안 이 위에서 그대들을 지켜봐 왔다. 아주 잘 해내고 있더구나. 오늘은 나와 함께 행성을 위해 이바지할 제자들을 구하려고 이곳에 왔도다. 그대들은 하루가 가기 전까지 마음껏 마시고, 먹고,

즐기어라. 이 몸은 그대들의 행실을 살펴보고 최종적으로 명단을 발표할 것이다. 나에게 할 말이 있는 자가 있는가?”

그러자 한 꼬마가 전구를 올려다보며 말했다. 그의 곁에는 아무도 없었다.

“아침에 일어나보니 저의 어머니가 꽃잎만을 남기고 사라지셨어요. 무슨 일이 생긴 건가요?”

신은 답했다.

“너의 부모님은 나와 자연의 곁으로 돌아가셨다. 그는 자신의 바람대로 꽃잎 속에서 매일을 보낼 것이다. 나와 함께 이 우주를 지킬 것이다.”

꼬마는 기뻐했다. 모인 행성민들 모두가 그를 축하했지만 나는 차마 그럴 수 없었다. 신은 아이어머니의 죽음을 이야기했다. 죽음이었다. 신의 곁에 있다는 것은 거짓말이었다. 분명한 죽음이었다. 하지만 신이라는 작자의 거짓말로 아이는 웃었다. 자신의 어머니의 죽음에 말이다. 떠나간 본인도 그렇게 생각했을까. 나는 신의 곁으로 가는 거야, 하고. 과연 기뻐했을까.

지도자로 보이는 누군가가 전구를 보며 말했다.

“신이시여. 저희에게 그런 귀한 기회를 주셔서 감사합니다. 행성민 모두가 그대를 위해 축제를 준비하였으니 함께 즐겨주시기를 바랍니다. 오늘 하루도 빛을 선물해 주시어 영광입니다.”

그가 무릎을 꿇자 다른 이들도 그를 따랐다. 그 후 전구에서는 어떠한 목소리도 들리지 않았다.

축제는 생각만큼 종교적인 색채를 띠지 않았다. 그저 공을 던지는 게임을 하고, 성공하면 상품을 받고, 자그마한 부스에서는 각종 먹거리를 먹었다. 놀이기구처럼 특별한 볼거리가 있는 것은 아니었지만 행성민들과 노래를 부르고, 화관을 만들고 하다 보니 시간이 금세 흘러갔다. 역시 모든 것이 과도할 정도로 진정되어 있다는 느낌은 떨쳐버릴 수 없었지만, 코림과 한 카드 게임은 흥미로웠다. 꽃잎을 카드처럼 사용하는 놀이였다.

"그런데 신의 제자는 어떤 기준으로 뽑는 거야?"

세 번째 판을 끝내고 쉬고 있던 내가 말했다.

"그건 우리도 잘은 몰라. 아마 성실함과 굳은 믿음 아닐까? 지금까지 신께 부름을 받은 사람들은 전부 훌륭한 분들이셨거든."

코림이 말했다.

"그럼 제자로 선정이 되고 난 후에 하는 일은 뭐야?"

"그것도 잘 몰라."

나는 그의 말이 모순되었다고 생각했다. 이렇게 신에 대해 아는 것이 없으면서도 그를 평생에 걸쳐 받든다니. 말이 되지 않았다.

"그런 것도 모르면서 어떻게 신을 믿는 거야? 뭐라고 하려는 게 아니라, 좀…… 궁금해서."

코림이 움직임을 멈추고 나를 내려다보았다. 피하고 싶은 시선이었다.

"우리가 신을 믿는 이유는 신이 존재한다는 것을 알기 때문이야. 그거면 된 거지."

"하지만 그 존재를 입증할……"

"거기까지 하자. 이래서 외부인을 들이면 안 된다는 거였어."

그의 눈빛이 달라져 있었다. 온화함이 있던 자리에 경계가 들어찼다. 조금은 혼란스러워 보이기도 했다.

그는 인사도 없이 자리를 떠났다. 그제야 알 수 있었다. 히엠세잇의 사람들이 신의 존재를 믿는 것은 신을 잘 알아서가 아니었다. 도리어 무지해서였다. 실존을 의심할 만큼의 여지가 없어서. 그 여지를 가질 만큼의 앎이 없어서.

하지만 그렇다면 이상한 점이 하나 있었다. 이래서 외부인을 들이면 안 되는 거였다던 코림의 말. 그의 말 대로라면 누군가는 사실을 알고 있었다는 것이 되었다. 외부인들이 의심의 가능성을 열기 시작하면 행성의 신앙에 혼란이 야기될 것이라는 사실을. 그 누구는 알고 있는 걸까? 알고 있다면 어디 까지를 깨달았는가. 신의 부재를? 알고 있다면 그 진실을 감춘 이유는 무엇일까?

생각할수록 혼돈만이 늘어갔다.

머리를 식히러 자리에서 일어나보면 곳곳에서 행복이 보였다. 이곳의 행성민들은 진정 행복했다. 부정할 수 없는 사실이었다. 누군가가 숨긴 거짓 때문이었다. 제아무리 거짓이 행복의 근원이라 할지라도 행복은 행복일 것이었다. 그것이 사실이라면 나는 그들의 행복을 방해하는 존재인 것이 아닌가. 하지만 나는 진실을 알아내려 했을 뿐이었다.

전구의 빛이 줄어들고 있었다. 밤이 다가오는 것이었다. 사람들은 자연스레 모여 손을 잡았다. 둥글게 둘러서서 노래를 했다. 어떤 악기도 없이 목소리만으로 공간이 들어찼다. 바람 소리와 흩날리는 나뭇잎이 잠잠해졌다. 나비의 날갯짓조차 숨을 죽이고 나서야 가사를 알아들을 수 있었다.

"살아있음에 감사하네. 이 생명에 감사하네. 그대 주신 이 행복을, 내 한 몸 바쳐 지켜내리."

전구가 완전히 꺼졌다. 이제 검푸른 하늘을 밝히는 것은 오직 사람들의 화분뿐이었다.

나는 그 행렬에 어정쩡히 끼어있었다. 내 앞 저 멀리에 선 제경과 오튼은 말이 없었다. 생각에 잠긴 듯했다. 맞은편에는 전구에게 어머니의 죽음을 이야기했던 꼬마가 있었다. 즐거워 보였다. 나는 그 아이의 미소가 왠인지 아프게만 느껴져서 바닥으로 시선을 떨구었다. 훌쩍이는 박사의 목소리가 들렸다. 그는 꼬마처럼 신의 존재에서 위로받지 못한 것 같았다. 그러면 전구를 믿을 거라 생각했는데 의외였다.

어디서 신호라도 내려진 듯 한순간에 노랫소리가 멈췄다. 짧은 정적 후 전구가 빛을 냈다. 은은한 주홍색 빛이었다. 전구에서는 또다시 목소리가 흘러나왔다.

"나와 함께할 자들을 선택하였다. 지금 빛이 비추는 자들은 선정된 제자들이다. 앞으로 나와 한마디씩 하도록 하여라."

전구를 감싼 유리에서 네 갈래로 불빛이 갈라졌다. 빛은 아래로, 아래로 내려오더니 어떤 이들의 얼굴을 고정하여 비췄다. 드리운 빛 아래로 익숙한 얼굴이 있었다. 그중 가장 따뜻한 미소, 동시에 제일 떨리는 눈을 가진 자가 나를 보았다. 제경이었다. 또 다른 빛 밑에는 오튼이 있었다. 그 건너편 빛은 박사를 내리쬐었다. 네 번째 빛은 더 느리게 움직였다. 그 빛을 따라 수많은 이들의 시선이 이동했다. 곧 시선이 한곳에서 멈췄다. 나는 빛이 누구를 비췄는지 볼 수 없었다. 다만 내 발밑으로 진 그림자가 보였다. 위에서 아래로 내려진 빛에서 생기는, 검고 얇은 그림자였다. 마지막 빛은 나를 보고 있었다.

"자, 이리 나오라. 그대들의 이름을 말해주거라."

전구를 올려다보려고 하니 눈이 부셔 아파왔다. 빛이 나와 눈을 맞춘 듯하였다. 피할 수 없었다. 신이 나를 부르고 있었다. 제경과 오튼, 박사가 사람들이 만든 원 안으로 들어왔다. 나는 망설이다 제경의 옆에 섰다.

"저는 제경입니다. 열심히 해보겠습니다."

그는 그렇게 말한 후 나를 바라봤다. 봤지? 별거 아니야, 라는 듯했다. 그의 입술이 떨리고 있다는 걸 그는 눈치채지 못한 것 같았다.

"오튼입니다. 실망하게 하지 않겠습니다."

"박사입니다. 해보겠습니다. 자신은 없지만요."

박사까지 소개를 끝내자 군중의 시선이 일제히 나를 향했다. 머릿속이 엉켰다. 심장은 누가 긁듯이 따가웠다. 나는 울렁이는 배를 진정시키며 말했다.

"준입니다. 최선을 다하겠습니다. 무슨 일이든, 버티겠습니다."

우웅 거리는 기계음이 들렸다. 물소리인 것도 같고 바람 소리 같기도 한 오묘한 소리였다.

둥근 빛이 우리 네 사람을 감쌌다. 선명한 원 모양의 빛이었다.

우리는 하늘 위로 떠 올랐다. 땅 위의 사람들이 작아졌다. 눈을 가늘게 뜨고 보니 그들은 박수를 치고 있었다. 우리를 축하하는 것이었다. 하지만 나는 전혀 기쁘지 않았다. 설령 전구 안에서 장미를 발견하게 된다고 해도 마찬가지였다.

전구를 향해 날아가는 동안 나는 이곳의 신이 거짓임을 확신했다. 자신에 대한 신앙을 기준으로 제자를 뽑는 진짜 신이라면 우리를 간택할 리가 없었다. 믿음이라고는 찾아볼 수가 없는 이방인들이니 말이다. 무언가 속셈이 있는 것이 확실했다.

두려웠다. 전구의 내부를 마주하기가 싫었다. 구원을 기대하지 않으면서도 버려질 것이 무서웠다. 신자들에게서, 가짜 신에게서, 그리고 이 우주에서. 차라리 내가 이 행성의 사람으로 태어나 전구를 믿었다면 어땠을까. 거짓된 행복을 꿈꾸어도 때는 늦었다. 진실은 이미 불편함을 각인하였으니까.

정신이 몽롱해졌다. 빛의 원이 자취를 감췄다. 눈이 감겨왔다.

"어떻게 생각하지?"

귀에 익은 목소리가 들렸다. 꿈을 꾸는 듯했다. 앞은 보이지 않았다.

"너희에게도 좋은 제안 같아 보이는데."

대화가 이어졌다. 한 명이 아니었다. 네 명, 혹은 백 명.

"알겠어."

말소리가 희미해졌다. 다시 정신을 잃으려는 것이었다.

"대신……"

"나는…… 안 돼……"

문장은 쪼개지고 쪼개져 단순 단어의 배열이 되었다.

생명, 유지, 하우스, 나, 직장, 약속.

이해할 수 없었다. 몰려오는 잠에 저항 없이 귀가 닫혔다. 나는 다시 꿈에 빠졌다.

백색의 공간이었다. 차가운 바닥이 손끝에 닿았다. 창문이 없어 오튼의 손목시계를 보고 시간을 알 수 있었다. 히엠세잇에 온 지 나흘이 되는 날의 오후였다.

"좁네. 상자 같아. 저 문은 뭐지? 유일한 출입구인 것 같은데."

내 말에 반응을 보인 것은 놀랍게도 오튼 혼자였다.

"안전해 보이기는 하네요. 여기가 그 신의 정원인가? 광명의 정원인지 뭔지 하는 곳."

제경은 사기가 없어 보였다. 오랜 시간 동안 정신을 잃어 그런 것인가 보다 생각했다. 나 역시 어지러웠으니 말이다. 박사의 상태는 영 좋아 보이지 않았다. 고개를 숙이고선 나와 눈을 맞추려 하지 않았다. 제경과 오튼의 시선도 피했다. 그에게 말을 걸어볼까 생각하던 찰나 문이 열렸다. 문 뒤에 무엇이 있나 일어서서 살펴보았지만 보이는 것은 하얀 복도뿐이었다.

복도를 따라 걸어온 것은 한 청년이었다. 청년은 얼룩 하나 없이 새하얀 옷을 입고 있었다.

“안녕하세요? 반가워요. 저는 78호예요. 당분간 여러분의 교육을 맡을 거랍니다.”

그는 우리에게 이름표를 나누어주었다. 이름표에는 각각 다른 숫자가 쓰여있었다. 제경은 505호, 오튼이 506호, 박사는 507호였다. 나는 맨 마지막으로 508번을 받았다.

“앞으로 여러분은 그 번호로 불리게 됩니다. 그럼 이제 저를 따라오시죠. 짧은 교육 영상을 보여드리겠습니다. 영상이 끝나면 즉시 실전에 도입될 것입니다.”

그는 또다시 문을 열고 복도로 걸어 들어갔다. 그의 뒤에서 주변을 살펴보았지만 소득은 없었다. 보이는 거라곤 하얀 벽, 딱딱한 바닥, 지나치게 밝은 천장뿐이었다. 이곳이 전구의 내부인 걸까, 이대로 가다 보면 광명의 정원에 도착하는 것일까. 혹시 정원이 전구 외부에 있는 것은 아닐까? 만약 그것이 사실이라면 이곳의 실상이 더욱 궁금해진다. 마을 사람들이 정원에 대해 아는 게 하나 없다면 정보가 유출된 적이 없다는 뜻인데, 정말 이 정원에서 탈출한 사람이 아무도 없을까? 정원 내부에서 세뇌를 시킨다거나, 마을로 돌아가도 기밀을 발설하지 못하도록 협박을 한다거나 그것도 아니라면 아예 탈출이 불가하도록……

망상은 더욱 끔찍한 방향으로 흘러갔다. 정신 조종 실험까지 생각이 미칠 때쯤 복도의 끝에 다다랐다. 그곳에는 문 하나가 있었다. 78호는 문을 열어 그 안으로 우리를 집어넣었다. 역시나 사방이 하얀 방이었다. 아주 좁았고 인공적이었다. 누군가가 체계적으로 만든 듯한 공간이었다. 신의 솜씨는 단연코 아니었다.

방 가운데에 놓여있는 의자에 우리가 모두 앉자 78호는 방을 나갔다. 뒤를 돌아보지는 않았지만 문이 닫히는 소리로 알 수 있었다. 매끈한 벽들 사이로 철컥, 하는 소리가 오랫동안 울렸다.

박사와 오튼은 물론이고 제경도 조용했다. 나 또한 출처 모를 긴장감에 손가락을 꼼지락댔다. 시간이 얼마나 지났을까, 영상 하나가 재생되기 시작했다. 방 전체를 화면 삼아서. 제경이 항키에서 보여주었던 바다와 같이 말이다. 다른 점이 있다면 이것은 그림보다 한결 사실적이라는 것, 그리고 그 바다만큼 아름답지 않다는 것이었다.

내 감상이야 어찌 됐건, 영상은 단숨에 우리를 정원으로 데려갔다.

향기를 맡을 수 있었다. 분홍빛이 돌기도 하고, 노란색과 하얀색도 있었지만 붉은 향이 가장 깊게 느껴졌다. 장미였다. 내가 도저히 잊지 못한 빨간 꽃이었다.

꽃들 속에서 누군가가 등장했다. 78호와 같은 옷을 입은 그는 아무런 소개도 없이 정원의 규칙들을 알려주었다. 이 영상만을 위해 제작된 가상 인물 같았다.

영상은 오랜 시간에 걸쳐 재생되었다. 규칙을 간단히 나열해 보면 이랬다. 규칙은 대체로 추상적이었다. 특히 신을 섬겨야 한다는 4번 조항이 마음에 걸렸다. 세세한 방침 하나 없이 그저 무언가를 요구하기만 하는 것 같았다. 이곳에 오는 이들은 원초부터 신앙이 깊은 이들일 텐데 왜 그런 것을 요구하는 건지 의문이었다.

규칙에 대한 소개가 끝나자 영상 소리가 페이드 아웃 되었다. 드넓은 정원에 선이 하나둘 나타나 벽이 만들어졌다. 어느새 영상은 사라지고 우리는 하얀 방으로 돌아와 있었다.

78호가 문을 열고 방 안으로 들어왔다. 영상이 끝나는 시간을 정확히 아는 것 같았다. 그는 말했다.

"곧 예배 시간이네요. 저를 따라오시면 됩니다."

그가 허공에서 아래쪽으로 손바닥을 내밀자 우리가 서 있던 바닥 부분이 떠올랐다. 위쪽으로는 유리 같은 물질이 덮어져 엘리베이터와 비슷한 모습이 되었다. 방의 천장이 자동으로 열렸고 엘리베이터는 방을 벗어나 더 위로 향했다. 방 위에는 풀로 뒤덮인 땅이 있었고, 그 위로는 장미 덤불이 무성했다. 하얀 옷을 입은 사람들이 장미를 가꾸었다. 이곳이 바로 광명의 정원이었다. 아까의 하얀 방과 복도는 일종의 지하세계인 듯했다.

더 높은 곳으로 가보면 나누어진 층이 하나 더 있었다. 정원이 있던 일 층보다 좁았다. 갈수록 넓어지다가 일정부분이 지나면 다시 좁아지는, 구의 형태를 띠고 있는 것이 분명했다. 이곳이 전구의 내부라는 걸 확인시켜 준다는 뜻이기도 했다.

엘리베이터는 그곳에서 멈추어 섰다. 이 층. 그곳은 정원과는 또 다른 분위기를 풍겼다. 보다 더 엄중하고 차가운 공기로 가득했다. 예배실에 들어가기 전 78호에게서 하얀 옷을 받았다. 정원 사람들의 유니폼일 옷이었다.

"그런데 여기 조금 이상하지 않아요?"

어디선가 낯선 목소리가 들렸다. 이곳에 온 지 얼마 안 되어 보이는 사람이 나에게 말을 걸고 있었다. 504. 그의 이름표에는 그렇게 쓰여있었다. 내가 그의 말에 대답하기도 전에 78호가 말했다.

"다 입으셨군요. 그럼 이제 저 안으로 들어가 다른 직원분들을 따라서 예배 진행하시면 됩니다. 저도 이만 예배하러 가보겠습니다. 앞으로 추가적인 교육은 없지만 궁금한 점이 있으시면 저를 불러주시면 됩니다."

그가 예배실로 먼저 들어가고 오튼과 박사가 그를 따랐다. 나도 그들을 따라가려는 순간 제경이 나를 불러세웠다.

"잠깐만. 너 뒤에 지퍼 덜 잠겼어."

그는 내 등 뒤에 서서 지퍼를 고쳐주었다. 그러고선 내 귀에 대고 말했다.

"들어가면 같이 앉자. 예배 같은 건 신경도 쓰지 말고."

"갑자기 무슨 소리래? 한동안 아무 말도 없더만."

"그냥. 그러고 싶어서. 다 됐다. 가자."

나는 그의 옆자리에 앉았다. 나를 보는 그의 눈빛이 어딘가 변했다고 생각했다. 전과는 달리 어떠한 생각을 하면서 바라보는 것 같았다. 나는 알 길이 없는 어떤 근심과 갈등을 하면서. 좀처럼 숨기는 것이 없었던 제경이기에 서운한 마음이 컸다. 그보다 더 깊었던 것은 걱정이었다. 아무리 마음이 상해도 그에게 무슨 일이 있는 것이 아닌지, 하는 생각이 다른 감정을 앞질렀다. 제경의 친구가 되어버렸기 때문이었다. 그를 아끼게 되어버려서. 새삼스레 그렇게 되어버려서.

1시가 되었는지 종이 울렸다. 자신을 지도자라 소개하는 사람이 나타났다. 그는 사람들을 바라보며 말했다.

"신께서 우리를 보살펴주시고 사랑하사 당신을 위해 이 한 몸 다할 기회를 주시어 이 광명의 정원으로 우리를 인도하셨습니다. 신은 세상의 창조주시며 행성의 구원자십니다. 그런 신을 위해 우리는 오늘도 모든 걸 바쳐 정원을 지켜내야 합니다."

그의 말이 시작되자마자 나는 알 수 있었다. 이것은 예배가 아니었다. 직감이 말해주고 있었다. 그는 누군가를 위해서 말을 하지 않았다. 그저 신의 부품이 되라는 강요를 영혼 없이 외쳤다.

"그동안 우리는 신의 소중함을 몰랐습니다. 그것은 우주의 순리를 거스르는 죄악입니다. 그런 과거의 반성으로 우리는 한시도 빠짐없이 땀을 흘려야 합니다. 신께서 우리에게 자비를 베풀어 정원을 주시니……"

모순된 말들이 의구심을 불렀다. '그동안 우리는 신의 소중함을 몰랐다.' 그것은 무슨 말일까. 신을 위해 일한다는 것은 히엠세잇 사람들의 큰 기쁨일 것이었다. 그렇기에 그중 가장 신앙이 깊고 선한 자들을 이 정원으로 데려오는 것일 터였다. 적어도 전구 밖의 사람들은 그렇게 생각하고 있었다. 하지만 지도자의 말에 따르면 이곳에 온 이들은 죄를 저지른, 다시 말해 믿음이 부족한 사람들이었다. 설명되지 않는 것이 너무 많나. 신은 왜 그런 자들을 부르는 것일까? 이단에게서 얻으려는 것은 무엇인가? 애초에 신은 누구인가? 대체 왜 말도 안 되는 종교를 만들어 행성민 전체를 세뇌시킨 걸까?

"신의 전지전능하심이 대우주 전체를 보살피사……"

지도자의 말은 끝나질 않았다. 사람들은 좀비처럼 굳은 자세로 손을 모아 기도했다. 수백 명은 되어 보이는 하얀 군단이 동일한 표정과 행동을 취하고 있었다. 나는 그들을 따라 하면서도 느껴지는 불쾌감에 얼굴을 찌푸렸다.

그럼에도 예배는 계속되었다. 나는 눈을 감은 채 잡생각에 빠지다 코끝을 휘감는 향기를 느꼈다. 지독히 인공적인 장미 향이었다.

"드디어 끝났네요. 아까 뭐라고 말씀하셨죠?"

예배가 끝나고 예배실을 나가며 만난 504호에게 내가 물었다.

"아닙니다. 말실수였어요. 어찌 신에게 그런 말을…… 감히 그런 말을 할 수가 있었을까요? 아아, 신이시여. 부디 저의 죄를 사하여주시옵고……"

그는 그렇게 중얼거리며 가던 길을 갔다. 처음 만났을 때와는 전혀 다른 사람이 되어있었다. 그런 그의 눈이 어찌나 공허했는지 내가 다 울고 싶을 정도였다. 어찌 되었건 그의 변화는 세뇌에 대한 좋은 물증이 되어주었다. 예배 시간에 어딘가 수상한 일이 벌어지고 있다는, 그런 것을 확실시해주었다.

57호, 243호, 497호. 이름을 알 수 없는 사람들이 우리를 안내했다. 이 층에서 정원으로 내려가는 길을 알려주고, 숙소와 하루

일과를 알려주었다. 우리는 모두 장미 묘목을 심는 일을 맡았다.

"저기에 묘목이 들어있는 수레가 있을 거예요. 그거 끌고 여기로 오셔서 심으시면 돼요."

65호가 그렇게 말하며 수레가 있는 곳을 가리켰다. 우리는 각자 하나씩의 수레를 끌고 와 묘목을 땅에 옮겨 심었다.

"이것만 반복하면 되는 건가요?"

내가 물었다.

"네. 당분간은 이 작업만 하시게 될 거예요. 어쩌면 평생일 수도 있고요. 영광스러운 일이죠. 신을 위해 꽃을 심을 수 있다니."

"일하신 지는 얼마나 되셨어요?"

"오래되었죠."

"그전에는 어떤 일을 하셨어요? 여기 오기 전에."

"그런 부끄러운 과거는 기억도 나지 않아요. 저는 이 정원 속에서 새 삶을 살게 되었으니까요. 너무 행복해요. 신께서 진정한 인생을 선물해 주신 거예요. 정말 행복해요……"

그는 감정이 북받치는 듯 손을 떨었다. 이루 말할 수 없이 괴이한 일이었다. 어떻게 신의 존재를 의심했던 그가 이런 맹신을 할 수 있을까. 단순한 방법으로는 안 될 일이었다. 전구 어딘가에서 누군가가 사람들을 세뇌시키고 있었다. 그것도 뚜렷한 목표를 가지고.

일하는 내내 그런 말을 속으로 해댔다. 차츰 인공적인 장미 향기에 익숙해졌다. 장미를 심었다. 생각이 점차 둔해졌다. 또다시 장미를 심었다.

수레의 마지막 묘목을 심을 무렵, 아무런 향기도 느껴지지 않았다.

"지하로 내려가면…… 여기가 숙소입니다. 한 분당 한방을 쓰셔야 합니다. 다른 사람의 방에 들어갈 시에는 신의 처벌을 받게 됩니다. 이 점 유념하시고, 좋은 밤 되세요."

숙소는 수백 개의 원룸이 이어 붙여진 형태를 하고 있었다. 각각 독립된 방들은 새하얗고 좁았다. 호수는 부여받은 번호와 같았다. 505호부터 508호까지. 아직 익숙해지지 않은 숫자들이었다.

텅 빈 방에 홀로 있으려니 몸이 편치 않았다. 나는 소등 시간이 될 때까지 눈을 꼭 감았다. 아무것도 보이지 않고, 그 무엇도 들리지 않는 공간이 싫었다. 미치기 딱 좋은 곳이네, 하고 생각했다.

"소등하겠습니다. 안녕히 주무십시오. 내일도 신의 영광을 위해 살아갑시다."

안내 방송이 끝나자마자 방이 어두워졌다. 이불 속에 몸을 숨기고 잠을 청하려 노력해 보는데…… 바닥에서 어떤 소리가 났다.

바닥의 어떤 부분이 문처럼 열리더니 세 명의 정수리가 보였다. 그들은 내 방 안으로 들어오려고 하고 있었다.

"박사님? 오튼, 제경? 다들 여긴 어떻게 왔어요?"

내가 따지듯이 말하자 제경은 곤란하다는 듯이 말했다.

"그게, 그냥 벽 여기저기 두드려 보는데 길이 하나 열리더라고?"

"우리도 다 같은 방법으로 이 길을 찾았어요. 그 길을 따라 여기로 온 거고요."

당황해하는 제경을 대신해 오튼이 말했다.

"그래서…… 우리가 내일 어떻게 할지를 생각해 봤는데 말이야. 아까 그 수레 있잖아. 묘목들 있던 그거. 그 묘목들을 바로 피어나게 할 수만 있다면 되지 않을까?"

제경이 말했다.

"그래, 좋은 생각이야. 그런데 무슨 수로 꽃을 피워나게 해? 가망이 없는 얘기 같은데."

"하지만 그거 말고는 방법이 없어, 준. 다른 곳에서 꽃을 훔쳐 오거나 할 수도 없는 노릇인걸. 대신 오튼이 엄청난 물건을 찾았지. 짜잔!"

"발화 촉진제입니다."

그가 자그마한 주사기 하나를 내밀었다. 항키에서 보았던 것과 비슷한 것이었다.

“다행이네요. 웬일로 일이 수월하게 풀리겠어요. 그런데 이거 어디서 났죠?”

“아까 혼자 삽을 정리하러 갔을 때 주웠습니다.”

“주웠다고요?”

“네. 물 주는 사람들 근처에 무더기로 쌓아져 있더군요.”

“정말이에요? 아무도 제지를 안 했다고요?”

“제가 왜 거짓말을 하겠습니까?”

그가 눈 하나 깜짝 않으며 말을 이어갔다. 그를 믿을 수 없었다. 언젠가부터 제경은 싸한 표정을 짓고 있었다. 벌써 세뇌가 된 것일까? 그래서 누군가의 명령을 따르는 거라면?

“다 우연이에요? 정원에 우리가 불려간 것, 숙소의 비밀 통로를 찾은 것, 발화 촉진제를 찾은 것까지?”

내가 말했다.

“진정하세요. 우연을 좀 믿어요.”

오튼이 말했다.

“그런 걸 가장 안 믿는 건 오튼 본인 아니었어요?”

“그렇다고 제가 의심이 많은 사람은 아니었죠.”

“다들 진정해. 우리가 이제 이런 것 가지고 싸울 사이는 아니잖아? 서로 조금씩만 더 믿자고. 오늘 특이하게 운이 좋긴 했지.

좋은 일이잖아. 그치, 준?"

제경이 말했다.

"좋은 일이긴 한데, 난 좀 마음이 걸려서 그렇지."

제경은 망설이다 나를 끌어안았다.

"괜찮을 거야. 그쵸, 박사님? 무슨 말이라도 해줘요."

"응? 아, 그렇지. 다 괜찮을 겁니다. 그저 조금의 믿음만 가지면 됩니다."

"어떤 믿음을요?"

"꽃이 필 거라는 거요."

박사가 말했다. 나는 어리둥절하여 말했다.

"그 얘기 중이었어요?"

"그건 아니었지요. 하지만 비슷한 이야기입니다. 피어날 거라고 믿으면 언젠가는 피어날 것이고, 괜찮다고 믿으면 결국엔 괜찮아지겠죠. 다만 그때까지의 시간이 아플 뿐입니다."

"아직까지 침울해 계시는 거예요?"

"네."

방 안에 침묵이 들어찼다. 따갑고 차가운 고요였다.

"아무튼 다들 내일 보자. 잘하면 시간 남겠네. 그럼 같이 좀 놀다가 가자."

제경이 나를 보며 말했다.

"알겠어."

"좋아. 내일 봐. 오늘도 좋은 날이었어."

오튼과 박사도 제경의 뒤를 이어 통로 속으로 사라졌다. 나는 통로의 입구가 닫히는 것을 가만히 지켜보았다. 긴 꿈을 꿀 것 같다고 생각하며 잠이 들었다.

전구 속에서의 아침은 빠르게 찾아왔다. 한순간 점등이 되고, 모두가 동시에 잠에서 깨어나야 했다. 서서히 드리우는 햇살 따위가 없었기에 급작스러운 밝음이 눈을 아프게 했다.

형식적인 점호, 규칙적인 아침 식사, 그리고 인위적인 인원 점검 끝에 노동의 시간이 돌아왔다. 나는 그 일의 의미도 모른 채 묘목 수레를 끌었다. 아이러니하게도 그것이 지구에서의 하루와 닮아있다고 생각하다 금세 머릿속에서 지워버렸다.

세 번째 수레를 옮기다 504호를 만났다.

"안녕하세요. 잠은 잘 잤어요?"

내가 그에게 말했다.

"그럼요. 어젯밤에 미래에 대한 생각을 해봤어요. 완벽한 계획을 짰죠. 하루하루 열심히 일을 하는 거예요."

"그게 계획이에요?"

"네. 신을 믿기만 하면 행복해지는 건 당연한 거니까요."

"그게 왜 당연한 일이죠?"

"당연한 게 아니면 뭐겠어요? 그것이 진리인걸요. 우리가 어렸을 적부터 배워왔듯이, 히엠세잇에서 행복의 조건은 오직 믿음뿐이니까요."

"그런 내용을 배운다고요? 모두? 그럼 신을 믿지 않는 사람들은 어떡해요?"

"걱정 마요. 그런 불쌍한 이들도 신이 구원해주실 테니까요. 결국은 신의 존재를 깨닫도록 인도해주시는 거죠. 그런데 참 궁금한 게 많으시네요. 혹시 신의 존재를 의심하고 계시는 건가요?"

나는 흠칫 놀라며 변명을 갈구해야 했다.

"아뇨, 그럴 리가요. 저는…… 그니까, 그냥 갑자기 그런 생각이 든 거죠. 이 세상에 불행한 사람이 있으면 얼마나 안타까울까 하는 그런 생각. 별 건 아니고요, 잡생각이죠."

"그것 역시 그 사람의 믿음이 부족한 것이죠."

"정말 그렇게 생각하는 거예요?"

"불행해질 이유가 그거 말고 뭐가 있겠어요?"

할 말이 턱 끝까지 밀려오는 것을 느꼈다. 나는 그 말들을 입술로 겨우 닫았다. 얼마 뒤에는 무슨 말을 참았는지도 잊었다. 나는 무슨 말이 하고 싶었던 걸까. 내가 불행해져야 했던 이유? 그의 말대로 애초에 그런 건 없었는지도 모른다. 혹은 내가 그의 신을 믿지 못하는 이유? 그 당연한 것에 이유라고 할 게 있을 리가.

"508호 님은 계획이 어떻게 되세요? 행복해질 계획이요."

그 말 하나에 코끝이 따가워져 그의 눈을 피했다. 대답을 하지 못하는 나를 그는 동정의 눈빛으로 바라봤다.

"괜찮습니다. 믿으세요. 그럼 다 나아질 거예요."

나는 대답하지 않고 마저 수레를 끌었다. 그러는 와중에도 그의 시선에서 연민이 느껴졌다. 눈 밑이 끓었다. 흘러넘치기 전에 멈춰야 하는데 제경도 오튼도 박사도 전부 어딘가로 사라져 있었다. 날 두고 어딜 간 걸까. 아무 말도 없이. 내가 아무리 뛰어다니며 찾아봐도 그들은 나타나지 않았다.

그렇게 홀로 피지 않은 꽃들을 옮겨 심었다. 귀가 먹먹해졌지만 묘목들은 나를 감춰주기엔 너무도 초라했다. 처음 보는 사람들이 나를 동정하며 바라봤다. 최악의 상황이었다. 그런 상황에서 서럽다고 눈물이 고이는 나도 참 최악의 인간이구나, 싶었다.

제경이 빨리 와주길 바랐다.

예배 시작 30분 전을 알리는 방송이 들렸다. 예배실로 올라가야 한다는 뜻이었다. 사람들이 하나둘 움직이기 시작했고 나도 그들을 따라 걸어갔다. 아니, 걸어가려 했다.

그런데 수풀 뒤에서 누군가가 나를 잡아끌었다. 나는 힘 없이 풀

속으로 넘어지고 말았다.

"워, 괜찮아? 다쳤어? 아프면 안 되는데……"

제경이었다. 내 몸에 상처가 났는지 살펴보는 그 뒤로 오튼과 박사가 보였다.

"괜찮아. 그냥 좀 놀라서 그래."

"미안해. 마음이 급해져서 말이야."

"네가 웬일이래?"

"뭐, 그건 그렇고 어서 가자. 저기 숨겨둔 수레 하나가 있어. 특별히 가시 없는 놈으로 골랐지."

그의 말대로 조금 더 걸어가 보니 수레 하나가 덩그러니 놓여있었다. 당장이라도 무너져내릴 것 같은 나무 수레였다. 그날의 것과 비슷했다.

"이제 이 주사로 꽃을 피운 다음 무언가를 수레에 던지기만 하면 돼. 너는 꽃잎이 날아다닐 동안 여기에 서 있기만 하면 되고. 쉽지? 이제 정말 지구에 가까워진 거야."

지구라는 말에 손발이 경직되었다.

"왜 그래? 무슨 일 있었어?"

누군가의 말이 들리는 것 같았다. 믿음, 행복, 미래, 계획. 그런 단어들.

"아냐. 빨리하기나 하자."

"무슨 일 있는 건 아니고?"

"그래, 그런데 우리 며칠 남았지? 30일까지가."

"세 차원 남았으니까 15일 정도 남았지. 정확하네. 오늘이 히엠세잇에 온 지 5일째니까."

"얼마 안 남았네."

"다행이지? 네가 그만큼 잘 해내 준 거야."

"그런 걸까?"

제경은 그렇다며 고개를 연신 끄덕였지만 나는 그럴 수가 없었다. 다다음주면 지구에 갈 준비를 하고 있겠구나, 하는 생각이 그다지 기쁘지만은 않았기 때문이었다. 물론 죽는 것보다야 낫겠지만.

오튼이 내 눈치를 살피다가 수레를 향해 다가갔다. 그가 촉진제를 흙에 주사하자 묘목에 꽃봉오리가 얼굴을 보이더니 꽃잎이 틈새를 뚫고 나왔다. 어느새 꽃은 아름답게 만개했다.

"아까 잠시 쉬고 있을 때. 이걸 숨겨뒀어."

제경이 왜 보이지 않았는지 이제야 알게 되었다. 이렇게 낯선 곳에서 나에게 말 한마디 없이 떠난 그에게 잘못을 따지고 싶었다. 내 속도 모르고 정처 없이 굴러가는 그의 눈빛이 야속했다. 무언가 할 말을 찾으려는 시선. 정원의 장미 향처럼 부자연스러웠다.

"그새 어디서 쉬고 있었어? 나는 네가 그러고 있었을 때 어땠는지 알아? 대체 언제 나만 빼고 셋이서 쉬러 간 건데?"

"내가 다 미안해. 그런데 정말 그런 건 아니었어."

"상관없으니까 말해 봐. 언제부터 나를 속인 거야?"

"그런 거 아니었어, 준아."

"처음부터 나는 신경도 안 썼던 거지."

"아냐, 그럴 리가. 나 너 엄청 신경 써. 네 생각 맨날 하고."

"나 떠나면 어떻게 할 건데. 죽어버리든, 먼 행성으로 돌아가든. 얼마 안 남았잖아. 그 후에는 어쩔 거야? 슬플 거라면서. 사실 아무렇지도 않을 거잖아."

목소리가 신경질적으로 변하는 걸 알았지만 막을 수는 없었다. 그것을 막으면 울음이 터질 것 같았다. 눈물과 짜증 중 하나를 드러내야만 한다고 했을 때 나는 짜증을 선택한 것이었다. 그래선 안 되었지만.

"내가 어떻게 아무렇지 않겠어. 내가 어떻게……."

그런데 제경이 눈물을 보였다. 내 눈물을 막겠다고 그런 말을 했던 건데, 그의 눈에 맑은 액체가 고여버렸다. 그 순간 나는 아무 말도 할 수 없었다.

"미안해. 정말 미안해. 나는 네가 더 빨리 지구로 돌아가고 싶어 할 것 같아서. 그래서 그런 거였어. 널 두고 간 게 네 맘을 상하게 할 줄도 모르고… 그래 버려서 미안해. 앞으로는 절대 안 그럴게."

나보다 한 뼘 정도 키가 큰 제경이 허리를 살짝 숙여 나와 눈높이를 맞췄다. 이럴 때에는 다정하지 않아도 되는데, 하는 미안함과 동시에 원망스러운 마음이 들었다. 제경이 나에게 무엇을 숨기고 있는 것 같았기 때문이었다. 차라리 비밀 따윈 없다고 거짓말이라도 해주길 바랐다. 그러나 제경은 끝까지 그런 말로 나를 안심시키려 하질 않았다. 네가 그러면 내가 자꾸만 의심하게 되잖아. 그러지 마. 그런 말을 해야 하는데 하질 못했다.

"난 지구로 가면 할 게 없는데. 뭘 해야 할 지 모르겠는데. 아무것도 모르고 서 있었는데. 너 없는 동안."

"내가 다 미안해. 근데 우리 이 일부터 끝내볼까? 세 시간 뒤에 열차 출발해. 열차 안에서 마저 이야기하자. 지금은 이것부터 마무리하고 나가서 둘이 놀자. 밑에 예쁜 꽃들 많잖아, 응?"

"뭐가 그렇게 급한데? 다 된 일이잖아. 톱도, 꽃도 전부 우연히 생겼으니까. 시간도 남아돌면서."

"그러니까 남은 시간 같이 즐겁게 보내자는 거지. 우리 할 거 많잖아, 지구로 돌아가는 거 말고도."

"무슨 말이 하고 싶은 건데?"

제경은 잠시 입술을 들썩이다 말했다.

“자꾸만 마음이 어딘가로 뛰어가. 미안해. 이렇게 이기적인 친구라.”

그때 아래쪽에서 어떤 소리가 들렸다.

“여기서 뭐 하시는 겁니까?”

그렇게 외치며 누군가가 풀 속으로 들어왔다. 509호라고 쓰인 이름표. 그 표식을 달고 있는 앳된 얼굴. 코림이었다. 그는 분명 선택받지 않았는데? 무슨 일인지 알 수 없었다.

“그러는 코림 씨는 여기 어쩐 일입니까?”

박사와 아래에 남아있던 오튼이 말했다. 오튼은 또 어디서 난 것인지 밧줄을 들고있었다.

“절 묶으려고 그러시는 건가요? 안 그러는 게 좋을 거예요. 신의 이름으로 그런 폭력은……”

“조용히 하시고요. 이제 우리 솔직해지죠. 저희는 전구의 신 같은 거 안 믿는 외부인들이고요, 갈 길 가려고 이러는 중이니 그쪽도 조용히 지나가시죠? 여기에 오신 거 보니 당신도 신앙이 그리 깊지는 않으신 모양인데.”

“그건 사실이에요. 부정할 수 없네요. 여러분들 때문이었어요. 준이 나에게 그런 말을 한 이후부터. 부끄러운 의심이 들기 시작하더군요. 죄를 지은 거죠. 일종의 시험이었다고 생각해요. 신께서 저에게 진리의 씨앗을 내려주신 것도 그 때문이 아니었나 싫어요. 꽃을 피우긴 했지만, 진정한 진리는 아직 깨닫지 못해 절 여기로 부르신 거죠. 진짜 어른이 되도록요."

"꽃을 피워야 진짜 어른이 되는 것입니까?"

박사가 말했다.

"그렇게 해서 되는 어른이 무슨 의미입니까? 순응이 성숙의 미덕이라도 돼요?"

오튼이 신경질적으로 말했다. 박사를 보호하려는 듯했다.

"그러면 여러분은 행복한 미래를 위한 뭐 특별한 계획이라도 있으신가 봐요?"

"어이, 형씨. 우리는 망가지면서 클 겁니다. 안타깝게도 그쪽처럼 잘난 어른이 아니라."

오튼이 코림을 향해 어디서 난 건지 모를 밧줄을 팽팽히 펼쳐 보였고 코림은 순순히 자리를 떠났다.

"사실 나도 잘 모르겠어요. 그래도 행복해질 테니, 후회는 없네요."

그것이 내가 들은 그의 마지막 말이었다. 나는 제경과 그를 번갈아 바라봤다. 꽤 긴 순간 생각했다. 코림을 따라가고 싶다고. 정확히는 그의 행복을 좇고 싶다고.

나는 아무것도 알 수 없었다. 익숙해졌다고 생각했던 장미 향이 다시금 코를 간질였다. 바람은 또다시 불어오는데, 그 공기가 지독히 허전했다. 이런 기분을 다시는 느끼기 싫었는데. 적어도 지구를 떠나있는 동안만은 그 감정을 잊길 바랐는데.

왜 나는 늘 먼 것을 바라는 걸까.

내가 믿어야 할 것은 무엇일까.

끝내 나무에 다 올랐을 때 내려다본 풍경은 어여뻤다. 아픈 것들은 왜 이리도 예쁜 건가. 아니면 예쁜 것들이 아픈 걸지도 모르겠다.

"준아."

제경이 나를 바라보았다.

"지구에도 장미가 있어?"

"그게 무슨 뜬금없는 소리야."

"궁금하잖아. 난 지구를 사진으로만 봐왔는걸."

"장미야 있지. 지구 사람들 장미 엄청 좋아해."

"진짜?"

"꽃말이 예뻐서 그런가, 선물로도 많이 주고받고."

"꽃말이라니?"

"꽃말 몰라? 그 있잖아, 꽃마다 있는 의미 같은 거."

"신기하네. 그럼 장미의 꽃말은 뭐야?"

"색마다 다른데. 일단 여기에 있는 빨간색 장미는 열렬한 사랑. 아니면 아름다움이나 열정."

"그냥 사랑도 아니고 열렬한 사랑이야? 재밌게 사네, 지구 사람들."

제경은 재미있다는 듯 소리 내 웃었다.

"그럼 파란 장미는?"

"원래는 지구엔 파란 장미가 없어서 불가능이란 뜻이었대."

"불가능이라."

"그런데 언젠가 푸른 장미 개발에 성공했대. 그래서 이젠 의미가 좀 달라졌고."

"좋은 의미면 좋겠네."

"이제는……"

나는 먼 어느 날에 책에서 읽었던 듯한 내용을 더듬었다.

"모두들 불가능하다고 여겼던 것을, 결국에 이뤄내다."

제경은 만족스러운 듯이 미소 지었다. 그의 입꼬리가 깊게 파였다.

나는 수레 안으로 들어갔다. 장미들은 힘없이 산란하며 내 등을 감쌌다. 꽃잎이 흩어져 날아갔다. 가시 없는 줄기들은 우리의 몸에 상처 하나 입히지 않았다. 그때의 장미도 가시가 없었더라면 조금이라도 덜 아픈 기억이 되었을까.

그리 가볍지만은 못한 마음으로 내 속눈썹 위를 스치는 꽃잎들을 느꼈다. 붉은 잎들이 시야를 가렸다 비켜나기를 반복할 때마다 답답한 천장이, 제경이, 열매가, 그리고 또 제경이 보였다.

"자, 됐다."

오튼이 말했다. 그제야 손바닥 크기의 차원 문이 보였다.

"됐으면 어서 가자. 전구 밑으로 내려가는 통로가 하나 있더라고. 나가서 맛있는 거나 먹자. 그 할아버지가 돌아오면 언제든지 대접해주겠다고 하셨어. 그렇다면 우리가 또 안 가볼 수 없잖아, 그치?"

제경이 말했다.

"너는 먹는 것만 뭘 그렇게 찾냐? 난 그 할아버지한테는 안 갈래. 분명 돌아온 우리를 이상하게 생각할걸."

"아이스크림도 있는데?"

"그런 거면 미리 말을 해주든가 했어야지."

제경과 오튼이 옥신각신하는 동안에도 나는 웃지 못했다. 감정이 어떻게 작동하길래 그러는 것인지 묘연했다.

"너도 지구에 갈 수 있다면 좋을 텐데."

기나긴 통로를 따라 전구를 빠져나가다가 내가 제경에게 말했다.

"그러면 좋겠다. 그런데 한 달 정도 되는 안전 기간은 나에게도 똑같이 적용되는 거라서."

"그렇겠지?"

"그렇겠지. 소멸할 거야. 아니면 펑, 터져버리던가. 어느 쪽이 더 낫지?"

"둘 다 최악인데."

"아무래도 그렇지."

통로의 출구가 보였다. 제경은 서둘러 문을 열었다. 무언가에 쫓기는 사람 같았다.

노인은 처음 만났을 때와 같은 흔들의자에 앉아있었다. 코림은 물론 부부도 보이지 않았다.

"저희 왔어요. 보고 싶었어요. 할아버지도 그렇죠? 내가 또 다 알죠."

제경이 그를 안았다.

"돌아왔구나. 너희를 위해 식사를 준비해두었어. 아무쪼록 입에 맞았으면 좋겠구나."

그는 우리가 어쩌다 정원에서 돌아왔는지에 대해 묻지 않았다. 그저 잘 구워진 음식을 식탁에 놓아줄 뿐이었다.

"다 먹으면 저곳에 아이스크림도 있단다. 자네가 좋아하는 음식이라고 하더군. 제경이 말해주었지."

식사를 마치고 아이스크림을 접시에 가득 퍼 거실 바닥에 앉으니 열차 시간이 얼마 남지 않았다.

“이제 곧 떠나야 하겠구나.”

“그렇습니다. 감사했습니다. 신세를 많이 지고 가네요.”

“모든 인연은 언제나 환영이지.”

“저도 꽃을 피우고 싶습니다.

박사가 그에게 말했다. 나는 그 광경을 멀찍이서 지켜보았다.

“이유가 무엇이더냐?”

“피워내고 싶어서요.”

“어른이 되고 싶은 게냐?”

박사는 고개를 저었다.

“아닙니다. 단순히 피어난 꽃을 안고 싶습니다. 다른 이유가 필요합니까?”

“아닐세. 오히려 그편이 좋지. 다른 이들은 꽃에 너무 큰 의미를 부여해서 탈이야. 식물은 식물로 충분한 것인데 말이지.”

“의미를 부여하다니요?”

“다들 그렇지 않은가. 진리의 씨앗, 사랑의 꽃. 사실 그런 게 어디 있겠나.”

“코림은 그것이 신의 뜻이라 하던걸요.”

“그래, 나도 신을 믿네. 하지만 그의 뜻을 따르는 것만이 어른이 되는 방법은 아니라 생각하지.”

"어렵네요."

"쉽게 생각하게. 우리가 무엇을 믿든 우리는 결국 우리로서 살아가네. 그 말일세."

열차 시간이 다가오자 오튼이 짐을 챙기기 시작했다. 나도 가방을 가지러 박사 쪽으로 갔다.

"자네는 궁금한 게 참 많군. 우리 둘째와 똑 닮았어."

"그분의 존재를 믿으시는 건가요?"

"그렇지. 신보다도 더."

"헤어지신 것인지요?"

"언젠가는 만나게 될 거란 뜻이기도 하지."

"만나게 된다면 어떤 말씀을 하실 겁니까?"

노인은 눈을 지그시 감고 박사의 손을 잡았다. 그런 그의 얼굴이 박사의 또래로 보여 기분이 묘했다.

"멈춰있어도 괜찮아. 너는 사랑스러운 아이였으니까. 세상은 그럴듯한 어른이 아니라 좋은 사람을 기다리고 있어."

노인은 말을 끝맺고도 눈을 뜨지 않았다. 오튼과 제경은 대답이 없는 그에게 작별 인사를 마치고 현관문을 열었다.

"안녕히 계세요. 감사했어요."

나도 인사를 전하며 자리를 나섰다. 사실은 일방적인 통보에 더 가까워 보였다. 그가 끝까지 고요를 잃지 않았기 때문이었다.

박사는 인사를 하지 않았다. 그는 노인의 품에 파묻혀있었다. 초조한 듯이 그를 기다리는 제경을 내가 말없이 달랬다. 제경도 오튼도 불평 하나 없이 그에게 시간을 주었다. 나는 박사와 노인을 봤다. 눈치 없이 그들 사이에 껴서 펑펑 울고 싶다고 생각했다. 그럴 수는 없었기에 울상만을 짓고 있으니 제경이 내 손을 잡았다. 그에게 묻고 싶은 말이 또다시 솟구쳤지만 겨우 참았다. 그를 탓할 시간은 이미 지나버렸다.

아무래도 좋겠지. 결국은 또 그런 거겠지.

한참이 지나서야 박사는 일어났다.

“다들 정말로 망가지면서 크는 것 같네.”

오튼이 말했다.

“결국은 크는 거지?”

“크겠지. 어떻게든.”

닫히는 문 안쪽은 보지 않았다. 그래야 할 것 같았다. 눈을 인자하게 감고선 박사의 손을 어루만지는 그의 모습만을 기억해야 할 것 같았다. 그 정도면 딱 좋은 마지막일 터였다.

열차를 기다리면서도 나는 한 가지 생각에 사로잡혀 있었다. 어딘가 쉬웠다는, 이상하리만치 손쉽게 일이 풀렸다는 생각이었다. 제경은 끝까지 변명을 하지 않았다.

"그럴수록 준 씨만 손해일걸요."

"차라리 나도 망가지면서 커보죠. 그래야 사실을 알아낼 수 있다면."

"사실대로 말했잖아요. 길가에서 발화제 주운 게 그리 대단한 일도 아니고."

"그것만 가지고 이러는 거 아니잖아요."

"나는 그냥 마음 쓰지 말라는 거였어요. 알아서 해요. 딱히 내 알 바는 아니니까."

정말로 오튼의 말은 흘려듣기로 했다. 이제 무언가를 하염없이 믿는 일에는 진절머리가 났다. 그 대상이 제경이어도 변하는 것은 없었다.

"고리평행 열차가 진입하고 있습니다."

열차의 헤드라이트가 보였다. 나는 무거운 발걸음으로 끝 칸에 올라탔다. 도움이란 말과 코림에게 준 혼란, 그리고 내가 이 행성에 품었던 마음을 곱씹으면서.

5

고리평, 그리고 참새

아침이었다. 지구를 벗어나 만난 자연광 중에서 가장 태양 빛과 유사한 빛이 눈가에 닿았다.

-687차원 제1 행성 고리평에 도착했습니다. 내리실 문은 오른쪽입니다. 자연과 생명의 낙원 고리평에서 모두 즐거운 추억 만드시길 바라겠습니다.

역에 발을 내디디니 짙은 초록의 잔디가 느껴졌다. 히엠세잇과는 전혀 다른 분위기였다. 똑같은 산디밭일지라도 그 위에 뿌리 내린 나무들은 진정한 자연을 의미하는 듯했다. 공기가 믿을 수 없이 상쾌했다. 숨을 크게 들이마신 순간, 이 행성에 매료되어버렸다. 폐가 지금껏 묵은 때를 벗겨내며 새살을 돋우었다.

울창한 숲속에서 오두막 몇 채가 보였다. 내 예상과는 다른 모습이었다. 자연에 완전히 잠식된 행성인 줄 알았건만 그 안의 사람들은 보다 더 편리한 생활을 하는 듯했다. 깨끗한 옷을 입고 멀끔한 문명 안에서 발전된 삶을 누리고 있었다. 그들은 식물, 그리고 동물들과 완벽한 공존을 이루는 것 같았다. 그 어느 생명의 집단도 다른 무언가에 비해 튀어 보이지 않았다. 인간도, 나비도 모두 똑같은 위치에 있었다.

"사전 조사를 해봤어요. 축복아라는 자들이 있더군요. 그들을 찾아가면 돼요. 그곳에 참새 소년이 있을 거예요."

오튼은 수첩을 뒤적거렸다. 그곳에 조사한 내용들이 있는 모양이었다. 정말 본인이 조사한 내용이 맞는지, 또 그 '우연'이 도운 것은 아닌지 의심스러웠다. 나는 그에게 따지는 대신 더 유익한 질문을 하기로 했다.

"축복아가 뭐죠?"

"저기 봐요."

열차가 떠나간 기찻길의 뒤편, 그러니까 우리의 반대편에서 한 사람이 걷고 있었다. 나는 그를 보자마자 축복아의 정체를 알 수 있었다. 그의 꼬리 때문이었다. 은유가 아니었다. 그는 정말로 꼬리가 있었다. 털이 나 있으면서도 어딘가 매끈한, 지금껏 본 적은 없지만 동물의 것이라고 확신할 수 있는, 그런 꼬리였다.

그는 빨리 달려 커다란 나무 뒤로 사라져버렸다. 자세히 보니 더듬이도 달려있었다.

"저 사람이 축복아라는 거죠?"

내가 물었다.

"네."

"동물과 인간이 결합된…… 뭐 그런 건가요?"

"비슷해요. 인간이지만 동물의 특성이 나타나는 사람들이죠."

"그럼 이제 어떡하죠? 무작정 따라갈 수는 없잖아요."

"물어보죠. 간단하게."

"누구한테요."

오튼이 가만히 서서 주위를 둘러보았다.

"여기 오네요."

푸른 나비 한 마리가 포르르 날아와 그의 콧등에 앉았다.

"나비인데요?"

"나비죠."

"길 물어본다면서요?"

"나비한테요."

"나비한테요?"

"건너건너 전해 들은 이야기입니다."

오튼이 목을 풀었다.

"작은 생명아. 너의 날개로 축복의 땅을 열어주렴."

나비는 정말로 길을 아는지 따라오라는 손짓처럼 날개를 흔들었다. 그러면서 어딘가로 날아가는 나비를 우리는 따라갔다. 숲을 지났다. 지구와는 다른 색의 식물을 보았다. 인간과는 너무도 다르게 생긴 동물과 인사를 하는 사람들이 있었다. 빛을 내고 귀를 흔드는 동물들이 나무를 올랐다. 그것들의 오묘한 눈을 바라보면 새삼스레 이곳이 지구가 아닌 다른 세계라는 것이 실감 났다.

새파란 물이 흐르는 강이 곳곳으로 이어졌다. 그 강에서부터 동식물들의 거처까지를 어떤 기체가 떠다니고 있었다. 푸르지만 색이 있다고는 말할 수 없을 만큼 투명한 기체였다. 그 물질은 커다란 관에 모였다. 송신탑처럼 높고 길게 솟아있는 기둥과 비슷한 것이었다.

나비는 점점 깊은 숲으로 들어갔다. 그것의 날갯짓은 한 우물에서 멈추어 섰다. 이질적으로 울창한 수풀 속에 우물 하나가 달랑 놓여있었다.

"여기로 들어가라는 건 설마 아니겠죠?"

하지만 나의 말을 긍정하는 듯 나비는 그 자리에서 움직이지 않았다.

"일단 들어가기는 해볼까요?"

오튼이 말했다.

"누가 먼저 갈래요?"

"일단 난 싫어요."

"나도 싫은데."

"저도 싫습니다."

"나도."

제경이 말했다.

"그런데…… 잘 보니까 그렇게 막 깊지는 않은 것 같은데?"

제경이 우물 위로 올라가 아래를 내려다보며 말했다. 당장이라도 빠질 듯 위태로워 보였다.

"저저, 저거 또 저러다 자빠진다."

오튼이 한숨을 쉬었다.

"아냐. 내가 언제부터 그렇게 덤벙거리는 사람이었다고…… 으악!"

제경의 발이 우물 안으로 빨려 들어가기 시작했다. 고여있는 물은 소용돌이치며 더 빠른 속도로 주변 공기를 당겼다. 붙잡을 것을 찾았다. 하지만 나무에 매달릴 틈도 없이 내 발가락은 이미 우물물에 닿아있었다.

순식간이었다. 추락함과 동시에 물이 나를 덮쳤다. 파란 세상이 잠시 보였다. 숨을 참았다.

형태감이 있는 액체 바깥에 어떤 풍경이 있었다. 그곳으로 헤

엄치려 해도 몸이 움직이지 않았다. 떠오르고 있었다. 우리를 감싼 하나의 물방울이.

물방울이 땅에 닿자 물이 갈라졌다. 우리를 감싼 모든 물이 깨져 방울방울 흩어졌다.

마침내 숨통이 트였다.

"도착했네요."

오튼이 머리칼을 정돈했다. 이상하게도 머리가 젖어있지 않았다. 더듬어보니 나의 몸 어느 구석에도 젖은 흔적이 없었다. 하늘은 새파랗게 개어있었다. 마치 여름이라는 단어를 구름에 실어 물들인 것 같았다.

"여기가 어디죠?"

내가 오튼에게 물었다.

"축복의 땅이죠."

"섬인가요? 바다가 보이는데. 평행세계?"

"맞아요. 평행세계는 아니지만. 에너지를 압축해서 겹쳐진 공간을 하나 더 만드는 거예요. 저도 어디서 읽은 이야기일 뿐이라 잘은 모르겠지만."

"그래서 땅이 뒤집혀 있던 건가. 우물 나가자마자 땅이더만. 무슨 말인지 알지? 그러니까…… 두 땅이 맞닿아있는 거잖아."

제경이 말했다.

"그런데 에너지라면 그 파란 공기를 말하는 건가요?"

내가 물었다.

"네. 여기 사람들이 화석연료 같은 건 통 쓰질 않아서."

"왜죠?"

"별 이유는 없었어요. 그냥 자연과의 공존법을 안 거죠. 행성 자생의 한계를 일찍이 깨달았던 것 같기도 하고. 다른 차원들도 거의 다 재생 가능한 자원을 쓰지만, 이곳은 조금 달랐어요. 과학 기술이 발전해서 신에너지를 개발한 게 아니라 처음부터 환경을 죽이는 연료 자체를 쓰지 않았어요."

"어떻게 그게 가능하죠?"

"한 번도 안 해봤던 거죠. 다른 동물 종보다 인간이 우월하다는 생각을."

"친환경적인 사람들이네요."

"차별을 하지 않는 쪽에 더 가까울지도 모르죠."

땅에 떨어진 채 멀뚱히 누워있는 우리에게 누군가가 다가왔다.

"숲의 요정님이신가요?"

그 축복아였다. 그의 노란 꼬리가 호기심이 생겼다는 듯 살랑였다.

"네?"

나는 당황하여 말했다.

"요정 같은 건 아니고, 홀리머하우스에서 나왔습니다. 오튼입니다."

"왜 그래, 그냥 요정이라고 하지. 재미있잖아. 나 정도면 요정이라 해도 믿을 텐데."

"재는 제경입니다."

"준이라고 합니다."

"박사입니다. 와, 짹짹이다."

"쫓아가지 마요."

오튼이 그를 만류하더니 노란 꼬리의 그 사람에게 자초지종을 설명했다. 오튼의 간결한 설명에도 그는 모든 것을 다 이해한 듯했다.

"아주 위급한 일이군요. 그럼 이리로 따라오시죠. 저희 본부 건물로 안내해드릴게요."

그가 뒤를 돌자 푸른 입자들이 같이 핑그르르, 하고 움직였다. 밀도 높은 허공을 가르며 그는 우리를 통솔했다.

"그런데 이곳은 왜 이리 동물이 없죠? 우물 밖에는 그렇게 많더만."

제경이 물었다.

"축복아들만 들어올 수 있는 곳이라서요. 하우스 분들은 조금

예외인 경우이지만요."

그가 눈을 굴렸다. 수상한 낌새가 났다.

"그럼 아까 제가 보았던 새는 무엇입니까?"

"조류형 축복아의 날개였을 거예요. 날개가 달린 사람들이 꽤 나 많은 행성이거든요. 아, 도착했네요."

본부는 나무에 둘러싸여 있는 거대한 나무집이었다. 수박색과 연두색이 섞인 나뭇잎이 현관문 손잡이에 앉았다 떨어졌다.

"들어가실까요?"

그의 더듬이가 흔들렸다.

"저희 축복아들만의 작업실이자 휴식 공간이에요. 저희에게 주어진 일이 있거든요. 숲의 에너지를 관리하는 일이죠."

"네, 멋지네요. 그런데 저희를 여기에 앉혀놓고 그런 이야기를 하시는 이유가 뭐죠? 도와주시는 건 정말 감사한 일입니다만, 쉽게 끝낼 수 있는 일을 굳이 이렇게 미루는 부분이 이해가 가질 않아서요. 아무래도 사람 목숨이 달린 문제라."

오튼이 대접받은 차를 저으며 말했다.

"그게 저희가 아직……"

"시간을 끄는 건가요?"

"그렇긴 하죠."

"흠. 그럼 조금만 더 들어보죠."

"어…… 저희는 동물의 특성을 가진 인간들이기 때문에 자연에서 생성되는 에너지를 더 잘 다룰 수 있어요. 고리평에서는 고롱이라고 불리는 연료죠."

"그러면…… 그 연료는 자연적으로 생산되는 건가요? 무한히?"

제경이 흥미가 생긴 듯 말했다.

"맞아요. 살아 숨 쉬는 생명이 있는 한 영원하죠."

"그러면 그걸 정확히 어떻게 관리하는 거예요?"

"아래 세상에 있던 기둥들 보셨나요? 거기에 저장된 고롱은 이 땅으로 모이게 되어요. 그걸 정제하고 확인한 후 다시 저 밑으로 보내면 돼요."

"그래서 이유가 뭐죠?"

오튼이 말했다.

"고롱을 모으는 이유요?"

"시간을 끄는 이유요."

오튼이 전혀 정중하지 않은 말을 몹시 정중한 투로 전했다. 그의 탁월한 재능이었다.

"시간 지체될 요소가 하나 없다고 들었습니다. 그냥 그 참새형 축복아 한 분만 만나게 해주면 되는 거잖아요."

"그게…… 그 참새형 축복아, 그러니까 송이라는 아이가 말인데요……"

그의 더듬이가 축 처졌다. 어딘가 아주 불안한 기색이었다.

"그것이……"

먼발치에서 우리의 대화를 듣고있던 축복아들이 헛기침을 하며 자리를 떴다.

"화내지 말아주세요."

그의 입술이 떨려왔다. 오튼이 숨을 죽였다.

"사라졌습니다."

공기가 얼어붙었다.

"네?"

"사라졌어요. 송이. 가출 뭐 그런 비슷한 게 아닐까 싶어요. 그니까 그게, 저희에게 시간만 주신다면 금방……"

"아니에요. 도와주시는 건데 그쪽이 죄송할 건 없다만……"

오튼이 다리를 벌었다.

굳어버린 장내는 새벽까지 녹지 않았다.

날이 다 져서도 송이 나타나지 않자 우리는 우물 밖으로 돌아가기로 했다. 뒤늦게 안 사실인데, 우리가 꿀빙술을 통해 나왔던 출구는 꽃이었다. 그 크기가 너무 커서 나무인지 꽃인지 구분이 안 될 정도였다.

"저기서 나온 거였구나. 우물로 빠져서, 저 봉오리 안으로. 그 다음 땅으로 떨어지고."

제경이 중얼거렸다.

"어서 들어가죠. 돌아가서 주민들한테 정보나 캐내 봅시다."

오튼이 그렇게 말하며 먼저 꽃의 중심에 앉았다. 제경과 박사도 군말 없이 그를 따랐다. 나는 어딘가 걸리는 마음을 뒤로하고 꽃잎에 발을 디뎠다. 제경이 손을 뻗어 나를 당겨주었다. 나까지 앉으니 꽃잎이 닫히기 시작했다. 좁아져 가는 꽃잎들의 틈 사이로 숲이 보였다. 날개와 꼬리를 가진 사람들이 여럿 보였다.

꽃잎은 바로 닫혀버렸다.

재미있는 이야기를 하나 들었다. 이튿날 아침 우리를 재워준 집의 아이로부터였다.

"준은 다른 별에서 온 거야?"

"응. 엄청 먼 데서 왔지."

"이상하다. 우리 별은 외부인 출입이 무지 어렵다고 어른들이 그러던걸."

"그래? 왜 그런데?"

"우리는 자연과 너무 친한데 다른 행성 사람들은 그러질 않아서 환경을 막 바꿀 수 있다고 그랬어."

"그렇구나. 그걸 다 기억하다니 똑똑한 아이네."

"준의 친구들은 많이 피곤한가 봐."

"그런가 봐. 아직 잠들어있네."

"힘든 일이 있었던 거야?"

"응. 내가 모르는 일들도 있었겠지."

"맞아. 모든 생명의 뒤에는 헤아릴 수 없는 무언가가 있다고 그랬어."

"어른들이?"

"응. 어른들이 소중함이라고 부르는 무언가가 있대."

아이는 선글라스를 쓴 제경의 눈 위로 손을 흔들었다.

"깨려면 한참을 더 기다려야겠는걸."

"그러게. 내가 너무 일찍 깨어나 버렸나 봐."

"너무 일찍이어도 안 좋은 거구나."

"무슨 뜻이야?"

"어제 친구랑 달리기 시합을 했어. 그런데 내가 걸음이 많이 느려서 져버렸거든."

"걸음이 느려서?"

"응, 나 다리가 아파. 태어난 때부터 그랬어."

정말로 그 아이의 왼 다리는 오른 다리보다 눈에 띄게 짧았다.

하지만 그런 것을 특이하게 여기는 이는 지구를 제외한 모든 우주에 단 한 명도 없다는 것을 나는 알고 있었다.

"나야 물론 내 다리가 좋지만, 가끔은 사슴처럼 뛰고 싶어. 첨처럼 말이지."

"첨?"

"준은 그 이야기를 모르는구나! 그럼 내가 들려줄게. 이리 앉아봐."

어느 우주에서든 어린아이들은 대체로 자신이 좋아하는 이야기를 상대방도 좋아할 거라고 믿는 경향이 있다. 하지만 그것이 나쁜 일은 아니었으므로, 그리고 신이 난 그가 꽤나 귀여웠으므로 나는 잠자코 그의 이야기를 들어주기로 했다.

"옛날에 루전이라는 사람이 있었대. 이 이름은 중요한 게 아니니까 기억하지 않아도 돼."

"첨 얘기 들려준다며?"

"맞으니까 들어봐. 아무튼 그 사람은 숲속 열매들을 따서 파는 일을 했는데, 어느 날은 나무 사이로 어떤 동물을 보았어. 어딘가로 도망치는 것 같았대. 너무 빨리 사라져버렸거든. 루전은 그 동물이 누군가에게 쫓기고 있는 것은 아닌가 걱정하는 마음에 동물을 따라갔어. 그런데 이상한 점이 있었어. 동물의 발자국이 있어야 할 자리마다 웬 사람의 신발 자국이 있는 거야. 그래서 이상하다, 이상하다 하면서도 계속 따라갔어. 결국은 어두운 동굴 입구까지 다다르게 되었지. 루전은 그 앞에서 말했어. '무슨 위험한 일이라도 생기신 겁니까?'라고. 그러자 동물은 대답했지. '나는 본래 사슴 정령이었는데, 잠시 인간 세상이 궁금하여 이곳으로 왔습니다.'"

"정령?"

"루전은 또 이렇게 얘기해. '그렇다면 왜 도망쳐 그곳에 숨으신 겁니까?' 정령은 또 대답하지. '이 세상을 사랑하게 되었기 때문입니다. 잠시 머물다 가려고 했건만, 인간들은 생각보다 더 아름다운 생명체들이더군요. 다른 정령들에게도 이 사실을 알려주고 싶습니다. 그 때문이었을까요. 제 몸이 이상해지고 있습니다. 이 몸 역시 잠깐만 쓰려고 만든 것이었는데, 이제는 벗어날 수가 없습니다.' 그러자 루전이 말했어. '몸이 이상해진다는 게 무슨 말이죠?' 정령은 말했지. '점점 인간이 되어가고 있습니다.'"

"인간이 되어간다고?"

"응. 그렇게 말하고선 정령은 동굴 밖으로 모습을 드러냈어. 루전은 화들짝 놀라고 말았지. 왜 그랬을까?"

나는 데옥과의 첫 만남을 떠올리며 말했다.

"피라도 흘리고 있었나?"

"아니. 정령은 당연하게도 사슴의 몸을 하고 있었어. 하지만 그가 사슴이라는 것을 알 수 있게 해준 것은 그의 뿔과 몸을 덮은 털이 전부였지. 그는 두 다리로 서 있었어. 손가락과 발가락이 있었고, 흰자위가 보이는 눈으로 루전을 바라보고 있었지. 루전은 그 상황을 믿을 수가 없었어. 생각해보면 참 이상했던 거지. 사슴의 정령이 사슴의 몸을 만들어 인간 세상에 왔는데, 그 세상이 좋아져서 인간이 되어가고 있던 거야."

"그래서 어떻게 됐는데?"

"루전은 제안을 하나 했어. 정령이 말한 것처럼 다른 정령들에게도 인간 세상을 경험해 볼 수 있게 하자고. 정령은 고개를 내저었지. 정령들이 이곳으로 오면 동물들을 지킬 수가 없다며 말이야."

"말이 안 된다고 생각했던 거구나."

"맞아. 그렇지만 루전은 그 제안을 포기하지 않았어. 정령이 아파하고 있었거든. 그의 몸이 변함에 따라 통증이 동반되던 거야. 게다가 그가 완전히 인간으로 변해버리면 다시는 그의 집인 정령들의 숲으로 돌아갈 수가 없었지."

"마음이 따뜻한 사람이었네. 그 루전이란 사람."

"루전은 말했어. '방법이 있을 겁니다. 모두가 공존하는 길을, 반드시 찾아낼 겁니다.'라고. 하지만 정령은 거부했지. 쓸데없는 짓이라고 말했어. 그는 피부를 뚫고 뻗혀져 나가는 뿔에 아파하며 그것을 직접 잘라내려고도 했지. 하지만 헛수고였어. 그의 고통은 끝날 기미가 보이지 않았어. 그때 루전에게 푸른 나비 하나가 날아왔어. 나비는 루전의 손가락 끝에 앉아 머물렀지. 그래서 루전이 어떻게 했게?"

"어떻게 했는데?"

"나비에게 이렇게 애기했어. '작은 생명아. 너의 날개로 축복의 땅을 열어주렴' 루전은 인간과 동물 사이에서 두 세계를 모두 느껴볼 수 있는 누군가들의 땅을 찾고 싶었던 거야. 그 순간 나비는 힘차게 날갯짓을 하더니 숲속 깊숙한 어딘가로 날아갔어. 루전은 나비를 따라갔지. 그곳에는 우물이 하나 있었어. 루전은 당장 정령에게로 돌아가 그 사실을 알렸지. 정령은 기절한 듯했어. 루전은 그를 끌고 우물로 데려가 우물물을 마시게 했어. 그러자 놀라운 일이 일어났지. 숲 전체에 파란 기체가 생기더니 정령의 몸이 변화를 멈췄어. 찢어진 곳에선 새살이 돋고 피는 멎었지. 그리고 우물물이 그들을 감싸 새로운 세상으로 데려가 주었어. 축복의 땅으로 말이야. 루전이 그토록 찾던 곳으로."

"그렇게 해서 축복의 땅이 탄생했다는 얘기야?"

"맞아. 그 이후로 고룡은 행성 전체의 균형을 맞춰주었고, 축복아들이 축복의 땅에서 고룡을 관리하였지. 뭐, 그냥 전설일 뿐이겠지만 말이야. 그래도 꽤나 멋진 이야기 아니야?"

"그래, 그렇네. 그래서 첨은 언제 나오는데?"

"정령이 루전과 헤어지기 전 이렇게 말했대. '정령이었던 나는 이름이 없었지만, 앞으로 이 땅을 살아갈 축복아로서는 이름이 있었으면 좋겠습니다. 나는 어떤 이름으로 불리면 좋을까요?' 그래서 루전이 이름을 지어주었지. '첨은 어떤가요? 이 세계의 첨이 되어달란 뜻에서요'라면서."

"첨이 뭔데 그래?"

"아, 이름은 통역이 안 되겠구나. 첨은 차원어로…… 뭐였더라."

아이는 학교에서 배운 내용이었는지 교과서를 펼쳐 보여주었다.

"찾았다. 여기."

낯선 재질의 종이 위에 한 문장이 있었다.

'두려워하던 것을 딛고, 그것을 끝끝내 사랑해낸 사람.'

그 문장에만 삐뚤빼뚤한 밑줄이 쳐져 있었다.

아이는 이야기가 끝났는지 책을 덮고 가만히 앉아있었다. 나는 전설 속 동굴 앞에 머물러 있었다. 루전은 나비에게 어떤 말을 담으려 했을까. 담긴 마음이 찾던 세계를 열어주었다면, 그렇게 도망친 축복을 찾을 수 있는 거라면.

사라진 또 한 명의 소년을 찾을 수 있을지도 몰랐다.

나는 집을 나서기 전 아이에게 물었다.

“혹시 여기 송이라는 단어가 있어?”

“응. 계절 이름이라 설명하기 어려운데. 그 책 다시 한번 잘 봐 봐. 접혀있는 부분이 있을 거야.”

그의 말대로 책의 거의 맨 뒷장 중 접힌 곳이 있었다. 커다란 그림 밑에 쓰인 문장을 속으로 읽어냈다.

‘폭염이 이어지다 선선해지기 전 찾아오는 잠깐의 추운 계절.’

“그런데 송은 왜?”

“그냥. 첨 같은 사람이 또 있는 것 같아서. 나 금방 다녀올게.”

“친구들도 다 안 깼는데 어딜 가려고?”

“잠깐만 나갔다 오는 거야. 이 사람들 깨면 나 산책하러 나갔다 그래. 알겠지?”

“준은 여기 길도 모르면서!”

“다녀올게.”

“잠깐……”

나는 아이의 대답을 듣기도 전에 문밖으로 나갔다. 나무와 나무의 틈을 타고 바람이 불고 있었다. 나 역시 그 바람을 따라가야 할 곳이 있었다.

다행히 우물까지 가는 길을 눈에 익혀두어 축복의 땅까지 쉽게 갈 수 있었다.

“문제는 송을 어떻게 찾느냐인데……”

주위에 아무도 없는 것을 확인하고는 혼잣말을 중얼거렸다. 제경이랑 같이 올 걸 그랬나. 잠깐 후회도 했지만 금세 머릿속에서 지웠다. 여러 사람이 가면 송이 더 우리를 멀리할지 모른다. 적어도 그가 자발적으로 도망친 것이 맞다면.

꼬르륵, 배에서 소리가 났다. 그러고 보니 아침을 안 먹었다. 뭐라도 먹어야 할 텐데 눈에 보이는 건 수풀뿐이었다.

나무에는 과일처럼 보이는 것들이 주렁주렁 열려 있었다. 어제 강아지 같은 귀를 한 누군가가 그 열매를 먹는 것을 본 것 같았다. 먹어서 죽기야 하겠어, 하며 열매가 열린 가지에 돌을 던졌는데 생각해 보면 정말로 죽을 수도 있는 사람이 할 말은 아니었다. 그렇게 주위에 있던 돌을 다 내던졌지만 수확은 없었다. 저 과일이 나랑 해보자는 거지. 나는 그렇게 받아들였다.

나뭇가지를 써보기로 했다. 긴 가지를 뻗어 열매를 흔들어 떨어뜨리려는 셈이었다. 쓸만한 가지가 있나 주변을 둘러보던 중 나무 기둥 사이로 어떤 형체가 보였다. 분명한 사람의 실루엣이었다. 사람 같기도 하고 참새 같기도 한 것.

나는 그를 뒤좇았다. 들키든 말든 상관없었다. 그를 놓치면 안 될 것 같았다. 그의 날개가 너무도 불안히 휘청거리고 있었기 때문이었다. 그는 한 동굴 안으로 자취를 감추었다. 그 안은 어두워 함부로 들어갈 수도, 내부를 볼 수도 없었다.

"저기, 계세요? 잠깐 시간 좀 내주실래요? 갑자기 사라지셨다고 들었어요. 그래서 다들 당신을 찾고 있고요."

"……"

"그래서……"

무슨 말을 해야 할지 감이 잡히질 않았다. 나 집에 좀 가게 그만 때 쓰고 나와주세요? 시간이 많이 남았으니 나 죽든 말든 천천히 하세요? 어떻게 말해도 애매한 상황이었다.

"……그래서요?"

예상했던 것보다 여린 목소리가 동굴 안에서 들려왔다. 그 목소리를 들은 순간 긴장이 풀려버렸다. 내가 뭐 그리 대단한 말을 하겠다고 왔겠는가.

"그래서…… 무슨 일 있나 해서요."

나는 동굴 앞에 가만히 서서 그의 대답을 기다렸다. 멀리서 간간이 파도 소리가 들려와 심심치는 않았다.

"이유가 궁금하다는 건가요?"

"네."

"당신도 하우스에서 오신 분이신가요?"

"비슷하죠. 직원은 아니지만."

"이야기는 대충 전해 들었습니다. 하지만 도와드릴 순 없어요."

나는 그가 나를 두려워한다는 걸 알 수 있었다. 정확히는 하우스의 사람들을 두려워하고 있다는 걸. 하지만 도대체 무슨 이유에서 그러는지는 감조차 잡히지 않았다.

"제가 하우스에서 와서 그러는 거예요?"

"네. 다른 분을 찾아가 보세요."

"당신만이 할 수 있는 일이에요. 애초에 축복아가 한 해에 한 명이 나올까 말까 한 사람이라던데요. 그러니 그중에서 우리가 찾고 있는, 그니까 참새형 축복아는 당신이 아니면 정말 찾아볼 수가 없다고요."

모두 오튼에게서 전해 들은 정보였다. 기억해둔 것이 천만다행이었다.

"제가 뭘 믿고 그쪽을 도와드리겠어요?"

"예?"

"당신들이 저에게 무슨 짓을 할지 모르잖아요."

그는 알 수 없는 소리를 늘어놓았다. 하우스가 무슨 짓을 한다는 말인가.

"제가 당신을 도와드리려고 다가가면, 당신들은 우리를 잡아서 어두운 곳에……"

"워, 진정해요. 아무 짓도 안 할 테니까 그게 다 무슨 말인지 설명해 줘요.”

“나는 다 알아요. 당신들도 한패예요. 저희를 잡아가서 무슨 짓을 하는지는 모르겠지만, 이젠 그만둬요. 두 번은 당하지 않을 거예요.”

도저히 이해가 가지 않았다.

“누구랑 한패라는 건지는 모르겠지만, 일단 저희는 그런 짓을 하는 사람들이 아니에요. 믿어줘요. 저는 그냥…… 집에 가야 해요.”

“거짓말.”

“거짓말은 뭔 거짓말이에요.”

“안 믿어요.”

“후, 좋아요.”

어째 대립이 쉬이 끝나지 않을 듯했다. 나는 무릎을 감싸고 쭈그려 앉았다.

“어떻게 하면 저를 믿으시겠어요?”

“……”

“자, 그래요. 기다릴게요. 저는 찔릴 거 없으니까.”

“정말로……”

그가 느리게 입을 열었다.

“정말로…… 지구에서 온 게 맞아요?”

아마 내가 살면서 받아본 질문 중 가장 어이없는 질문이 아니었을까.

“그럼요. 당연하죠.”

“증명해봐요.”

“어떻게요?”

그는 대답하지 않았다. 머리를 굴려야 했다. 내가 지구인이 맞다는 것을 증명해야 했다. 내가 왜 지구인이더라. 지구는 어떤 곳이더라. 내 행성의 풍경은 너무도 당연하게 기억되어 달리 형용할 방법이 없었다.

내 기억을 그에게 보여주고 싶었다. 어디에든 담아서 그에게 전달해 주고 싶었다.

저 멀리 파란 점 하나가 보였다. 그것은 점점 나에게 다가오더니 내 콧등에 앉았다. 나비였다. 어제 보았던 그 아이인가, 생각도 해보았지만 진실을 알아낼 길은 없었다.

손가락을 그것에게 내밀자 바로 콧등에서 내려와 손끝 위에 내려앉았다.

“너도 그런 거 할 줄 알아? 소원 들어주는 거.”

기분 탓인지 나비가 고개를 흔드는 것 같았다.

“그래 그럼…… 이야기라도 전해줄래? 나 지구에서 온 거 맞잖아. 그렇지?”

나비는 고개를 기웃거렸다.

"너는 나 믿어줘야 해. 나 얼마 전만 해도 지구에서 있었는데. 아침 대충 해결하고 태양이라는 별의 빛을 받으면서 학교도 가고. 밤엔 달 보면서 공부도 하고, 유튜브도 보고, 책 읽으면서 울기도 하고 그랬는데."

그렇게 몇 가지 이야기를 중얼거렸다. 내가 지구에서 좋아했던 것들, 또 싫어했던 것들. 별것도 아닌 것들을 유일무이한 경험처럼 서술했다.

"내가 너한테 별걸 다 말하네. 신경 쓰지 마. 난 이제 어떻게 하면 저 사람한테 신용을 좀 얻을 수 있을지 생각이나 해보련다."

나비는 내가 다시 입을 열지 않을 거란 걸 알았는지 나를 떠나 날아갔다. 어디로 가나 봤더니 동굴 안으로 날아 들어갔다. 정말 이야기를 전해줄 심산이었나보다. 내가 나비와 있던 만큼의 시간이 지나자 동굴 안에서 기척이 느껴졌다.

"저기……"

송이 동굴 밖으로 나오고 있었다. 여러 겹의 날개가 조금씩 모습을 드러냈다.

"딱 한 번만 믿을게요. 제가 도와드릴 수 있는 만큼은 돕겠습니다."

"정말요? 말 바꾸기 없어요."

"인상 깊게 들었어요. 특히 전교생 앞에서 발표 중에 넘어져서 죽은 척한 이야기는 정말……"

"그런 건 좀 흘려 들으셔도 되는데."

"대신 조건이 하나 있습니다."

그의 표정이 다시금 굳었다.

"내일 다시 찾아와 절 도와주실 수 있으십니까?"

"네?"

"사실…… 사고를 좀 쳐서요."

"사고라면 어떤……?"

"얼마 전에 고롱 농도를 측정하다가 측정기를 잃어버려서요. 다시 사서 채워 넣게요."

"근데 그걸 제가 어떻게 도와드려요?"

"내일 할머니가 여행을 가셨다가 집에 돌아오세요. 준 님이랑 같이 가면 용돈을 두둑하게 받을 수 있을지도 몰라요. 빈손으로 돌아가면 안 된단 말이에요."

"그래도 되는 거예요?"

"제 보호자는 그분뿐이라고요. 그리고 측정기 그거 얼마 하지도 않아요. 책 네다섯 권 값인데."

"어휴, 알겠어요. 내일 다시 여기로 찾아오면 될까요?"

"아뇨. 여기는 너무 멀고요, 저기. 저기 저 큰 나무 보이세요?"

"저 두꺼운 나무요?"

"네. 저기서 만나요. 우물에서도 더 가까운 곳이니까 준 님도 편하게 오실 수 있으실 거예요."

"그런데 제가 가는 길을 모르는데……"

"그럼 지금 저랑 같이 한 번 가보시죠."

"그래요, 그럼."

그가 단숨에 달려 나오더니 외쳤다.

"이쪽이에요! 빨리 따라와요."

사람보다는 참새처럼 튀어 오르는 그는 평범한 아이 같지는 않았다. 지구인으로서 날개가 달린 사람을 마주하는 것이 익숙한 일은 아니었다. 그래도 해맑은 그의 미소만은 평범했다. 그런 순수한 표정이 없는 행성은 온 우주를 돌아다녀도 찾아볼 수 없을 것 같았다.

"지구에서 오신 거면 좀 당황하셨겠어요."

"어떤 것에요?"

"축복아들한테요. 낯선 모습이었을 거 아니에요."

"그렇긴 하죠."

혹여나 그의 마음을 상하게 하는 말을 할까 마음을 졸였다. 입을 한 번 열 때도 무거운 철문을 움직이는 것 같았다. 더욱이 아니라 가까이서 보니 그의 날개가 더 신기해 보였던 것이다.

"지금 저보고 신기하다고 생각하고 있죠?"

"예? 아니 그게…… 죄송해요. 이상하다고는 생각하지 않고 있어요."

"그래요?"

"그럼요. 송은 그냥 그렇게 태어난 것뿐인데, 그게 나쁜 건 아니잖아요."

"그렇죠? 근데 옛날에는 우리를 이상하게 보는 사람들이 있었대요."

"축복아들을요?"

"네. 축복아들이 처음 나타났을 때, 사람들은 그들이 저주로 생겨난 괴생명체인 줄 알았대요. 동물과 인간의 경계를 흐트러뜨려서 탄생한 존재라고 생각했던 거죠."

그렇게 생각해보면 그들이 이해되기도 했다. 나도 그들만큼은 아니지만 축복아를 처음 보고 적잖이 당황했으니 말이다. 나쁜 생각인 걸까. 내가 못된 사람이라 그러는 걸까.

"그래서 우리를 혐오했대요. 자연의 섭리가 아니라면서."

"이상하네요."

이상했다. 낯설다는 게 혐오의 이유가 될 수는 없지 않은가. 아닌가, 남들과 다른 존재라고 여기는 것부터가 잘못된 건가.

"그런데 이제는 왜 그런 혐오가 없는 거예요?"

"자연스레 깨닫게 된 거죠. 사람이 가지고 태어난 것을 증오하는 것이야말로 자연의 섭리를 어기는 행위란 걸요."

"그런 건가요?"

"당신도 가끔 무언갈 미워하다 결국은 보듬게 되는 경험을 하지 않나요?"

대화가 그쯤에 도달했을 때 커다란 나무가 나타났다.

"이 나무예요. 이 근방에서 가장 오래된 옻나무. 길 기억했죠? 그럼 내일 봐요."

그는 나와 반대 방향으로 뛰어갔다. 그의 짧은 꼬리깃이 붕붕 움직이는 모습을 바라보았다.

약속 시간보다 일찍 나와 그를 기다렸다. 제경, 오튼, 박사에게는 간결히 상황을 전달하고 온 참이었다. 다른 축복아들에게는 말하지 말아 달라고 했다. 그들이 송을 먼저 찾아 그가 잔소리를 듣게 되는 걸 원하지 않았다. 그나저나 부탁한 쪽은 우리인데 여기 사람들이 왜 더 불안해하는지, 나로서는 알 수가 없었다.

"누구 기다려요?"

주운 나뭇가지들을 한 아름 안고 가던 누군가가 말했다.

"아, 그냥 아는 사람이요. 여기서 만나자고 해서."

"그렇군요. 너무 사적인 걸 물어봤나. 그랬다면 미안해요."

"괜찮아요. 궁금하셨을 수도 있죠. 안 그래도 저는 외부인이니까, 많이들 신기해하시는 것 같더라고요."

"그런 시선이 불편하지는 않아요?"

나는 예상치 못한 질문에 당황했다.

"신기해하는 이유 자체가 어딘가 다른 사람이라고 여겨서잖아요."

"평범하지 않은 사람이라고 생각한다는 건가요."

"그래도 요즘은 시선이 많이 바뀌었으니까요. 옛날에는 그런 사람들이 있었거든요. 평범하지 않은 게 비정상적인 거라고 생각하는 사람들."

"요즘은 많이들 안 그래요?"

"네. 덕분에 디앤디에 가입도 할 수 있던 게 아닌가 싶어요. 혐오가 사라져간다는 행성의 가능성을 보여준 거니까요."

"좋네요. 가능성."

"그럼 이만 마저 일하러 가볼게요. 대화 즐거웠어요."

그가 목례를 하고 자리에서 물러났다. 멀어져가는 그의 옆으로 달려오는 송이 보였다.

"안녕하세요. 많이 기다렸어요?"

"아녜요. 제가 약속보다 일찍 나온걸요."

"고마워요. 움직여볼까요? 바로 저 옆이에요."

"송 집?"

"우물 안에서 사고 쳤을 때 도망쳐서 숨는 집."

이 사람도 보통 말썽쟁이가 아닌 모양이군. 그는 열 명은 있어야 안을 수 있을 만한 두께의 나무 기둥을 뺑 돌아 직진했다. 그를 따라가자 풀잎으로 덮인 나무집이 보였다. 그곳은 수풀 사이에서 자연적으로 생긴 하나의 생명인 양 자리하고 있었다.

"저, 근데……"

그가 문손잡이를 돌리다 말고 말했다.

"조금 조심하셔야 해요."

"할머님을요?"

"제가 옛날에는 그런 사람들이 있었다고 했잖아요. 왜, 축복아들 막 차별하고 편견 갖고 그랬다던 사람들."

"그랬죠."

"그러던 사람 중에 아직도 마음을 안 고치고 사는 분들이 계세요. 문제는 그중 하나가 우리 할머니라는 거고요."

"이런."

"네. 이런 이죠. 그래도 괜찮아요. 손님이랑 같이 오는 거니까 별말씀은 안 하실 거예요."

그는 내 표정이 굳는 것을 알아채고 말을 덧붙였다.

"그런데 저 오는 거 허락은 받은 거예요?"

"제가 오는 건 안 되는데 손님이 오는 건 괜찮대요. 그 손님이 지구인이 될 거란 건 모르셨겠지만요. 어쨌거나 손님은 손님이니까. 자, 이제 진짜 들어가 보죠."

그가 숨을 들이마시고 문을 열었다. 끼익 거리는 소리가 끝나서도 정적이 이어졌다.

"어…… 할머니 저 왔는데요."

"누구냐?"

"송이요. 할머니의 하나뿐인 손주. 다 아시면서."

"난 그런 손자 둔 적 없다."

"할머니도 참, 귀여운 손자 왔는데 그러실 거예요? 손님도 왔는데요?"

손님이라는 말에 할머니가 움찔거리는 것 같았다. 송의 어깨너머로 들여다본 것이라 잘은 모르겠지만 말이다.

"일단은 들어와라."

송은 거실로 들어가 방석이 깔린 바닥에 앉았다. 나에게도 그 옆자리 방석을 내어주었다. 할머니는 낮은 테이블 하나를 기준으로 우리의 맞은편에 앉아있었다.

어색한 침묵은 깨질 기미가 보이지 않았다. 할머니는 송의 방문이, 어쩌면 그의 존재 자체가 달갑지 않은 듯했다. 송은 그런 눈치로 그를 피하려 드는 할머니가 싫은 것이 분명했다. 서로의 미워함을 눈치채며 또 다른 증오를 키우고 있는 것이었다.

"찾아온 이유가 있는데요."

대답을 기다려도 할머니가 말을 않자 송은 포기한 듯 말을 이었다. 처음 목소리로만 만났을 때처럼 기가 푹 죽은 모습이었다.

"용돈 좀 주시면 안 돼요? 저 밥도 안 주신지 몇 년이나 됐잖아요. 제 방도 빼시더니."

"너한테 줄 거 없다. 나가라."

"손님도 같이 왔잖아요. 저도 진짜 염치없는 거 무릅쓰고 모신 건데. 더는 이분 앞에서 얘기하기 좀 곤란하잖아요. 이쯤에서 그만두고 도와주시죠."

"염치없는 거 알면 나가라."

"하…… 죄송해요, 준 님."

그가 나에게만 들리게 작은 목소리로 사과했다. 내 앞에서 더는 일을 키우고 싶지 않았지만 여기서 돌아가기도 뭐한 모양이었다.

"전 상관없어요. 그렇게 사과 안 하셔도 돼요. 아니면 저 잠깐 나가 있을까요?"

그는 혼자서 할머니를 상대할 생각에 벌써부터 막막해 보였다.

"바로 앞에 있을게요. 떨지 마요."

그의 눈이 촉촉해져 정말 참새 같아졌다. 내가 참견할 일은 아니지만, 떨지는 말라고 전했다. 겁 먹지만 않으면 나머지는 괜찮을 거라고. 왜 답지 않은 간섭을 했는지 모르겠다. 그저 송을 응원하고 싶었다. 그는 잘못한 게 없으니까. 아마도 그런 그가 풀이 죽은 모습을 보기 싫어서가 아니었을까. 나는 그런 추측만을 하며 문밖으로 나가는 수밖에 없었다.

"면목이 없네요."

그렇게 사과하는 그에겐 미안한 일이지만 사실 문밖에서도 다투는 소리를 다 들어버렸다. 훔쳐 들은 건 아니었다. 들리길래 들었다. 바로 앞에 있겠다고 약속했으니 어디 멀리 떠날 수도 없는 노릇이었기 때문이었다.

"대체 언제까지 절 싫어하실 거예요?"

참다 참다 더 이상은 못 한다고 선언하듯 송의 목소리가 격해졌다.

"이제 너도 포기할 때가 되지 않았니?"

"할머니야말로 절 받아들이실 때가 되지 않았어요? 이해해달라는 소리 안 해요. 그냥 존중만 해주시라고요. 저를 받아들이는 게 그렇게 어려워요?"

"난 그쪽 사람들…… 그런 얘기는 내 입에 올리고 싶지도 않다."

할머니는 해선 안 될 말을 하는 것처럼 넌더리를 냈다. 거부감이 음절 하나하나에 스며있었다.

“아니 그러니까 대체 왜요? 전 이렇게 태어난 것뿐이에요. 그리고 그쪽 사람들이란 건 또 뭔데요? 축복아라는 말은 못 하세요? 축복아로 태어나는 게 죄스러운 일인가요? 말 좀 해보세요. 제가 뭘 그렇게 잘못했어요?”

“말조심해라.”

“제가 저로 태어난 게 죄를 지은 건가요?”

육중한 침묵이 드리웠다.

“그렇지. 적어도 나에게는.”

송은 아무 소리도 내지 않았다. 하지만 나는 집 안을 훔쳐보지 않아도 눈물이 흐르는 그의 눈망울을 볼 수 있었다. 아니나 다를까 이어지는 그의 말소리에 울먹이는 소리가 섞였다.

“영원히 절 괴물로 보실 거예요? 저는 정말……”

“잘 들어.”

할머니가 격분을 눌러 참고 말을 이어갔다.

“너에겐 싫은 소리일 수 있겠지만, 나는 널 미워할 수밖에 없어. 70년 가까운 세월을 너와 같은 이들을 증오하며 보냈지. 내 주변의 모든 이들이 그들을 괴물 취급하며 살았으니까. 그 사이에서 자라온 나에게는 그런 여론에 의구심을 제기할 여유가 없없어. 그렇게 정말 한 평생을 살았지."

"……그렇다면 제가 괴물인 이유는 무엇인데요?"

"그런 종들은 자연의 순리에 벗어나니까."

"바보 같은 소리. 축복아는 자연적으로 생겨난 종족이에요. 그런데 왜 순리에 벗어나요?"

"이유야 어찌 됐든 나에겐 그들은 기분 나쁜 존재들이야. 내가 왜 그런 불쾌함을 감수하고 그들을 포용해야 하지?"

"정신 좀 차리세요! 할머니는 제 유일한 보호자시잖아요. 저를 사랑해 주셔야 하잖아요. 아니다, 사랑까지는 바라지도 않아요. 적어도 절 보호해 주셔야 하잖아요. 증오는 하면 안 되는 거잖아요. 저는 인정받고 싶어요. 딱 하루만이라도 할머니의 옛날 이야기를 듣다가 잠들고 싶고, 하루 일과를 자랑하고 싶고, 속상한 일이 생기면 위로도 받고 싶어요. 당연한 거 아니에요?"

"그쪽 짐승들한테 별말 한 적 없다. 때린 적도 없고. 굳이 욕은 하지 않을 텐데 내 주변에만 없었으면 좋겠다는 것뿐이었어."

"해코지만 하지 않으면 되는 일이 아니잖아요. 다른 아이들처럼 아껴주셔야죠. 실제로 나쁜 일을 행하지 않는다고 하더라도 혐오하는 것 자체가 그 사람들한텐 상처잖아요."

"다시 한번 말하지만 나는 평생을 이렇게 살았어. 바꿀 생각 없어. 내가 잘못됐다고 생각하지도 않고."

"할머니 진짜 왜 그래요? 어디서부터 잘못된 거예요?"

"나에게도 혐오할 자유를 줘."

송은 말문이 막히는지 헛웃음만 내뱉었다.

"혐오할 자유 같은 게 어디 있어요. 제가 사랑받을 자유가 있는 거죠."

이젠 나도 울 것만 같았다. 송이 너무 당연한 말만 하고 있어서였다. 그 당연한 말을 울면서 해야만 하는 그의 상황이 날 아프게 했다.

"할머니 저는요, 저는 이제 모르겠어요. 제가 할머니랑 다른 게 뭐예요? 등 위에 뭐가 좀 더 달린 거? 할머니는 저보다 얼굴에 주름이 더 많으시잖아요. 키도 훨씬 작으시고요. 머리 색도 달라요. 그럼 저도 할머니를 역겨워해도 되는 거네요. 이게 정말 맞는 거예요?"

"그것과는 다른 문제지 않니."

"그니까 대체 뭐가요?

"내가 그렇게 느낀다면 그런 거야. 너야말로 날 이해할 순 없는 거니?"

더 이상 말소리가 들리지 않았다. 신경질적인 비명소리와 둔탁한 무언가가 부서지는 소리만이 들렸다. 모두 송이 만든 소리라는 걸, 나는 알 수 있었다.

송은 곧 문을 거칠게 열고 집 밖으로 나왔다. 분노의 색을 한 눈물을 흘리며 나에게 돌아왔다. 커다란 그의 눈망울은 비통함을 담기엔 턱없이 작은 유리잔이었다.

"가요. 미안해요. 꼴이 영 아니죠."

"괜찮아요. 그러니까 미안하다는 말 좀 하지 마요. 돈은요?"

"미안해요. 못 받았어요. 아, 미안하다는 말 하지 말랬죠. 미안해요."

"됐어요. 휴지 있어요?"

"휴지는 잘 안 써서…… 눈물 닦을 건 있어요."

그는 주머니에서 반투명하고 동그란 물체를 꺼내 눈가에 가져다 댔다. 그것은 빠르게 눈물을 흡수해냈다. 울음을 없던 일로 만들려는 듯이.

"근데 저 진짜 돈 필요한데. 잃어버린 채로 그냥 가면 분명 징계받고 우물 밖에서 생활해야 할 거예요. 사실 그동안 그 안에서 자잘한 사고를 좀 쳐서."

"사고?"

"땡땡이 예닐곱 번?"

"그게 다?"

"측정기 몇 번 잃어버리고 저장기를 서너 번 깨뜨리긴 했지만 정말 그게 다예요. 행성 전체에 고롱 공급이 중단될 뻔했다가 무사히 복구됐다고요. 복구됐으면 된 거 아니에요?"

"자잘한 정도가 아니잖아요."

나는 주머니를 샅샅이 뒤져보았다. 혹시 그에게 빌려줄 돈이 있나 살펴보는 것이었다. 하지만 급하게 나오느라 챙긴 것은 박사가 만들어 준 차원 통신기뿐이었다.

"나도 돈이 없네요. 맞다, 하우스 카드가 있으니까 그걸 빌리면 되지 않을까요?"

"소용없어요. 여기는 통합 화폐 안 받아요. 고리평 돈으로 받죠. 디앤디가 대우주 통합 화폐 사용을 권장하긴 했다만…… 알잖아요, 여기 외부인 말 잘 안 듣는 거."

"그럼 환전소는요?"

"없죠. 외부인이 거의 못 오는 곳이니까."

"큰일이네요."

"그래서 말인데요…… 진짜 딱 한 번만 눈감아줄래요?"

"눈이요?"

"모르는 척해달라고요."

"그니까 뭐를…… 설마."

"설마가 사람 잡죠. 지구에도 그런 속담이 있는지는 모르겠지만. 히히."

그가 무안해하며 내 눈을 피했다. 나는 그가 좋지 않은 선택을 하려 한다는 걸 알 수 있었다. 필요한 돈을 어떻게든 얻으려 할 때 할 수 있는 선택은 그리 많지 않으니까.

"어디서 훔치게요? 할머니?"

"아니. 저쪽으로 30분쯤 가면 서점 하나 있어요."

"그러지 마요. 내가 고작 몇 년 더 살았다고 꼰대 짓 하는 것처럼 보일 수는 있는데, 진짜 한 번만 더 생각해봐요. 부족한 걸 채우려고 본인을 망칠 필요 없잖아?"

"고작 7편 밖에 안 해요. 다른 방법이 없어. 그리고…… 어라, 저기 하우스 친구분 아닌가?"

"어디?"

내가 그가 가리키는 방향으로 고개를 돌리자마자 그는 '이때다'라는 듯이 줄행랑을 치기 시작했다. 곧장 그를 뒤쫓아도 동물(참새가 그리 잘 뛰는 동물이라곤 생각해 본 적 없었지만)의 운동신경을 가진 그를 따라잡을 순 없었다. 빼곡히 들어찬 나무들을 겨우 피해 가며 온 힘을 다해 달리다 보니 주머니에 든 것이 걸리적거렸다. 가만히 내버려 두자니 영 신경이 쓰여 우선 꺼내 들고 보았다. 차원 통신기였다. 몇 가지 패턴만 입력하면 언제든 하우스 사람들을 부를 수 있는 기계. 나는 무언가에 홀린 듯이 한 사람의 패턴을 입력했다. 어젯밤 내 손바닥에 그가 손가락으로 써주며 가르쳐주던 패턴이었다. 엄지로 별을 그리고 약지로 짧은 문장 하나를 적으면 되었다. 그 문장이 어떤 뜻인지는 내가 떼를 쓰고 부탁해도 알려주질 않았다. 그 점이 조금 속상하였지만 지금은 그런 걸 따질 때가 아니었다. 뜻 모를 그 말 하나만이 송의 탈선을 막을 수 있었다.

"어서 오세요."

숲 가운데의 작은 서점. 제아무리 송이라도 숲의 모든 길을 꿴 것은 아닌지 내 직감으로 10분이면 서점에 도착하는 지름길을 발견했다. 덕분에 서점 직원과 이야기를 하여 작전을 진행할 준비를 무사히 끝마칠 수 있었다.

"안녕하세요."

모자를 푹 눌러 쓴 송은 부끄러운 건지 긴장을 한 건지, 쭈뼛거렸다. 그가 서가 뒤로 몸을 숨길 때까지 계산대에 선 직원은 얼굴을 가린 책을 내려놓지 않는다. 책을 내려놓으면 그가 외부인이라는 걸 들킬지도 모르니까.

"철저히 해야지. 안 그래요, 대장님?"

계산대 뒤 창가에 숨어 상황을 지켜보는 나에게 직원이 나지막이 중얼거렸다. 몹시도 능글거리는 목소리로. 참으로 제경다운 짓이 아닐 수 없었다.

"경, 잘 할 수 있지?"

"경? 나 벌써 애칭도 생긴 거야?"

"묻는 말에 대답이나 하지?"

"준, 나 못 믿어?"

"믿으니까 이런 부탁도 하지. 잘 지켜보다가 시작해."

"분부대로 합죠, 캡틴."

송은 한 서가를 한참 어슬렁거리다 계산대로 다가왔다. 방황하는 눈과 손이 인상적이었다.

"저……"

"찾으시는 책이라도 있으신가요?"

얼굴을 도통 보여주질 않는 제경이 수상할 만도 한데 송은 신경조차 쓰이지 않는 모양이었다. 이렇게 긴장할 거였으면서 날 속이고 도망칠 생각은 어떻게 했는지 의문이었다.

"저기…… 저 창고에서 이상한 소리가 들리는 것 같아서요. 가보셔야…… 할 것 같아요."

"창고에서요? 어떤 소리요?"

그는 믿던 대로 훌륭한 연기를 보여주었다. 정말 당황한 것 같은 목소리와는 다르게 책 뒤의 얼굴은 짓궂은 미소를 품고 있었다. 주황빛이던 송의 얼굴이 제경과 대조되어 죽은 사람의 것처럼 보였다.

"이상한…… 뭐가 떨어지는 소리요. 어서 가보셔야 하지 않아요?"

"왜 같이 가지 않고요?"

"저는…… 무서워서."

"무서워요?"

송이 말없이 고개를 끄덕였다.

"그렇게 무서운 게 많은데 돈을 훔칠 생각은 어떻게 한 거예요?"

제경이 얼굴을 가리던 책을 내렸다. 송이 숙이고 있던 고개를 들었다. 그의 눈이 흔들렸다. 유리잔 속에서 굴러가는 유리구슬처럼. 언제 깨져도 이상하지 않을 것처럼.

"뭘 그렇게 놀라요? 혼내려는 거 아니에요."

"그, 그럼 뭔데요?"

목소리가 다 죽어갔다. 그가 내는 모든 소리가 창피한지 그의 목 안으로 숨고 있었다

"음, 도와주려는 축에 가깝지? 따지고 보면."

"저 진짜 돈 필요해요. 그게 절 도와줄 수 있는 유일한 방법이에요."

"왜요? 집에 돈 줄 사람 없어요?"

"부모님…… 안 계세요."

"그렇구나. 조부모님하고는 사이 안 좋고요?"

송이 또 고개를 끄덕였다.

"뭐, 자세한 가정사를 캐묻진 않겠다만 딱 하나만 물어볼게요. 당신 날개 때문이에요?"

송이 흠칫했다. 그는 잠시 제경을 쳐다보다 이내 상황을 파악한 듯이 말을 이어갔다.

"날개…… 그래요. 그게 문제죠. 사실 그쪽들도 제 날개 때문에 온 거 아니에요? 제가 희한하게 태어나서 그걸로 도움 좀 받아보려고."

"송이 참새형 축복아로 태어났기 때문에 도움을 받으려 했던 건 맞죠."

"다들 왜 그래요? 내가 그렇게 신기해요?"

"워워, 진정해요, 친구."

송은 아까 할머니와의 대화가 떠올랐는지 감정에 복받친 모습을 보였다. 그의 유리잔에 다시 원망이 채워졌다.

"내가 재미있는 얘기 하나 해줄까요?"

송이 그에게서 눈을 돌렸다. 제경은 동요하지 않았다.

"하우스에는 매일 다 다른 손님들이 찾아와요. 목소리의 울림도, 몸의 체형도 달라요. 누구는 물로 뒤덮인 행성에서 왔고 누구는 안개가 자욱한 우주에서 왔어요. 방문자분들은 살던 곳의 이야기를 자주 들려주세요. 그럼 난 듣고요. 가끔은 제 얘기도 물어보세요. 당신은 어디서 왔길래 이렇게 모든 우주의 이야기를 들어주냐고. 그런데 전 제 고향을 모르거든요. 그래서 가끔은 외톨이가 된 기분이에요. 다들 저렇게 자랑할 과거가 많은데, 왜 나만 없을까 싶고. 왜 나만 이렇게 사나 싶고. 그래도 묻는 말에 대답은 해야 하니까 늘 답변은 해요. 내가 뭐라고 답하는지 알아요?"

송은 대답하지 않았다. 하지만 그가 자리를 뜨지 않은 것만으로도 제경의 이야기에 집중하고 있다는 것을 알 수 있었다. 제경은 만족스럽다는 듯 웃었다.

"저도 몰라요, 그렇게 말해요."

"에게, 그게 뭐예요?"

송이 긴장감은 온데간데없이 말했다. 방금까지 도둑질을 하려던 사람의 태도치고 뻔뻔하다면 뻔뻔했다.

"뭐긴 뭐예요. 모르니까 모른다고 하는 거지. 내가 어디서 왔나 도통 모르겠어서 매일 거울을 보고 울던 때가 있었어요. 그러다 언젠가 깨달은 거죠. 내가 어떤 곳에서 어떤 모습으로 태어났는지, 그건 딱히 중요한 게 아니었어요."

"그러니 그냥 수긍하고 살아라?"

"아뇨. 방금 본인이 뭐 그렇게 신기하냐고 짜증 냈죠?"

"그런데요."

"맞아요. 신기해요."

"그쪽까지 이러기에요?"

"원래 사람들은 다들 조금씩 신기한 존재예요. 독특하고 특이한 부분들이 누구나 있다는 말이죠. 그게 당신한텐 날개고 나한테는 지워진 과거인 거고요. 누구는 남달리 키가 클 거고, 누구는 특별하게 말을 더듬을 거고, 누구는 유별나게 요리를 잘할 거예요. 전혀 괴상할 거 없이 당연한 일이잖아요."

"그래서요?"

"송은 두 가지만 기억하면 돼요. 당신의 신체가 다수의 사람과 다르다는 사실. 그러나 그게 당신을 별종으로 만들지는 않는다는 사실."

송이 또다시 제경의 시선을 피했다. 하지만 전처럼 부정적인 의미가 아니었다.

"사실……"

송이 오랜 시간 망설이다 말했다.

"저도 알고 있었어요. 알고 있어요. 알고 있었는데……"

"아뇨, 몰랐잖아요. 시험 하루 전에 하는 벼락치기처럼 어렴풋이 외우고만 있었잖아요. 정말 알았다면 그렇게 무서워했을 리가 없죠. 잘못한 거 하나 없는 사람이 왜 울면서 벌벌 떨어."

송이 제경과 눈을 맞추었다. 이번에 그의 눈에 차오른 눈물의 색은 안도였다.

“그럼 저 돈 훔치는 거는 안 도와주실 거예요?”

“잘못한 게 없는 사람이 잘못을 저지르게 내버려 둘 수는 없죠. 대신 하나 약속할게요. 하우스는 절대 혐오가 있는 곳에 당신을 방치하지 않을 거예요.”

제경이 송에게 손을 내밀었다. 송은 그의 손을 붙잡고 긴 악수를 나누었다. 그가 비로소 웃어 보였다. 평생 차별 같은 건 목격하지도 않았으면 좋을 만큼 맑은 미소였다. 여린 유리잔에도 이렇게 예쁜 액체가 차오를 수 있다는 걸 나와 그는 잠시 잊었던 것 같다.

“좋아요. 변명이라. 넉살맞게 웃음으로 때우는 건 또 내 전문이긴 한데.”

제경이 그 나름대로 머리를 굴려 가며 말했다. 송이 아직 마음이 진정되지 않았는지 자신의 거처와 다른 축복아들에게 할 변명을 정하기 전에는 절대 우물 안으로 들어갈 수 없다며 단언하였기 때문이었다. 그 때문에 오늘 하루는 우리가 하루를 묵었던 집에서 송도 같이 잠을 청하게 되었다.

“그냥 솔직하게 말하는 건 어떻습니까?”

"맞습니다. 잃어버렸다고 말해요. 그런 다음 자초지종 설명하고. 얘기가 잘 안되면 저희 쪽에서도 합의를 해볼게요."

"저기……"

오튼이 박사의 말에 힘을 실어주던 중 아이가 말했다. 아침에 나에게 옛 전설을 들려주었던 아이였다. 잠이 덜 깼는지 웅얼거리는 입이 잠긴 소리를 뱉었다.

"아가 깼어? 아구, 더 코 자지."

제경이 그의 머릿결을 만져주며 흐트러진 이불을 덮어주었다. 하지만 아이는 하고 싶은 말이 있는지 다시 잠에 들 생각이 없어 보였다.

"우리 집에서 같이 살자. 아까 우리 엄마들한테 이야기 해봤는데 송만 괜찮다면 그래도 된댔어. 나 송 날개 마음에 들어. 완전 멋있어."

"그래? 내 날개가?"

"응. 완전 완전…… 소중해."

"특별하고?"

"엄청 특별하고."

아이는 곧 제경의 품에서 꿈나라로의 여행을 재개했다. 송도 지낼 곳이 구해지자 긴장이 풀렸는지 하품을 하며 눈을 감았다. 오튼과 박사도 자리에 누워 기나긴 하루를 마무리했다. 하품이 전염되지 않은 나와 제경은 곤히 잠든 사람들을 멍하니 바라보았다.

“뿌듯하네. 준, 네가 좋은 일 한 거야.”

“고작 도둑질 하나 막은 거 가지고?”

“지구에선 어떨지 모르지만 대부분의 차원에서 그 정도면 심각한 범죄야.”

“치안이 좋아서 그런가.”

“아마도.”

대화를 비집고 나타난 침묵이 걷힐 때쯤 내가 말했다.

“나 뭐 하나 물어봐도 돼?”

“그럼.”

막상 질문을 하려니 입술이 무거워졌다.

“네가 말했던 시간들 있잖아. 혼자인 것 같았다던. 그 시간을 어떻게 벗어난 거야?

내 뜻을 전하기에 한없이 부족한 질문을 그는 곰곰이 살펴보는 듯했다. 이내 속뜻을 발견한 듯 웃어 보였다.

“버스를 타고 여러 우주를 돌아다녔어. 온갖 차원을 돌아다녀 보니까 그런 생각을 하게 되더라고. 내가 어떤 곳에서 왔든, 또 어떤 우주로 가든 나는 계속 존재해왔어. 그거면 된 거라고 생각했지. 매일 버스 창문에 비친 나와 우주의 모습을 번갈아 보다 보면, 그렇게 생각하게 되더라. 내가 송한테 한 말도 결국은 그거였고."

나는 대답 없이 그의 말을 곱씹었다. 결국은 그 말인 걸까. 우주가 모든 걸 알려주는 걸까. 항키에서부터 지금까지의 여정이 들려주던 목소리는 그런 것이었을까.

"준아."

제경이 나와 두 눈을 맞추었다.

"네가 지구라는 행성에서 힘든 날들을 보냈던 것도, 그러다 차원의 틈에서 날 만난 것도, 우주를 돌아다니며 네 존재를 찾고 있는 것도 나에게는 너무 고마운 일이야. 그 모든 일을 겪고서 살아 숨 쉬는 네가 나에겐 가장 특별한 기적이야."

제경이 나에게서 시선을 떼지 않았다. 나도 그 시선을 피하지 않았다.

"네가 어떻게 정의되든 난 너라는 친구를 계속 좋아할 것 같아."

그가 또다시 깊은 보조개를 보였다. 날아다니던 푸른 공기를 다 집어삼킬 수 있을 만큼 각별한 구덩이였다.

한낮에 다 같이 손을 모으고 우물을 건넜다. 꽃을 빠져나와 땅에 발을 딛자 고롱이 내 폐를 간질이며 인사했다.

우리는 바닷가를 걸으며 축복아들이 있을 나무집으로 향했다. 파도 소리에 송은 기분이 좋아진 것 같았다. 그는 나무집의 문을 열 때도 망설임이 없었다. 미안하단 말도, 울먹이는 눈동자도 없었다.

나무집에 있던 모든 이들이 뛰어나와 송을 맞아주었다. 걱정하는 사람들만큼 그를 꾸중하려는 사람들도 많았지만 송의 사정을 듣고는 모든 질책을 멈추었다. 나와 송은 나무집의 다락방으로 올라갔다. 방의 한 가운데에 허름한 의자 두 개가 놓여있었다. 우리는 얼굴을 마주 보고 의자에 앉았다.

"진짜 이러면 뭐가 되는 거 맞아요?"

"맞아요. 조금 웃겨 보일 수는 있는데, 이렇게 하고 잠시 얘기를 나누다 보면…… 뭐가 되긴 돼요."

"흠. 알겠어요. 그럼 무슨 얘기를 한담…… 그동안 여행은 어땠어요? 행성 네 곳을 돌아다녔잖아요."

"재밌었어요. 까딱하면 죽는 일이긴 하지만 시간이 지날수록 사실 실감이 잘 안 나서 긴박하거나 막 그러지도 않고. 진짜 딱 재미있는 여행 같아요. 고민이 좀 많아지는 게 문제긴 하지만."

내 대답은 딱 한 가지였다.

"재밌어요. 여행이니까."

조금은 어렵지만, 아직은 끝내기 싫은 여행. 그 여행을 계속

하다 보면 누군가에게 도움 그 비슷한 것을 줄지도 모르는 것.

송이 고개를 삐딱하게 기울였고 하늘에 글리치가 생겼다. 보다 더 넓게 익숙한 풍경이 보여졌다. 그제야 보였다. 얼굴 하나가 겨우 들어갈 정도로 좁은 구멍이었지만 그 안에서 본 것에는 확신이 있었다.

나의 방이었다. 폐가 기억하는 어린 여름의 내음이 책장에 쌓여가고 있었다.

그 사이로 누군가가 방 안에 들어왔다. 작은 동그라미로 그의 옆얼굴이 드리웠다.

번이었다.

나의 동생. 나의 가족. 저 먼 지구 어딘가의 사람.

그와의 재회를 생각하지 못하고 있던 것이 아니었는데도 말문이 막혔다. 그와 눈이 마주치자 입술은 더욱 굳게 닫혔다. 그곳에 있었다. 그가 나를 본다. 얼핏 봐도 지구인처럼 생긴 나의 가족이 나를 보고 반응한다. 나와 너무도 닮은 사람이, 너무도 잊혀있던 우주에서 숨을 쉰다.

"누나? 어딜 간 거야? 엄마가 많이 걱정해."

나는 차원 문을 벌려보려 애를 썼다. 손바닥만 빨개질 뿐 아무런 효과는 없었다.

"그만해. 그래봤자 이거 안 열려."

번이 내 손을 내치며 말했다.

“그래, 그런 것 같네. 잠시만. 그걸 네가 어떻게 알아?”

그에게 현재 나의 상황을 어떻게 설명해야 할지 고민이었었다. 그런데 오히려 그가 설명하는 쪽이라니.

“뒤에는 누구야? 축복아? 어쩌다 거기까지 갔데.”

“아니, 잠깐만. 도대체 네가 여길 어떻게 아냐니까?”

“내 말 잘 들어. 이 문은 곧 닫히니까 열 생각도, 내 말 흘려들을 생각도 하지 마. 알겠지?”

그가 결연한 얼굴로 말했다. 나는 어리둥절한 채로 고개만 연신 끄덕였다.

“효온을 알아?”

“응. 만났었어.”

“무슨 일이 있어도 그 사람에게 순응하지 마. 죽기 직전의 상황에서도. 알았지?”

“응. 그런데 왜……”

“이거 받아.”

그가 주머니를 뒤지더니 무언가를 찾아 건넸다. 장미 모양의 손잡이가 있는 열쇠였다.

“이게 무슨……”

“어디든 열쇠가 필요한 곳이 있으면 이걸 써. 기록이 담긴 열쇠야. 꼭 써야 해. 지구로 돌아오기 전에 꼭. 부탁할게."

그의 눈이 떨렸지만 그 속의 시선만은 흔들림이 없었다.

"그래서 이걸 어디에……"

"누나."

차원 문이 닫히고 있었다. 내 눈이 깜빡이는 속도보다 더 빠르게.

"지구에서 봐."

그가 더 이상 보이지 않았다. 좁은 틈새로 겨우 맞닿던 손끝이 느껴지지 않았다. 문이 사라져 버리고 말았다.

생각을 정리해야 했다. 이게 다 무슨 일이란 말인가. 번이 이 다른 차원의 존재를 알고 있었다. 게다가 영문 모를 말과 뜬금없는 열쇠를 남겼다. 이 열쇠는 언제부터 가지고 다녔던 거지? 혹시 3년 전 그때부터인가?

"방금 저 사람 누구예요?"

왜인지 차가워진 목소리로 송이 말했다.

"제 동생이에요. 여길 알고 있었어요. 와본 적이 있는 걸까요?"

"동생이라고요? 저 사람이?"

"네. 그런데요?"

"나, 저 사람을 알아요."

그가 나를 빤히 쳐다봤다. 전과 같은 호의는 찾아볼 수 없는 눈빛이었다.

"당신이라면 믿어도 될 줄 알았어요."

"아니, 뭐가 어떻게 된 일인지 말을 해주셔야 저도 알죠."

"제가 잘못 본 게 아니었어요. 디앤디가 맞았어. 내가 틀린 게 아니었어……"

그가 그의 머리를 쥐어뜯었다. 비틀거리는 그의 다리가 중심을 잃고 미끄러졌다.

"괜찮아요? 우선 진정해요."

"당신도 디앤디에서 온 거죠?"

그의 눈이 매섭게 번뜩였다.

"아니에요. 그럴 리가요. 저는 하우스에서 온 거라니까요?"

"하우스도 결국은 디앤디랑 한 패인 거죠? 그게 아니라면 그날 아무 조치도 안 하고 있었을 리가 없어. 그리고 그 사람…… 그 사람이 나쁜 짓을 벌인 게 틀림없어."

내가 알아들을 수 있는 말이 하나도 없었다. 머릿속이 뒤집혔다.

"알아듣게 좀 얘기해줘요."

"그 사람이요. 축복아들에게 당신을 노와날라고 말했던 사람."

"…… 뭐라고요?"

"무슨 검은 옷 입은 사람이 와서 그랬어요. 준을 도와달라고. 저만 있으면 도울 수 있다고. 대신 준한테는 절대 비밀이라고."

"디앤디에서 온 사람이요?"

"네. 이름은 잘 기억이 안 나요. 효…… 뭐였더라."

"효온이요? 뿔테안경 쓰고, 머리 뒤로 넘긴?"

"맞아요. 효온."

무언가 안 좋은 일이 벌어지고 있었다. 몹시 나쁜 일이 숨겨져 있는 것이 확실했다.

"더 얘기해줘요. 그날이란 건 뭐예요?"

"다들 제가 잘못 본 거라고 하지만 저는 틀림없이 봤어요. 3년 전 봄에 외부인들이 잔뜩 몰려온 적이 있었어요. 효온도 거기에 있었고요. 다들 하나같이 검은 옷을 입고 무서울 정도로 딱딱하게 행동했어요. 우물을 건너와 나무집을 찾아가서는…… 데려갔어요."

"축복아들을요?"

"네. 어린아이를 제외한 모두를요. 자동차인가 뭔가 하는 거대한 기계에 축복아들을 잡아넣었어요. 그리곤 떠나기 전에 어떤 가스를 뿌려댔어요. 새까만 가스요. 나는 저는 워낙 땡땡이를 자주 치니까 도망치는 길을 잘 알아서 겨우 피했어요. 근데 그러지 못한 나머지 사람들은 전부…… 모르겠어요. 기억이 지워진 것 같아요."

"기억이 지워져요?"

"네. 물어보면 아무것도 모른대요. 제 생각엔 그 가스가 문제에요. 그 사람들이 뿌린 가스가."

"그 사람들이 디앤디에서 온 것 같다는 거죠?"

"확신해요. 옷이며 행동거지며 모든 게 효온이라는 사람과 거의 똑같았어요."

"그럼 번은 무슨 연관이 있는 거죠?"

"그 사람들과 같이 있었어요. 납치해간 사람들과 함께."

"그러니까 정리해보자면, 디앤디에서 온 것 같은 사람들이 3년 전에 축복아들을 납치해갔는데 하우스는 그때 아무런 조처를 하지 않았고, 번은 그 사람들 편에 서 있었다는 거죠? 남은 사람들의 기억은 송 빼고 모두 지워졌고."

"맞아요."

송이 다시금 온몸을 벌벌 떨었다. 이제야 그가 하우스를 경계했던 이유를 알 것 같았다. 상황의 윤곽이 그려졌다. 하지만 번은? 그는 왜 그날 그곳에 있던 것일까? 그것도 하필이면 디앤디 쪽에.

나는 아직 혼란스러웠지만 당장은 송을 달래는 것이 우선이었다.

“유감이에요. 많이 힘들었겠어요. 송이 왜 그렇게 무서워했는지 조금은 알 것 같네요.”

“아무도 안 믿어줬어요. 우리 할머니도 그렇고…….”

그가 소리를 참으며 울먹였다.

“나는 송 믿어요. 그러니 송도 날 믿어줘야 해요. 그날 번이 어떤 이유로 그곳에 있었든, 하우스가 왜 대응을 하지 않았든 나는 디앤디 편이 아니에요. 납치당한 축복아들과 남겨진 사람들, 그리고 송의 편이에요. 이런 말을 하는 게 송에게는 무책임하게 들릴 수도 있다는 걸 알아요. 그래도 나는 정말 그런 음모에 연루되어있지 않아요. 믿어줄 수 있죠?”

그는 고개를 끄덕이지 않았다. 몸을 웅크리고 잠시 있다 입을 열었다.

“그날 끌려간 사람 중에 제 친구가 있었어요. 이름은 턴이에요. 제가 처음 고통을 관리하는 일을 시작했을 때 저를 맡아 가르쳐주던 분이었어요. 퓨밍형 축복아였어요.”

“퓨밍?”

“기다려봐요.”

그가 소매로 눈물을 훔치고 나서 구석에 있던 서랍장을 뒤적거렸다. 그러더니 사진 한 장을 나에게 보여주었다.

"이렇게 생긴 동물이에요."

사진 속에 찍힌 것은 작은 솜털처럼 생긴 동물이었다. 하얀 털에 빨간 코와 빨간 귀가 빼꼼히 튀어나와 있었다. 어디서 본 적이 있는 것도 같았다.

"준 님이 한 말이 모두 사실이라면, 이 사람을 찾아주세요. 그 열쇠. 어디에 쓰는 건지는 모르겠지만 평범한 열쇠는 아닌 것 같아요. 그 열쇠라면 턴을 찾는 데 큰 도움을 줄 수 있을 거예요."

그가 눈물이 그렁그렁 맺힌 두 눈으로 나를 바라봤다. 그는 힘없이 흔들리는 눈을 그냥 감아버림과 동시에 내 품 안으로 떨어졌다.

"미안해요. 정말 미안해요."

"송이 왜 미안해요. 그러지 않아도 괜찮아요."

"죄송해요. 잘못했어요."

그의 팔이 부들거리면서도 나를 더 꽉 끌어안았다. 그런 그에게 마음이 쓰이면서도 한편으론 나를 믿어준다는 점에 안심이 되었다.

그때 노크 소리가 들려왔다.

"끝난 것 같은데 들어가도 될까?"

제경의 목소리였다. 그 순간 내 심장이 증발해버리려는 듯이 쪼그라들었다. 그러다 다시 커지기를 반복하며 미친 듯이 박동하기 시작했다.

하우스와 디앤디는 무슨 사이인가. 어딘가 구린 지점이 있었다. 효온이 나를 도와줄 것을 축복아들에게 요구했다는 것이 이해가 가지 않는다. 처음부터 그래왔던 걸까? 혹은 시오아노댄에서 계약을 제안했을 때부터?

어찌 되었건 확실한 점은 하우스와 디앤디가 나에게 무언갈 숨기고 있다는 것이었다.

그리고 나는 그 숨겨진 진실을 마주할 자신이 없었다.

“들어와.”

문이 열리고 제경부터 박사까지 모두가 차례대로 올라왔다. 송에게서 고개를 돌리다 오튼과 눈이 마주쳤다. 그는 잠시 나를 쳐다보다 눈을 돌렸다.

나는 깨달았다. 더 이상은 모른 체 할 수 없다는 걸.

“날 효온에게로 데려가 줘.”

내가 말했다. 평소보다 낮은 목소리가 떨리는 것이 느껴졌다.

“당장.”

“준 씨. 어딘가 착오가 있는 것 같은데 일단 진정하시죠.”

오튼이 말했다. 그의 목소리는 언제나처럼 냉철했으며 동요하지 않았다.

“난 알아야겠어요. 하우스가 뭘 감추고 있는지, 그리고 디앤디는 대체 무슨 짓을 하고 있는 건지."

"준 씨……"

"이제 늦었어요. 다시 덮어놓기엔 너무 멀리 왔잖아요."

제경과 박사가 고개를 숙이고 오튼만이 날 내려다봤다.

"갑시다. 중앙 디앤디로. 열차는…… 따로 버스를 부르죠."

오튼이 차갑게 뒤를 돌았다. 송의 울음소리가 멀어져 갔다.

꼬박 하루가 지나 디앤디에 도착할 때까지 그 누구도 말을 하지 않았다. 디앤디가 보내준 버스에서는 그간 탔던 열차들의 것보다 질 좋은 음식이 제공되었다. 하지만 그것을 배불리 먹는 이는 없었다.

다시는 볼 일이 없을 줄 알았던 디앤디의 커다란 정문 앞에 섰다. 정적이 하도 날이 서 있어 고요조차 하나의 소음으로 느껴졌다.

"그럼 그렇지. 하우스 식구들이 거짓말을 통 못하지."

우악스러운 문이 열리고 효온이 뒷짐을 진 채 다가왔다. 눈가의 흉터가 많이 아물어 하얀 빗금 몇 개가 쳐진 것 같은 모습이었다.

"따라와. 준만. 나머지들은 대기하고."

그는 처음 만난 날 데려갔던 곳으로 나를 인솔했다.

"좋아. 그래서…… 어디까지 알고 있는 거지?"

그가 턱짓으로 나를 가리켰다. 그의 웃고 있는 입이 어딘가 보기에 좋지 않아 나는 고개를 돌리고 싶어졌지만 버텨내야 했다.

"확실한 것만 얘기해. 어디서 주워들은 거 말고. 정확히 뭐가 알고 싶은 거야?"

"나에게 숨기고 있는 게 뭐야? 축복아들에게 내 얘기를 했다고 하던데, 왜 그랬지?"

"다시 한번 말하는 거지만 하우스 사람들 거짓말 참 못해. 그래서야 되겠어?"

그가 코트 앞 주머니에서 종이 한 장을 꺼냈다.

"히엠세잇에서 계약을 하나 했어. 하우스 세 사람이랑."

계약서인 게 분명한 종이는 서명만 달랑 있고 내용은 어쩐지 비어있었다. 내가 당혹스러워하자 그는 짧은 한숨을 쉬며 종이를 손으로 한 번 쓸었다. 그러자 녹음된 음성이 재생되기 시작했다.

-좋아. 계약을 하나 하자. 한 달 중 남은 기간 동안 내가 준을 도울게. 너희가 앞으로 갈 행성들에게 미리 이야기를 해두면 수월할 거야. 너희 입장에선 매우 고마운 일이지. 그 대가로 하우

스를 폐쇄해. 하우스에 오기 전 있던 곳으로 다시 돌려보내 줄게. 대신 하우스에서의 기억은 다 지워버리고. 어때?

효온의 목소리가 끝나자 이어서 박사의 목소리가 들렸다.

-전에 있던 곳으로 돌려주겠다는 말을 어떻게 믿지?

-너희가 하우스에 입사하기 전의 기록이 디앤디에 보관되어 있어. 준 일이 끝나면 그 자료를 모두 공개할게. 완전히 투명하게. 내가 이 말을 지키지 않는다면 계약을 즉시 파기해도 좋아. 나쁠 거 하나 없지? 튠은 바로 서명하던데 말이야.

-튠이?

종이가 펄럭이는 소리가 들렸다. 효온이 튠과의 계약서를 보여준 모양이었다.

-그렇게 해서 너는 얻는 게 뭐지?

오튼이 말했다.

-재미있잖아. 저번에도 말했지만 나는 정말로 준의 상황에 흥미가 동했거든. 그리고 이참에 하우스를 폐쇄하면 얼마나 좋아. 너희가 그 같잖은 정의니 뭐니 하는 자존심 세우면서 우리 일을 꽤나 방해하고 있거든? 이번 준 일도 그래. 그냥 나한테 넘겨주면 될 거였는데 말이야.

-하우스가 사라지고 나면, 갈 곳 잃은 방문자분들께 너희가 무슨 짓을 할 줄 알고 그래?

이번에는 제경의 목소리였다.

-길을 안내해 드리겠지. 내가 하긴 뭘 해? 날 너무 나쁘게 보는 거 아니야? 솔직히 너희들도 모르잖아. 나도 인정해, 내 이미지가 악역 같은 건. 그래도 그런 루머를 믿으면 안 되지. 내 지하실에는 와본 적도 없으면서.

-그러니까 못 믿는다는 거야. 그놈의 지하실이 어떤 곳인질 몰라서. 그런데 우리한테서 길을 잃은 방문자를 낚아 채갈 때면 늘 거기로 가잖아? 작년에 데려갔던 분은 지금 어디에 계신 건데?

제경의 목소리가 점점 격앙되어갔다.

-집에 가셨겠지.

-그런 거짓말을……

-제경. 선 넘지 마. 비즈니스 관계에 뭐 그리 화가 많아?

시계 초침 소리가 배경음처럼 들려왔다.

-그래서, 할 거지?

-기억을 꼭 지워야 해?

-일은 확실하게 해야지. 너희들 기억을 남겨두면 무슨 짓을 할지 누가 알아? 내가 그런 위험을 감수할 필요는 없지.

-그래도 기억만은……

-준 때문인가?

다시 시곗바늘이 움직였다.

-걔 때문만은 아니야.

-그래, 네 직장 동료들. 그리고 방문자들. 까놓고 말해서 그 사람들이 그렇게까지 대단한 존재는 아니지 않나? 이해가 안 되네. 왜 만난 지 몇 주밖에 안 된 애한테 인생을 걸려고 들지? 하우스 사람들은 그렇다 쳐도 말이야.

-함부로 말하지 마.

-어차피 헤어질 거였잖아. 지구에서 온 애한테 뭘 바란 거야. 우주를 건넌 우정? 아, 아니면 사랑인가? 어느 쪽이든 참 눈물겹군.

효온의 비웃음 소리가 광적으로 울렸다.

-우리의 안전을 보장해 준다던 건 믿을게. 그치만 준은? 준도 안전한 거 맞지?

-내가 걔를 죽여서 얻을 건 또 뭔데? 내가 몇 번을 더 말해야 알아들을 거야? 난 걔가 발버둥 치는 게 재미있다고.

-그런 게 재미있어서 준을 살려준다고? 진짜? 미친 게 아니고서야……

-나 원래 미친놈이잖아. 아니야?

효온이 또 뭔가 부쉈는지 날카로운 파열음이 들렸다.

-해야겠죠? 저 미친놈이 도와준 게 확연히 도움이 되긴 했잖

아요. 조금 돈 것 같긴 한데 생각해보면 재가 대우주에서 맨 꼭대기에 있는 애니까. 우리 힘만으로는 준을 지키지 못할 때가 반드시 올 거예요.

-제경, 정신 좀 차려. 준 씨가 죽더라도 그건 어쩔 수 없던 일이 되는 거야. 우리는 우리대로 최선을 다하고 있고, 그거면 된 거잖아. 우리가 여기서 일한 게 7년이야. 하우스는 우리의 직장이자 일상이라고. 지금 딱 좋잖아. 준이 없어도 우리끼리 각자 할 일 하면서 지내는 거. 우리가 여기 오기 전에 어디서 어떤 일을 했을지 어떻게 알아? 왜 아무것도 모르면서 고작 처음 만난 애 하나 때문에 모든 걸 걸어? 지금이 얼마나 안정적이야. 그걸 잃고 싶어? 왜 걔 아니면 잃을 게 없는 사람처럼 굴어?

-난 너도 소중해. 박사님도, 방문자분들 하나하나도 다 잃기가 두려워. 그래도 준은…… 많이 위험하잖아. 목숨이 걸렸다고. 사람을 살리기 위해 못 할 짓이 어디 있어? 생명보다 잃기 무서운 게 뭐가 있어?

-우리가 거기까지 해야 해?

-그게 최선이야. 끝의 끝까지 해야지. 손이 닿는 데까지.

-우리는 이미 최선을 다하고 있다니까?

-그게 그렇게 당당하게 할 수가 있는 말이야?

-다들 진정해보게.

박사의 목소리가 처음으로 들렸다. 우는 건지 떨리는 소리였지만 그 속에서도 결연함이 엿보였다.

-며칠 전 시오아노댐에서 느끼지 않았나. 준은 효온의 도움이 있어야 살 수 있네. 그렇다면 살려야 하지 않겠나? 그 점에는 반박할 말이 없는 것 같네만.

-그래도 그렇죠. 어떻게 하우스를 버립니까?

-원래 있던 곳으로 돌아가는 거네. 아쉽긴 해도 역시 목숨이 우선이지. 오튼도 같은 생각일 거라 믿네.

-난 할 거야. 박사님도 할 거고. 그럼 이제 너만 남았네. 안 할 거야?

-나는……

오튼은 한참을 침묵했다.

-할게. 준 꼭 집에 보내. 죽어버리면 계약이고 뭐고 없던 걸로 하고, 그 후로 디앤디는 하우스에 일절 간섭하지 않는 거야.

-이제야 말이 좀 통하네. 그럼 지금까지 대화 내용을 계약서에 담을게. 세 사람은 여기에 서명만 하면 돼.

-후회할 것 같은데.

-늦었어. 빨리 움직여야 해.

-천하의 제경이 서두를 때도 있네.

-잊기 전에 해야 할 일이 너무 많아. 마음이 급해진다고.

바스락거리는 종이의 마찰음이 들리다 멈췄다. 계약의 기록은 그렇게 끝이 났다.

"내가 전구 안에서 기절해 있던 동안 이런 약속을 했던 거야?"

생각이 꼬였다. 마음이 복잡했다. 제경이 언젠가부터 나를 앞질러 걸어가기 시작한 이유를 알게 되었다. 나를 속이고 서투른 미소로 무마하려 한 거짓을 이제야 깨달았다. 이렇게 예쁜 이유로 거짓말을 하면 나는 뭐가 되나. 그토록 서운해하던 내가 철없는 어린아이가 된 듯했다.

"나에게는 왜 숨겼던 거지?"

"하우스의 부탁이었어. 제경은 너에게 부담을 주고 싶지 않다고 했고, 오튼은 귀찮은 일 만들기가 싫다고 하더군. 박사는 말을 꺼내기가 무섭다고 했고."

"그렇다고 해도……"

어떻게 나한테 그럴 수가 있어. 나는 그런 줄도 모르고 화만 냈는데.

당최 알 수가 없었다. 제경은 무엇을 믿고 나를 돕는 선택을 했는지, 오튼은 나를 어떤 사람으로 생각하고 있는 건지, 또 박사는 단호할 땐 언제고 왜 이제 와서 털어놓기가 무섭다고 하는지.

그리고 효온은 무얼 감추고 있는지.

"그런데 네 지하실 말이야……"

내가 입을 열자 효온이 나를 천시하듯 쳐다보았다.

"또 뭐가 궁금한 거지? 얘기할 건 다 얘기한 것 같은데."

"아까 지하실은 무슨 얘기였어? 녹음본에서."

"왜 이렇게 사람 말을 귀담아듣질 않지? 정확하지 않은 건 물어보지 말라고 했을 텐데. 어디서 주워들은 것 가지고 무슨 망상을 하는 건지. 어지간한 숙맥이 아니고서야 그럴 수가 없는데 말이야."

그가 소매를 걷어 올리며 자리에서 일어났다. 그러고는 처음 만난 날과 같이 내가 앉아있던 의자를 뒤로 젖혔다. 급작스러운 그의 행동에 놀랐지만 비명은 나오지 않았다.

"눈을 아직까지 그렇게 뜨는 걸 보니 화가 많이 났나 봐? 아니면……"

그는 다시 내 의자를 원래대로 돌려놓았다. 나는 그 충격으로 자리에서 미끄러져 거의 바닥에 주저앉다시피 하게 되어버렸다. 그가 날 마주보고 무릎을 굽혀 앉으며 턱을 괬다.

"그냥 겁에 질린 건가? 내가 널 죽일 거라고 생각하니?"

그는 입을 찢듯이 웃어 보였다.

"대답해 봐. 내가 널 죽일까 봐 겁이 나? 살고 싶어서 미칠 거

같아?"

그가 얼굴을 감싸 쥔 손으로 자신의 볼을 긁어댔다. 미친 듯이. 점점 더 깊게. 더 빠르게. 피가 새어 나와 볼을 타고 목으로 흘러내릴 때까지. 그의 손톱이 나의 폐를 찢는 것처럼 숨이 막혀왔다. 확실히 멀쩡한 사람은 아니다. 반항해서는 안 된다. 직감적으로 알 수 있었다. 그의 심기를 건드리는 말을 한마디라도 더 내뱉었다간……

"그래, 좋아. 더 궁금한 게 없는 표정이군."

그가 숨을 몰아쉬며 차차 상태를 진정시켰다. 그는 안경을 고쳐 쓰더니 말했다.

"필올리에서 쓸 티켓을 주지. 여기 뒷면에 쓰인 곳으로 가면 돼. 그러면 원하는 풍경을 볼 수 있을 거야."

그가 내민 것은 반투명한 하늘색의 토큰 네 개였다. 어릴 적 먹던 동전 모양 초콜릿 정도의 크기였다.

"뭐해? 빨리 나가."

그는 다시 자리에 앉아 왼 볼의 피를 닦아냈다. 나는 뒤도 돌아보지 않고 도망쳤다. 그의 주머니 속에서 날카로운 무언가를 본 것 같기도 했다. 읽을 수 없는 눈빛으로 나를 쳐다보는 디앤디 직원들을 무시하고 뛰었다. 정문 앞에 서 있는 세 사람의 모습이 보였다. 그들은 헤어졌을 때와 같은 자리에서 한 발짝도 움직이지 않은 채였다. 나는 그들의 품에 안겼다. 이름 모를 물방울들이 내 눈꺼풀을 두드렸다.

"그래서 그렇게 서둘렀던 거야?"

"난 그냥…… 기억이 사라지기 전에 뭐라도 하고 싶었지."

필올리로 가는 버스 안에서 내가 먼저 입을 열었다. 그 누구도 잘못한 게 없다는 사실을 알게 되었기 때문에 더는 데면데면해야 할 이유가 없었다. 애초에 거리감이 없었던 것처럼 만들고 싶었다.

"제경아, 나는……"

하지만 무슨 말을 해야 했을까.

"나는……"

"부담스러워?"

제경이 나를 똑바로 바라봤다. 작은 흔들림도 없는 그의 눈은 처음 만난 날과 달라진 점이 하나 없었다.

"그렇다기보다는…… 오튼 말이 맞잖아. 내가 죽게 되더라도 그건 네 탓이 아니야. 박사님 탓도, 오튼 탓도, 툰 탓도 아니야. 남 일이잖아. 내가 뭐 하나 잘못되어도 네 삶에 가는 영향은 없다고. 적어도 내 상식으로는 없는 게 맞다고."

"네가 죽는데 내가 어떻게 상관을 안 해."

"네 삶을 소비해가면서까지 날 살릴 필요는 없어."

"있어. 필요 있어."

"대체 왜?"

"넌 사람이 사는데 이유가 있어야 한다고 생각해? 왜 사는 데에 죄책감을 가져?"

나도 제경을 따라 눈을 부릅떴다. 나도 나의 감정을 알 수 없었다. 분명 고마워해야 할 입장인데 왜 불편한 마음이 드는 건지 짐작이 안 갔다.

"미안해."

"뭐가?"

"나 때문에 실직했잖아."

"새 직장이 생길 건데."

"기억도 사라지게 됐고."

"상관없어."

"뭐가 상관이 없는데?"

"무엇을 잃든 상관없다고. 내 직장이고 기억이고 돈이고 뭐고, 다 사라져도 후회 안 한다고. 네가 살아만 준다면."

"내가 뭐라고 그러는데?"

"준아."

"까놓고 말해서 네가 날 살려야 할 이유는 딱히 없잖아?"

"준아."

"내가 살아야 할 이유도 없고."

"준."

"난, 난 내가 누구길래 이 대우주인지 뭔지 속에 있는 건지 도통 이해가 안 되는데."

"준아."

제경이 나지막이 말했다.

"어찌 된 영문인지 모르겠지만 너는 네 우주에서 나의 우주를 찾아냈어. 그리고 지금은 또 다른 차원으로 가고 있고."

그가 창문을 커튼으로 가렸다. 손에는 잔뜩 힘이 들어가 있었다.

"이 커튼을 다시 열었을 때, 그때 보이는 풍경이 어느 별이든 다른 어떤 것이든 그건 중요하지 않아. 깜깜한 허공만이 보인다고 해도 괜찮고."

"무슨 말인지 모르겠어."

"이유를 몰라도 넌 계속 살아갈 거라고. 어느 곳에서든. 직접 확인해봐."

나는 그가 쳤던 커튼을 젖혔다. 언제 도착했는지 버스는 뽀얀 구름 위에 안착해있었다. 소다 맛 우유색의 하늘이 생각을 잠식했다.

필올리였다. 벌써 여기까지 온 것이었다. 그럼에도 나는 변한 것이 하나 없었다.

번을 만난 이야기도 해야 하는데. 아직 열쇠를 숨겨두고 있었다. 정말 한결같은 겁쟁이였다.

"너도 사람들을 살리고 싶었잖아. 그래서 도와왔잖아."

제경이 손뼉을 치며 잠들어있던 오튼과 박사를 깨웠다. 제경의 말에 가슴 어딘가가 요동치는 게 느껴졌다.

6

필올리, 그리고 전화

필올리는 구름으로 이루어진 행성이었다. 그 어느 곳을 가도 발밑에 닿는 것은 밀도 높은 구름뿐이었다. 식물도, 동물도 모두 구름 위에서 자라나고 있었다.

구름의 폭신함 때문인지, 맑은 하늘의 포근함 때문인지 사람들은 조금씩 흐트러져 보였다. 다들 붕 뜬 머리카락을 하고 거리를 거닐었다. 기분 좋은 낮잠을 잔 듯 풀린 미소를 보였다. 다큰 어른들도 애착 인형을 쓰다듬고, 어린아이도 느릿느릿 이불을 구름 위에 펼쳤다. 서두르는 이 하나 없었다. 그곳의 사람들은 뭐랄까, 아기 거북이 같았다. 잠꾸러기 아가 거북.

구름으로 만들어진 작은 여관에 짐을 풀었다. 토큰의 뒷면을 확인해보니 오늘의 날짜 밑에 장소와 시간이 적혀있었다. 무지개 파랑 출구. 오후 1시. 도통 무슨 말인지 이해할 수 없어 당황하고 있던 차에 오튼이 창문 밖을 가리켰다. 그곳에는 커다란 무지개 하나가 있었다. 구름을 뚫고 나와 구름을 가로질러 사라지는 다리 모양의 무지개였다.

걸어서 가면 딱 제시간에 도착할 듯한 거리였다. 높은 건물이나 복잡한 도로가 없어 길을 잃을 염려도 없었다.

"여기 사람들은 잠이 너무 많아서 3층짜리 집을 짓는데도 수년은 걸릴걸."

제경이 길을 걸으며 말했다.

"전에 와본 적 있어?"

"딱 한 번. 길 잃은 고양이 때문에."

"고양이?"

"응. 구름 고양이. 버스에서 꾸벅꾸벅 졸고 있더라고."

가까이 가자 무지개가 생각보다 크다는 걸 깨달았다. 어찌나 폭이 넓은지 입구도, 출구도 일곱 개로 나누어져 있었다. 빨강 출구부터 보라 출구까지. 파랑은 그중 다섯 번째 출구였다.

파랑 출구 앞에 다다르니 구름으로 된 가판대 같은 것이 보였다. 간판에는 '구름 비행선-구름 타고 우주까지'라고 쓰여있었다. 이곳에 토큰을 주면 될 듯하였다. 하지만 문제가 있었다. 점원이 보이질 않는다는 거였다.

"계십니까?"

박사가 카운터를 두드렸지만 대답은 들려오지 않았다.

"분명 여기가 맞는데, 효온이 알려준 데가. 어라, 저기 뭐가 쓰여있는데요?"

오튼이 가판대 안쪽 벽면을 턱짓했다. 고개를 잘 숙여 살펴보니 종이 한 장이 엉성하게 붙어있었다.

"'졸려서 잡니다. 언젠가 다시 오세요.' 세상에나, 이게 뭐람?"

제경이 쓰인 글을 소리 내어 읽었다. 내 두 귀를 의심하였지만 그가 읽은 내용이 맞았다. 졸리기 때문에 일을 쉰다는 게 나무늘보 같은 이곳 사람들에겐 당연한 일이었던 것이었다.

"이 행성이 지금껏 어떻게 굴러왔는지가 의문이네."

"글쎄요. 여기 사람들은 지구를 보고 그렇게 생각할걸요?"

오튼이 퉁명스레 말했다.

"그래서…… 우린 어떻게 하지?"

제경이 뒷머리를 긁으며 말했다.

"뭐가 말인가?"

"시간이 남게 됐잖아요. 적어도 오늘 하루 동안은 계속 주무실 것 같은데."

"난 계획 다 짜놨어. 북쪽으로 5분 거리인 장난감 가게 들렀다가 무지개 호수 지나치면서 3시에 숙소로 돌아올 거야. 그러니까 특별한 일 없으면 연락하지 말고 나 어디 갔는지 찾지 마."

오튼이 남은 세 사람의 눈치를 살피더니 무언의 동의를 받았다고 느꼈는지 자리를 떠났다. 뒤도 돌아보지 않고 떠나는 그는 계획대로 풀리지 않은 지금 상황을 서둘러 벗어나고 싶어 하는 것 같았다.

"저도 계획을 정했습니다. 아주 체계적으로 말이죠. 들어보시겠습니까?"

"네, 그러죠."

"대답해주셔서 감사합니다, 준 씨. 저는 식사를 할 겁니다."

"그리고요?"

"그리고…… 그 후에는 생각을 안 해봤습니다만."

"엄청 체계적이네요."

"칭찬 고맙네, 제경."

박사도 혼자 자리를 떠났다. 제경도 떠나면 난 혼자 어떡하지, 라는 걱정이 앞섰다. 나는 지구 밖의 차원들에 익숙하지 않으니까.

"그럼 우리는……"

"나랑 있어 주라."

"응?"

"나 두고 어디 가지 말아주라."

제경이 깊이 웃었다. 그런 그가 익숙해 보여 그와 꽤 오랜 시간을 보냈음을 실감했다 그럼에도 처음 만났을 때의 웃음과는 어딘가 방향이, 그니까 마음의 색깔이 달라진 것 같았다. 이유는 알 수 없었다. 단순히 친밀해져서는 아닌 것 같았다.

“준, 일단 어디든 가자. 나도 알아, 너 많이 힘든 거. 스스로만 챙기는 것도 힘든데 이젠 송 일에, 하우스와 디앤디 일까지. 머릿속이 아주 복잡할 거야. 묻고 싶은 것도 많을 거고. 그래도 오늘은 간만에 여유가 생긴 거잖아. 그니까 오늘 하루만이라도 편히 쉬자. 필올리잖아. 대우주에서 휴식하기 가장 좋은 행성이라고.”

제경이 또다시 허리를 숙여 눈을 맞췄다. 나는 고개를 끄덕였다. 내 생각을 알아준 그가 고마워서라도 그럴 수밖에 없었다. 실제로 내가 많이 지치기도 했고 말이다.

제경은 날 폭포로 데려갔다. 구름인지 돌인지 모를 것들 사이에서 물이 쏟아지는 곳이었다. 튀기는 물줄기 사이로 무지개다리를 볼 수 있었다. 떨어진 물이 모이는 곳은 거울처럼 하늘을 비췄다. 지구의 장소로 비유하자면 볼리비아 우유니의 소금 사막과 비슷한 모습이었다. 다른 점이 있다면 거대한 폭포가 있다는 것과 솜사탕 색의 무지개였다.

폭포 근처 편의점에서 음료 두 병을 샀다. 히름이라고 하는 파스텔톤의 음료였다. 원형의 병에 담겨있었다. 작은 구멍을 뚫어 병을 누르면 비눗방울같이 음료가 나오는데, 그걸 받아먹으면 되었다.

우리는 하롬을 마시며 폭포를 바라보았다. 구름 위에 앉아서였다. 경치가 아름다웠다. 혼란했던 가슴이 잠시 잠이 든 듯했다. 폭포수를 맞으며 낮잠을 청하고 있는 내 앞의 누군가처럼. 구름은 무언갈 잠들게 하는 힘이 있는 모양이었다.

"이렇게 있으니까 좋다. 딱 내가 원했던 거야."

제경이 들뜬 목소리로 말을 이었다.

"준, 넌 이런 거 원하지 않았어?"

"딱히 이런 시간을 생각해본 적이 없어서. 오해는 하지 마. 지금 매우 기쁜 상태야. 폭포 예쁘고, 음료수 맛있고."

나는 그 말을 증명하기 위해 하롬을 쥐어짜 비워냈다.

"그럼 어떤 걸 원했는데?"

"뭘 원했냐고?"

"그동안 하고 싶던 일. 이런 시간은 생각해 보지 않았다면서."

"글쎄. 생각 안 해봤네."

"에이, 여행 중에 하고 싶은 게 어떻게 없어?"

"그럴 수도 있는 거 아닌가?"

"소중한 시간이잖아. 그니까, 넌 이제 곧 있으면 지구로 돌아갈 거잖아. 나랑도 헤어질 거고. 이 행성에 다시는 돌아올 수 없을지도 몰라."

"그런 진지한 생각도 안 해봤는데."

"왜? 하다못해 어디 구경하고 싶은 곳이 있다든지, 먹고 싶은 음식이 있다든지. 뭐 그런 것도 없어?"

"없는데."

"많이 지쳤나 봐. 정말 많이."

"내가 지친 거랑 생각이 없는 게 무슨 상관이지?"

"사람은 피곤하면 생각하기를 멈춰. 무언가를 원하는 것도, 원하던 것을 잃는 것도 귀찮아지는 거지."

"그럴 땐…… 어떻게 해야 하는데?"

제경이 바닥에 등을 대고 누웠다. 곰곰이 생각을 해보는 듯했다.

"준아. 지금도 지구로 돌아간 다음에 뭘 해야 할지 모르겠어?"

"응. 아마도."

제경은 말을 이어가지 못했다. 나도 바찬가지였다. 우리는 그저 가만히 앉아 무지개가 구름에 가려졌다 나타나는 광경을 보았다. 그때 누군가가 눈에 들어왔다. 힘없는 걸음걸이로 폭포 근방을 배회하는 사람이었다.

"저 사람 저러다 빠지는 거 아니야? 저기요!"

제경이 몸을 일으켜 세워 소리쳤다. 하지만 그는 들은 척도 하지 않았다. 그는 멈추지 않고 휘청거렸다. 술에 취했는지 비틀대는 그의 몸이 폭포 쪽으로 기울 때마다 심장이 아찔했다. 우리는 황급히 그에게 달려갔다. 제경이 그의 앞을 막고 나는 그의 허리춤을 붙잡았다.

"저기요. 괜찮아요? 눈 좀 떠봐요."

제경이 그를 흔들었다. 이번엔 그에게 목소리가 닿았는지 그의 얼굴이 꿈틀거렸다. 웅얼거리며 무언가 말을 하기도 했지만 눈을 뜨지는 않았다.

"움…… 내가…… 내가 진짜…… 누구신데……"

"잠꼬대인가?"

"그런 것 같네. 홀리머하우스 제경입니다. 정신 좀 차려보세요."

"하우스…… 흠냐……"

"야, 준. 자는 사람 어떻게 깨우지?"

"어…… 소리를 지르지, 보통은."

"이미 했잖아."

"그렇지. 그러면…… 뺨을 때리나?"

"그건 너무 미안한데."

"아니면 물을 뿌려도 되고."

"좀 안전한 거 없어?"

"내가 아는 건 이게 전부인데. 어, 저거 꺼내 봐."

나는 그의 주머니에서 튀어나와 있는 물건을 가리켰다. 작은 원통형의 스프레이였다. 제경은 그것을 꺼내 살펴보았다.

"알람 스프레이, 잠든 사람을 깨워줍니다. 몽유병 및 과다수면증 환자를 위해?"

"좋네, 그거. 어서 뿌려봐."

"어떻게 뿌려?"

"거기 사용법 없어?"

"어…… 여기 있다. 자고 있는 사람의 코 한 뼘 위에 1회 분사하세요."

"쉽네. 어서 해."

"진짜 한다?"

"빨리 해."

제경이 그의 코에서 정확히 한 뼘 위로 스프레이를 뿌렸다. 무색투명한 스프레이는 과일 향을 내더니 금세 공기 중으로 사라졌다.

효과가 있었다. 그가 눈을 끔뻑이더니 우리를 발견하고선 눈을 비볐다. 그리고는 이내 상황 파악이 됐다는 듯 몸을 일으켜 세우며 감사 인사를 했다.

"고맙습니다. 몽유병이 있어서요. 유전인가 봐요. 우리 아빠도 그렇고 우리 언니도 그렇거든요. 어쨌거나…… 감사해요."

그는 느릿느릿 하품을 했다. 잠이 덜 깬 자신의 모습을 가감 없이 드러냈다.

"여기 분들이 잠이 좀 많으신가 봐요?"

제경이 말했다.

"그렇죠…… 아무래도."

"그럼 낮잠을 보통 몇 시간 주무시죠? 사실 저희가 계획이 있었는데, 누가 낮잠을 잔다고 일이 좀 미뤄져서."

"사람마다 다른데…… 일반적으로는 다섯 시간?"

"이런. 예상보다 오래네요."

"그렇죠…… 어라, 제경 아니세요?"

"절 아세요?"

그가 반가운 듯 웃었다. 반면 제경은 당황한 기색을 감추지 못했다.

"하우스에서 인기 많은 직원분이시잖아요. 저 하우스 간 적 있었어요. 차원을 이탈해버려서. 몇 년 전에 딱 한 번."

"아고야, 죄송해요. 제가 기억이 잘 안 나서. 이제부턴 진짜 꼭 기억해 둘게요. 이런 데서 인연을 다 만나네. 대우주가 참 좁아요, 그쵸? 그건 그렇고 제가 인기가 많다고요?"

"그럼요. 매일 식사 시간마다 식당에 내려오셔서 방문자분들 얘기 들어주시고 그랬잖아요."

"좋게 봐주시니 감사하네요."

제경이 사람 좋은 미소를 지으며 그와 악수했다. 나는 그들 사이에서 어색해하고 있는데 발에 부드러운 감촉이 느껴졌다. 뜬금없는 촉감에 아래를 내려다보니 웬 솜사탕 하나가 있었다. 자세히 보니 솜사탕이 아니라 구름이었고, 더 유심히 보니까 고양이었다.

"어머, 미안해요. 저희가 키우는 고양이에요. 언제 여기까지 왔담."

그가 고양이를 두 손으로 안아 들며 이마를 쓰다듬었다. 고양이는 그의 손길이 마음에 들었는지 푸른 눈을 감고 그에게 얼굴을 비볐다. 그의 뽀얗고 말랑한 몸이 그의 품에 쏙 들어왔다. 한 뼘 반 정도 될까 말까 한, 마치 우유 식빵 같은 모습이었다. 그가 어찌나 귀여웠는지 나는 지구에 돌아가기도 전에 심장마비로 죽는 게 아닐까 걱정해야 했다.

"실례가 안 된다면 제가 음식을 대접해 드려도 괜찮을까요? 하우스에서 받은 은혜도 보답할 겸, 워나랑 친해질 겸."

"워나요?"

"이 고양이요."

제경은 치아가 훤히 드러난 미소로 동의를 표하고 있었다. 나는 낯선 사람과의 식사 약속이라는 것이 영 반갑지는 않았지만 차마 거절은 할 수 없었다. 고양이가 있지 않은가. 이토록 귀여운 솜뭉치와 친해질 기회라지 않은가.

"좋아요."

"예에! 그럼 이리로 따라와요. 필올리에 오셨으니 가장 필올리 다운 음식을 대접해 드릴게요."

그가 우리를 안내한 곳은 좌식 테이블 대여섯 개가 비치된 작은 식당이었다. 우리는 그중 가장 작은 식탁에 앉았다. 나와 제경은 그에게 주문을 맡겼다.

"아, 제 이름을 말씀 안 해드렸죠?"

그가 주문을 마친 뒤 말했다.

"휴도라고 해요. 그쪽은 제경이고. 죄송하지만 그 옆 분은……?"

"준이에요."

"하우스 직원분?"

"아니요."

"그럼 방문자세요?"

"그건 아니고…… 얘기가 좀 길어요."

나는 괜히 개인적인 일을 떠벌리는 듯한 기분이 들어 말을 아끼려 했지만 휴도는 호기심에 찬 눈을 나에게서 거두질 않았다. 어쩔 수 없이 나는 지금까지 있었던 나의 이야기를 요약해 전달했다.

"지구에서 하우스로 이탈해서요. 집으로 돌아가려고 이렇게 여행 아닌 여행을 다니는 중이에요. 지구와의 연결점을 찾아 차원 문을 열어야 하거든요."

"오오, 완전 멋지네요."

휴도가 그의 오렌지색 눈을 번뜩였다. 같은 색인 그의 중단발 머리가 부스스하게 흔들렸다.

"다른 얘기도 해주실래요? 지금까지 여행을 다니면서 만났던 사람들이라든가, 먹었던 음식이라든가, 뭐 그런 것들이요."

제경도 그 이야기를 하고 싶었는지 눈썹을 들썩이며 나를 바라보았다. 천진함과 맞닿은 그의 눈이 휴도와 같은 색으로 빛났다.

"딱히 재미는 없을 텐데……"

내가 입을 여는 순간 음식이 나왔다. 작은 구름에 실려서였다. 접시조차 얇은 구름이었다. 방수와 살균 처리가 되어있으나 먹어서는 안 된다고 휴도는 설명했다.

"어디까지 했었죠? 아, 그래요. 재미가 없을 거라고요? 괜찮아요. 우주를 돌아다니며 겪은 일들이 재미가 없을 리가 없죠."

그가 치즈 맛 수프 같은 것에 든 면발을 입에 넣으며 말했다. 나는 죽 비슷한(휴도가 아마 키펜이라고 불렀던) 음식에 이름 모를 고기를 찍어 먹으며 생각했다.

"해볼게요. 듣다가 졸려도 난 몰라요."

"어…… 여기서 이야기 도중 잔다는 것은 그 이야기가 아주 마음에 들었다는 뜻인데요."

"그래요?"

"그래도 준 얘기 듣고는 안 자요. 외부인 분들은 누가 갑자기 잠들면 당황해하시니까. 그 정도는 배려해 드릴 수 있죠."

나는 가만히 할 말을 골랐다. 첫 문장을 골라 입에 싣고 나니 그다음부터는 고민할 필요가 없었다.

"진짜 그 일들이 다 한 달도 안 되는 시간에 생긴 일이라고요? 이야, 책으로 써도 되겠는데요?"

"그러고 보니까 일이 뭐가 많긴 했네요. 휴도는 이런 얘기 없어요? 차원을 이탈해보신 적이 있다고 하셨잖아요."

"그것도 나름 재미있는 이야기죠."

휴도는 잠시 눈을 감고 회상에 잠겼다. 그러더니 잠시 후 기억을 모두 복기했는지 눈을 떴다.

"막 학교를 졸업했을 때, 졸업 기념으로 친구들과 베개 싸움 한 판을 하고 낮잠을 자려던 참이었어요. 그런데 그날따라 잠이 안 오는 거예요. 아니, 자고 싶지 않은 거예요. 이유는 아직도 잘 모르겠어요. 시간이 아까웠나? 그런 비슷한 느낌 때문이었을 거예요. 다른 걸 할 수 있는 때에 잠으로 그 시간을 때우는 게 싫었어요. 뭔가 더 할 수 있을 것 같은데. 저기 잠들어있는 남들보다 더 큰 무언가를 할 수 있을 것 같은데. 그런 생각을 했어요. 그러고 보니까 왠지 소외감이 드는 거예요. 남들은 다 길을 정해서 그곳으로 나아가는데, 나만 그 길 밖으로 나와 방황하는 것 같았으니까요. 그렇게 생각하며 한참을 뒤척이다 결국은 잠깐 일어나 산책이라도 하려 했는데…… 웬 낯선 행성에 와있더라고요. 근처 기차역에 찾아가 보니 홀리머하우스에 가면 된다 했어요. 저도 익히 들어 알고 있던 사실이었어요. 하지만 막상 겪어보니 의아하더군요. 바로 필올리로 가는 기차를 타면 될 텐데, 왜 굳이 하우스로 가야 하는 걸까? 외부인 출입이 통제되는 행성은 그렇다 쳐도 필올리는 누구나 갈 수 있는 곳인데. 확인 절차도 필요 없이. 하여튼 하우스에 가보기나 하자고 했어요. 디앤디에서 권고했던 방법이기도 했고, 개인적으로 궁금해지기도 했거든요. 홀리머역에서 내려 조금 걸어가니 건물 하나가 나왔어요. 나는 무언가에 이끌리듯이 그 건물 안으로 들어갔고, 프런트에선 누군가가 제게 말을 했죠. '어서 오세요, 홀리머하우스입니다. 좋은 날이에요. 현재 체크인 담당 직원이 잠시 자리를 비웠는데, 죄송하지만 잠시 여기서 기다려 주실 수 있으신가요? 저랑 얘기나 좀 하면서요. 할 얘기 많으실 거 아니에요. 마음고생깨나 있으셨던 것 같은데.' 그 순간 필올리로 돌아가기 전 왜 하우스에 먼저 와야 했는지, 그 이유를 깨달았어요. 눈물이 나오더라고요. 당시에는 서로 이름도 몰랐던 제경을 껴안고 펑펑 울었어요. 고향에서의 모든 일을 이야기했죠. 제경은 그 모든 얘기를 들어주었어요. 그날 바로 필올리로 갈 수도 있었지만 저는 하우스에 며칠을 더 머물기로 했어요. 며칠 동안 제경을 비롯한 직원분들, 그리고 다른 방문자분들과 지내면서 생각을 정리하기로 했죠. 박사님 역시 큰 도움을 주셨어요. 제 감정에 공감을 해주셨죠. 오튼도 좋았어요. 제 상태를 객관적으로 짚어주었죠. 스스로의 행복의 결여를 인정하는 게 생각보다 큰 위안이 되더라고요. 다른 방문자분들도 그 사실을 깨닫곤 자신을 온전히 받아들였죠. 장관이었어요. 각각 다른 차원에서 온 수십 명의 사람들이 수십 개의 우주에 대해 말하고……"

그는 부드러운 미소를 지었다. 돌아가고 싶지는 않지만 행복했던 추억을 향수하는 얼굴이었다. 그는 그가 기억하는 하우스의 수많은 편린을 일일이 먼지를 털어 읽고 있었다.

"준도 한 달간 많은 변화가 있을 거예요. 오튼하고 박사님도 필올리에 계신 거죠?"

"네. 그런데…… 솔직히 잘 모르겠네요. 이제 9일밖에 안 남았거든요."

"아쉬워요?"

휴도가 장난기 어린 눈으로 날 봤다.

"몰라요. 아쉽다뇨, 그건 아닐걸요. 못 돌아가면 죽는데 아쉽긴 뭐가 아쉬워요."

"에이, 엄청 아쉬워하는 것 같은데? 솔직히 말해봐요. 돌아갈 생각 하니 막 서운하죠?"

"알겠어요. 인정할게요. 기쁘지만은 않아요. 됐죠?"

"축하해요. 좋은 일이네요."

"안 좋아요. 난 지금 복잡해서 돌아버릴 것 같다고요."

"미련이 생긴다는 것 자체는 좋은 거예요. 적어도 좋아하는 무언가가 생겼다는 거니까. 준도 우주 어딘가에서 마음에 드는 구석을 만난 거 아니에요?"

"글쎄요. 지구를 벗어난 이유로 조용했던 날이 없었는데."

"준이 우당탕거리는 걸 좋아하는 걸지도 모르죠. 이래저래 치인 하루를 견딘 자신이 예뻐 보일 수도 있고. 아니면 그냥 고양이가 귀여울 수도 있고."

위니가 내 무릎 위로 올라와 그르릉 소리를 냈다. 확실히 귀여운 고양이였다. 하지만 귀여움이 삶의 목적이 될 수는 없지 않은가. 내가 살아야 하는 이유를 너무 거창한 곳에서 찾고 있나? 그럴지도 몰랐다.

"말씀 감사해요."

"천만에요. 맞다. 그 뭐야, 미뤄졌다는 일은 뭐예요?"

"우주 구름선 투어요. 우주를 걸어봐야 해서."

제경이 말했다.

"진작에 여쭤볼 걸 그랬네. 그거라면 제가 도와드릴 수 있어요. 제가 이래 봬도 소문난 우주 구름선 비행사라고요."

휴도가 지갑에서 면허증을 내밀었다. 그는 한껏 흥분하여 면허증 속의 사진과 똑같은 표정을 지어 보였다. 제경이 그런 그를 보고 그게 뭐냐며 웃어댔다. 뭐가 어떠냐며 반박하는 휴도의 입을 워나가 발바닥으로 눌러버렸다. 나도 생각 없이 소리 내어 웃었다. 기분이 좋았다. 기분이 좋아지니 더 큰 웃음이 새어 나왔다.

구름선은 작은 자동차 크기의 구름에 비눗방울을 올려둔 듯한 모양이었다. 비눗방울은 아마 유리의 역할을 하는 물질일 것이었다. 휴도가 구름 위를 매만지며 배터리 잔량을 체크했다. 충분한 만큼이었는지 그는 고개를 끄덕이며 구름선의 시동을 걸었다.

"자, 간단한 주의사항을 말씀해 드릴게요."

휴도가 차고 문을 열었다. 비행사를 업으로 삼고 있지는 않지만 출퇴근에 구름선을 이용하고 있기에 차고에 매일같이 들른다고 휴도는 말했다. 그의 말마따나 차고는 깨끗이 정돈되어 있었다.

"채션 790다협 까지는 저와 같이 구름을 타고 올라가야 해요. 거기까지 도착하면 내리셔서 나 있는 길을 걸으시면 돼요. 한 바퀴 도시는 데 아마 30분 정도 걸릴 거예요. 더 걷고 싶으시면 구름으로 복귀하셔서 5분 휴식 후 다시 나가셔야 하고요. 제가 근처에서 상시 대기하고 있을 테니까 무슨 일 있으면 이 통신기로 즉시 보고해요. 질문 있으세요? 없으시면 바로 출발하겠습니다. 준비되셨죠? 벨트 꽉 매요."

나와 제경이 뒷자리에 앉자마자 담요 같은 안전띠가 우리를 감쌌다. 살랑거리는 시동 소리가 커졌다.

"비행 5초 진. 5, 4, 3, 2……"

구름이 앞으로 이동했다. 심장이 엔진 소리에 맞춰 쿵쾅댔다.

"……1!"

상상도 못 한 빠른 속도로 구름은 날아올랐다. 눈을 깜빡할 때마다 수천 개의 건물이 보였다가 사라졌다. 흔들림은 전혀 없었다. 구름이 몽실거리며 내 손을 간질이길 반복할 뿐이었다.

금세 우주가 보였다. 보라색이 섞인 오묘한 빛의 우주였다. 버스나 열차에서 보던 것과는 또 다른 풍경이었다. 또다시 숨이 멎을 것 같았다. 흩뿌려진 별만 보면 왜 계속 그러는지 알 수 없었다.

구름선이 상승을 멈췄다. 휴도는 길 가까이에 구름을 주차했다. 안전장치 몇 개를 착용시켜주고 휴도가 말했다.

"이 구름을 씹으세요. 공기 없이도 숨을 쉴 수 있게 해줘요. 몇 번 씹으면 금방 녹아 사라질 거예요. 완전히 녹았다 싶으면 나가시면 돼요."

휴도가 동그랗게 떼어진 구름을 주었다. 솜사탕을 예상했건만 의외로 풍선껌 같은 식감이었다. 무맛의 풍선껌. 살면서 정말 구름을 먹어보는 날이 올 줄이야. 상상했던 맛은 아니었지만 구름을 씹을 수 있다는 사실 만으로도 경이로웠다.

문을 여니 길이 바로 앞에 있었다. 한 발짝만 내디디면 우주를 걸을 수 있었다. 넓게 펴진 구름 같은 길을 거닐며 행성들의 이름을 추측해볼 수 있었다.

천천히 발을 뗐다. 길이 무너질까 걱정했지만 구름은 생각보다 단단히 날 받쳐주었다. 나는 지구의 평범한 인도와 같이 우주를 걸을 수 있었다. 제경도 길 위로 올라오자 구름문이 닫혔다. 휴도가 손가락으로 브이를 만들었다. 이곳에선 그게 행운을 빈다는 의미인 터였다.

제경 역시 이런 경험은 처음인 듯했다. 우리는 둘 다 말을 잃고 주변을 둘러보기만 하며 한참을 있었다. 그럴 수밖에 없었다. 그런 성운과 별 무리를 보면 누구라도 그럴 수밖에 없었다.

"예쁘네."

제경이 우주에서 눈을 떼지 않은 채 말했다.

"그러네. 예쁘네."

"좀 걸을까?"

우리는 걷는 동안 아무 말도 하지 않았다. 우주는 검었다. 하지만 어둡지는 않았다.

세상이 더는 섬뜩해 보이지 않았다.

그렇다고 행복해 보이지도 않았지만.

"저기, 있지."

제경이 발걸음을 멈추고 나를 보았다.

"내가 널 도와준 게, 정말로 과한 일이었다고 생각해?"

그가 마른침을 삼켰다.

"바꿔 물을게. 네가 정말 도움받지 말았어야 할 사람이라고 생각해?"

나는 길에 걸터앉았다. 제경이 내 옆에 앉았다.

"그니까……"

제경은 나와 눈을 맞추려 했다. 나의 이야기를 기다리고 있는 것이었다.

나는 시선을 이리저리 굴리다 그와 눈을 마주쳐버렸다. 잠시 시간이 멈춘 듯했고, 이내 깨달았다. 그는 날 구하려고 하고 있었다. 내 얘기를 들어주려 하고 있었다. 게다가 나는 이미 그를 신뢰하고 있었다. 그를 필요로 하고 있었다.

이건 나 혼자만의 문제가 아니었다.

그러니 그가 내민 손을 붙잡아도 되었다.

나는 운을 떼며 그에게 기댄다.

"널 미워하진 않아."

너의 진심을 이제야 찾았어, 번역하자면 그런 뜻이었다.

그에게 말한 것은 3년 전 어느 날에 있었던 이야기였다. 그날로부터 몇 개월 전의 일이었지 않을까 가늠했다.

*

몇 없는 친구 중 하나였다. 같은 학교에 다니던 친구였다. 알고 지낸 지는 2년 정도. 서로 손에 꼽을 정도로 친한 사이였다. 그가 새벽에 통화를 해도 되냐며 연락을 해왔다. 나는 괜찮다며 응했고, 그는 곧바로 전화를 걸었다.

그는 울고 있었다. 목소리가 떨렸다. 흐느끼는 음성은 좋지 못한 통화 음질과 만나 더욱 알아듣기 힘들어졌다. 나는 숨을 죽이고 그의 말을 새겨들었다.

-이런 말 해서 미안해. 근데 나 진짜 죽을 것 같아. 더는 못 하겠어. 나름 열심히 산다고 산 것 같은데, 대체 내가 뭘 그리 잘못했다고 단 한 번도 행복해질 수가 없는 걸까. 되는 일이 없어. 전부 나 때문인 것 같아. 내가 누구인지 모르겠어. 내가 누구길래 이렇게 살아야만 하는지, 납득할 수가 없어.

나는 몰아치는 숨을 겨우 참았다. 눈이 뜨거워졌다. 그가 살아가길 원했다. 하지만 내가 그래도 되는 처지인가. 나 하나도 제대로 사리지 못하는 내가 감히 그를 도와주어도 될까. 이런 고민은 오만한 걸까. 하지 말아야 할 걱정을 하고 있는 건가.

그럼에도 나는 그가 살아가길 원했다.

-우선 진정해. 내가 너의 모든 고통을 헤아릴 수는 없겠지만, 네가 지금 정말 힘든 상황을 겪고 있다는 건 알 것 같아. 그런 상황에서도 지금까지 버텨와 줘서 고마워. 나에게 용기 내서 연락해준 것도 고맙고, 난 네가 이렇게 얘기해 주는 게 너무 다행이라고 생각하니까 미안해하지 말고 마음껏 얘기해도 돼. 울어도

되고. 내가 계속 여기 있을게. 다 들어줄게.

그의 울음소리가 더 세졌다. 나는 진심만을 이야기했다. 내 말을 그가 나쁜 쪽으로 받아들이지 않기를 바랐다.

-고마워.

그는 한동안 말이 없었다. 그의 울먹이는 소리가 잦아들자 내가 말했다.

-지금 집이야?

-응.

-방인 거지?

-응.

-혹시 주변에 커터칼 같은 거 있어?

-있는데.

-지금 손에 들고 있어?

침묵이 들렸다.

-맞는데.

-많이 했어?

또다시 침묵.

-피는 멈췄어.

-그럼 잠시만 칼 좀 내려놓을까? 나랑 통화하는 동안만이라도. 대화에 집중하자고.

-알겠어.

통화는 3시간이나 더 이어졌다. 그가 지금껏 무슨 일을 겪어 왔는지 몇 가지를 이야기해주었다. 가족에게 온갖 욕을 들었던 것, 친구가 그의 뒷담화를 했던 것, 선생님이 아직 어린 것이 뭐가 그리 힘드냐며 핀잔을 주었던 것, 그가 꾸던 꿈을 부모님이 반대했던 것, 정신과 상담에 쓴 돈이 아까웠던 것.

-얘기 들어줘서 고마워. 조금 나아진 것 같아.

-아냐. 나야말로 터놓고 얘기해줘서 고맙지.

-시간 되면 내일 만날래?

-나야 좋지. 몇 시쯤?

-2시 괜찮아? 학교 앞에서.

-그래.

-그래. 그때 봐.

-응. 오늘도 수고 많았어. 내일 봐.

심장에 추를 달아놓은 것 같았다. 그의 고민을 들어준 것이 귀찮아서가 아니었다. 그가 힘들어하지 않기를 바랐기 때문이었다. 힘든 건 나 하나로도 충분하니 내 친구는 나보다 행복하길 원했다. 같잖은 동정이 아니었다. 그에게 한 모든 말에는 거짓이 없었다.

다음날에 만난 우리는 하염없이 골목을 걸었다. 내 손목의 흉터와 그의 허벅지 흉터를 서로에게 보여주었다.

"야, 너는 해도 그렇지, 손목에다 하냐."

"이거 했을 때가 겨울이었어. 여름에 반팔 입기 전까지 다 나을 줄 알았다고. 겁나 멍청했지. 너는 똑똑한 거고."

"흉터가 낫길 뭘 났냐. 그래서 다들 나처럼 허벅지나 팔뚝에다 하잖아. 요즘 누가 손목에다 한다고."

걷다가 들른 약국에서 그는 일회용 반창고와 연고를 샀다. 그 옆 편의점에 가려는 그를 내가 뜯어말렸다. 편의점에서는 커터칼을 파니까. 아주 싼값에 싸구려 칼 묶음을 살 수 있으니까. 질 낮은 커터칼은 달그락거리며 살결을 거칠게 찢기에 특화되어 있으니까. 솔직히 말하자면 나야말로 커터칼을 새로 사야 하는 게 아닌가 생각했지만 말이다.

놀이터 정자에 앉아 그가 말했다.

"이젠 진짜 죽으려고. 계획 다 세워놨어."

그가 휴대폰 메모장을 켰다. 화면의 제목란에는 '유서 남길 사람들'이라고 쓰여있었다.

"언제 죽을 건데?"

어떠한 말도, 생각도 들지 않았다. 멍했다. 내 눈앞에서 움직이는 친구가, 흩날리는 민들레 홀씨가, 이동하는 구름이 덧없어 보였다. 환상 같았다. 그 무엇도 진실 같지 않았다.

"글피."

눈물이 흘렀다. 이건 전부 다 마술이다, 마법이다. 그가 삶에게서 멀어지려 하는 건 가장 잔인한 마법이다.

"그렇게나 일찍 갈 줄은 몰랐는데."

"미안해. 이제 말해줘서."

"미안할 필요 없는데."

"그래도. 넌 많이 놀랐을 거 아니야."

그는 웃으며 내 등을 토닥였다.

"왜 네가 울고 그래."

"넌 그럼 친구가 죽는다는데 안 슬프냐?"

그가 고민했다.

"그 사람이 지금까지 얼마나 힘들었는지를 생각해보면, 굳이 슬퍼할 일은 아니지. 자살이 말릴 일도 아니고."

"그렇게 생각해?"

"삶을 다시 살라고 하는 게 얼마나 힘든 부탁이야."

그가 나에게 손수건을 건넸다.

"준아. 나 많이 힘들었잖아. 우리 다 힘들었잖아."

그는 다니던 모든 학원을 그만두었다. 글피까지의 시간 동안 그의 출석부는 조퇴와 결석으로 채워졌다. 혼잣말로 욕을 중얼거렸다. 체육복 반바지가 올라갈 때마다 보이는 상처가 늘었다. 식사를 하지 않았다. 퀭한 눈으로 혼을 놓고 있는 시간이 많아졌다. 사람에게 잘 보이려고 하지 않았다. 미소로 누군가를 응대하지 않았다.

그가 계획을 실행하기 하루 전. 나는 그에게 손 편지를 주었다. 살아와 주어, 내 친구가 되어주어 고맙고, 언제까지고 쉬어가도 좋다는 내용이 담겨있었다. 여태껏 그 많은 일들을 겪고서도 살아와 준 것만으로도 너는 충분히 멋진 사람이라는 문장이 있던 걸로 기억한다.

"답장은 안 해도 되지?"

그는 편지를 뜯지 않고 가방에 넣으며 그렇게 얘기했다. 그는 인사도 없이 나를 지나쳐 집으로 돌아갔다. 사실 그의 집은 이제 그 어느 곳에도 없었다. 적어도 지구 안에는, 우리가 알던 차원 안에는 없었다.

그는 그날 학교가 끝나자마자 어딘가에서 뛰어내려 죽을 거라고 했다. 내가 그 계획에 대해 더 자세한 이야기를 하려 하자 그는 내가 불편하다며 자리를 피했다. 그는 더는 나와 이야기하지 않았다. 내 눈을 피했다. 그가 쓴 유서의 봉투를 우연히 보았다.

내일. 정말 내일이구나.

네가 떠난 후에도 자전할 지구를 상상할 수 없어.

그 말은 미처 하지 못했다.

당일 아침 일찍이 등교했다. 그 애의 담임 선생님의 교무실 앞에서 선생님을 기다렸다. 눈앞이 하얬다. 숨이 안 쉬어진다는 말이 그저 거창한 표현인 줄 알았는데 아니었다. 사람이 너무 떨리면 정말로 호흡이 멈출 수가 있었다.

선생님이 나타나기 직전까지도 나는 이게 과연 옳은 일일까 고민했다. 옳은 일인지는 알 수 없지만, 해야만 할 일이었다. 그도 그렇게 생각할까? 아니겠지. 그래도 이해는 해주지 않을까.

드디어 그 선생님이 출근했다. 나는 그에게 잠시 할 얘기가 있다며 말했고 그는 심각성을 눈치챘는지 복도 끝으로 나를 불러 시간을 내주었다. 식은땀이 흐르다 못해 성대에도 땀이 차는지 말을 자꾸만 더듬었다. 겨우 할 말을 다 끝냈을 때, 그는 머리를 쥐어뜯었다.

"오늘? 우리 반 개 말하는 거 맞아? 개가 진짜 그렇게 말했다고?"

선생님은 그 애의 메신저 상태 메시지에 적힌 디데이를 읽고서야 의심을 멈췄다. 수업 종이 치고, 복도는 정적으로 가득 찼다.

그의 얼굴이 창백해졌다. 그는 애써 목을 가다듬었다.

"왜 그러는지는 정확히 알아?"

"그건…… 저도 잘 모르겠어요."

나는 그가 들려준 모든 이야기를 모른체했다. 그에게 갖출 수 있는 최소한의 예의라고 생각했다.

"일단 어서 수업 들어가. 말해줘서 정말 고마워. 이게 아무래도 사안이 사안이다 보니까 학교에는 알려야 할 것 같아. 우리끼리만 해결할 수 있는 문제는 아니야. 어쩔 수 없는 거니까 걱정하지 마. 준이는 최선을 다해준 거잖아."

교실로 올라가는 내내 후회했다. 알려서 안 될 것을 알린 것 같았다. 선생님 여럿에게 그의 계획이 알려지게 생겼다. 내가 실수를 한 거다. 이제 그는 날 증오할 것이다.

하지만 다른 선택지가 있었는가?

없었다. 그의 죽음을 막는 것 외에는 어떠한 선택지도 없었다.

점심시간쯤 선생님에게서 메시지가 왔다.

[선생님이 직접 얘기 잘해놔서 급한 건 해결 된 것 같아! 부모님이랑도 얘기됐으니까 이제 준이는 큰 신경 안 써도 돼. 준이도 힘들었을 거잖아. 준이는 그 친구한테 미안해할 거 하나 없

어. 네가 생명을 살린 거야. 곧 시험인데 기운 차려서 준비 잘하고, 오늘 하루 마무리도 잘해:)]

운동장 구석진 곳의 나무에 기대어 주저앉았다. 저항할 틈도 없이 눈물이 났다. 숨이 헐떡였다. 떨리는 손은 허공을 방황했다. 온몸이 부들거렸다. 죽을 것 같았다. 정말로 죽을 것 같았다.

그때 그 애의 어머니로부터 전화가 왔다. 그 역시 울고 있었다.

-어머님, 어머님도 많이 놀라셨을 텐데 편히 쉬시고요……

목소리가 멀쩡히 나오질 않아 그냥 나도 같이 울어버렸다.

-나는 우리 딸이 세상에서 제일 예쁜데, 자기 눈에는 안 그런가 봐. 우리 딸은 행복하기만 해도 모자란데…… 그렇게 소중한 게 우리 딸인데…… 그래도 준이 같은 친구가 있어서 얼마나 다행인지 몰라. 아줌마가 정말 고마워. 너무 훌륭한 일 한 거야. 고마워. 나는 정말……

교실로 돌아와 하교하려는데 내 자리 사물함에서 편지 하나를 발견했다. 그 애의 글씨체로 쓰인 편지였다. 고마웠던 내 친구 준에게, 라고 시작하는 편지의 첫 문장은 이러했다.

[한 번쯤은 행복하게 살 기회가 올 줄 알았는데, 넌 어때?]

홀리머 정신건강의학과 의원. 번을 데리러 오기만 하던 곳에 내가 진료를 받으러 올 줄을 몰랐다. 복잡한 마음으로 복도에 앉아 있으니, 몇 분 지나지 않아 내 이름이 호명되었다.

"편히 앉아요."

허름한 외관과 달리 내부는 아늑했다. 매끄럽게 돌아가는 의자가 마음에 들었다. 고양이 모양 쿠션도 좋았다.

"와줘서 진심으로 고마워요. 오늘 하루는 어땠어요?"

"그냥 뭐…… 늘 그랬던 만큼 별로예요."

"어떤 부분이 그랬는지 물어봐도 될까요?"

"글쎄요. 그냥 언젠가부터 되는 일이 없는 것 같아요."

"특별한 사건 같은 게 있었던 건가요?"

"모르겠네요. 옛날에 괴롭힘 비슷한 걸 당해보긴 했었어요. 은따라고 해야 할까. 제가 말이 없어서 그랬던 것 같아요. 만만해 보이니까. 그 뒤로는 그냥…… 꿈도 없고 뭘 해야 할지도 모르겠어서 대충 지냈어요. 뭘 해도 자신이 없었어요. 어느 분야에서든 나보다 뛰어난 사람은 존재했고, 전 그런 사람 발밑에서 기기만 했으니까요. 남동생만 해도 그래요. 걔는 진짜 뭐라도 될 거라고 다들 그래요. 그런데 걔도 보면 마냥 행복하기만 한 건 아니잖아요, 아시다시피. 제가 괜한 엄살을 부리는 것 같아요. 다들 힘든데 말이에요."

나는 자살하려던 친구의 이야기를 했다.

"걔도 저보다는 나은 사람이었어요. 그랬는데도 힘들어서 죽으려고 했고. 어쨌거나 제 친구니까 살아줬으면 했어요. 그래서 그렇게 말린 거였는데, 제 욕심이었나 봐요. 그 뒤로는 저를 봐도 인사도 안 하고 가더라고요. 그 전보다 어딘가 나아진 것 같지도 않아요. 여전히 죽고 싶어 하는 것 같고 그래요. 제가 정말 잘못한 건가요? 누군가가 행복하길 바라는 게 이기적인 건가요? 저따위가 남 걱정을 하면 주제넘은 건가요?"

의사가 나에게 휴지를 뽑아 주었다. 곰돌이 캐릭터가 그려진 티슈였다.

"저는…… 제가 진짜 싫어요. 살기도 싫어요. 일일이 얘기할 수도 없을 만큼 많은 일들을 겪어왔어요. 누구나와 같이요. 남들도 다 그렇잖아요. 그럼 그들도 다 이렇게 힘들게 사는 거예요? 어떻게 그러고 살아요? 저는 진짜 못 살겠어요. 제가 부족해서 그런 건가 봐요. 제가 못난 사람이라서."

나는 눈물을 닦고 휴지 두 장을 더 뽑았다.

"저도 자살 계획 많이 세워봤어요. 자해도 꽤 했어요. 세상 그 무엇도 예뻐 보이질 않아요. 일어나는 모든 나쁜 일들이 다 제 탓인 것 같아요. 사람들이 전부 제 욕을 하는 것 같아요. 너무 힘들어요. 뭐라도 되고 싶은데…… 꿈이고 뭐고 그냥 어디서 꿀리지만 않는 사람이 되고 싶은데. 안 될 것 같아요. 저는 아무것도 아니에요. 가끔 제가 존재하는 게 맞긴 한가 의심스러워요. 저를 구성하고 있는 건 불안과 우울이 전부에요. 이런 사람이 행복을 바라면 안 되겠죠. 제 행복도, 타인의 행복도, 우리의 행복도."

의사가 휴지를 내 쪽으로 밀어 쓰기 편하게 해주었다. 그는 온화한 미소를 띠었다.

"많이 힘들었겠어요. 그동안 고생 많았죠?"

그 말에 눈물이 더 터져 버렸다. 휴지의 존재가 무색해질 정도였다.

"준이 행복을 바라면 안 될 거라고 했는데, 사실 준도 알겠지만 행복에는 자격이 필요한 게 아니잖아요? 여타 다른 감정들이 그러듯이. 그 사실을 의식하게 되면 준의 그런 죄책감과 자기혐오가 나아질까요?"

"그럴 것 같아요. 그런데 그 사실을 누가 저에게 알려주겠어요. 지구 어디를 가도 절 받아줄 곳은 없을 텐데."

"사실 저도 그런 생각을 종종 하곤 했어요. 아니, 매일같이요."

그는 오랜 시간 말을 고르더니 미소를 지으며 말했다.

"그런데 아주 먼 곳, 예상치 못한 어딘가에서 저에게 가르쳐 준 사람들이 있었거든요."

"먼 곳이요?"

"네. 상상도 못 할 만큼 먼 곳. 이 세상은 우리의 생각보다 훨씬 큰 곳이더라고요. 답이 없어 보이는 곳이긴 하지만 그래도 그런 곳이 있어요. 누군가의 삶을 보듬어주는 사람들의 집이요. 준도 만나게 될 거예요."

"그런 사람들이 있다고요? 진심으로 하시는 말씀이세요? 그래요. 뭐, 있다고 해도 제가 그 사람들을 어떻게 찾죠?"

"그 사람들이 한눈에 준을 알아줄 거예요. 하나의 달이 다 가도록 준의 손을 잡고 깨닫게 해줄 거고요."

뜬구름을 잡다 못해 그 위에서 날아다니는 소리라고 생각했다. 그래도 속는 셈 치고 믿어보기로 했다.

"언제쯤 만날 수 있죠?"

"글쎄요……"

그가 잠시 생각에 잠겼다.

"그리 오랜 시간이 지나지 않아서, 준이 이 행성을 떠나고 싶어지는 날에요."

"그건 지금도 충분히 그런데요."

"그럼 얼마 남지 않았나 보네요. 아니면 그 집을 만나기 전에 먼저 그곳을 다녀간, 또 다른 수호자를 만날 수도 있고요."

"이해가 잘 안되네요."

"간단해요. 저도 그런 사람 중에 하나거든요. 준과 함께 살아가기 위해 최선을 다한 사람."

"친절하시네요."

"그렇게 생각해 줘서 고마워요."

그로부터 얼마 뒤에 나는 지구를 떠나려고 했다. 하지만 그날에도 그 집은 나타나지 않았다. 의문이었다. 내가 이 행성을 떠나고 싶던 것이 아니던가? 그저 죽고 싶던 것일 뿐이었나? 혹은 누군가가, 나를 살린 누군가가 그곳을 다녀간 수호자였던가.

*

"후에도 쉽게 잊히진 않더라. 그 애의 소식은 듣지 못했어. 죽고 싶었지. 그 뒤론 누굴 도와주지도 못하겠더라고. 그런데……"

올려다본 우주에 별이 반짝였다. 죄 하나 없이 그저 빛나기만 하고 있었다.

"적어도 그 의사가 한 말이 맞았다는 걸 이젠 아니까."

세경이 나를 따라 웃었다. 나에게는 없는 보조개가 오늘따라 깊었다.

"믿어봐도 될까?"

제경이 별을 지긋이 바라보다 나를 보았다. 그리곤 대답했다.

"너를? 아니면 나를?"

"누구든."

"네가 믿어만 준다면."

"믿을게."

"나도 처음부터 믿고 있었어."

"누구를?"

"모두를."

우리는 동시에 바닥에 누웠다. 적당히 단단한 구름의 감촉이 좋았다.

"이젠 알 것 같아. 더는 도망치지 않을래. 이제부터는……"

나는 구름을 조금 집어 귀에 가져다 댔다. 뚜-뚜- 하는 연결음 비슷한 것이 들려왔다.

이제부터는 느낄 수 있었다. 우주 어디에선가 서로를 찾고 있던 사람들의 이름을. 도주하며 살아가던 나를. 그럼에도 살아온 나를. 숨 쉬는 것만으로도 벅찼던 나의 눈에 비로소 벅차오르는 우주가 담겼다. 눈을 감았다. 차원 문이 열렸다. 이번에는 저번보다 훨씬 큰 크기였지만 역시 몸을 집어넣기에는 무리였다. 심지어 이번엔 별도 보이지 않았다. 아무래도 다이빙을 잘못 잡은 모양이었다.

"지구에 한 발짝 더 가까워졌네."

제경이 말했다.

"아쉬워?"

"응. 솔직히 말하자면 그렇지."

나는 제경의 어깨에 손을 올렸다.

"고마워."

우리는 함께 웃었다. 누구도 울지는 않았지만, 울어도 서로를 타박하지 않았을 것이다.

30분이 지나고 우리는 구름선으로 복귀했다.

"어땠어요? 마음에 들었죠? 한 바퀴 더 돌래요?"

휴도가 하품을 하며 물었다.

"완전 엄청났어요. 난 조금 더 걷고 싶네요. 준은?"

"난…… 난 여기서 좀 쉴래."

제경은 그럼 자신도 돌아가지 않겠다고 말할 기세였지만 내가 눈빛으로 가도 괜찮다고 말했다. 이제 이별이 정말 얼마 안 남은 거, 그도 자신이 하고 싶은 일을 해야 했다. 제경이 떠나고 나는 창문을 멍하니 바라보았다. 조종석의 휴도가 뒤를 돌아 나에게 말했다.

"어때요? 좀 달라진 것 같아요?"

"뭐가요?"

“준이요.”

그의 말뜻을 쉬이 이해할 수 있었다. 그의 천진한 눈은 내 대답을 기다렸다. 제경과 닮은 점이 많은 눈이었다.

“네. 이젠 찾은 것 같아요.”

“좋네요. 준이 해낸 일이에요.”

“하우스 식구들이 다 했죠.”

“그 사람들이 준을 알아보긴 했지만, 먼저 그들을 찾아간 건 준이잖아요.”

“그런가요?”

“원래 스스로부터 도움받지 못하면 누구도 도와주지 못해요. 그건 그렇고, 이제 곧 제경이랑 헤어져야겠어요. 아, 내가 괜한 얘길 꺼냈나.”

“괜찮아요. 좀…… 슬프긴 하네요. 걱정도 되고.”

“준은 제경 없이도 잘할 거예요. 이젠 그럴 수 있잖아요, 그렇죠?”

“지구에 가서도요?”

“그렇죠. 어느 우주에서나.”

“그랬으면 좋겠네요. 고마워요.”

휴도는 다시 앞을 바라보며 제경을 주시했다. 나는 가만히 앞을 보았다.

창 너머 제경이 손을 흔들었다. 나는 마주 인사를 해주었다. 그러다 주머니에 손을 넣자 열쇠가 잡혔다. 이런, 까먹고 번 얘기를 하지 못했다. 내일은 꼭 말을 해야겠다. 이젠 그럴 수 있었고, 그래야만 했다. 더는 도망치지 않기로 했으니까.

다음 날. 나와 제경, 오튼, 그리고 박사는 무지개다리를 건너고 있었다.

"야, 나 사진 좀 찍어주라."

제경이 나에게 말했다.

"이게 사진기야? 어떻게 찍는 건데?"

"거기 그 노란 거 누르고 눈을 깜빡이면 돼."

"일단 알겠어. 찍는다. 하나, 둘, 셋……"

제경이 선글라스를 쓰고 포즈를 취했다. 박사는 신이 나서 이리저리 혼자 돌아다니고 있었다. 오튼은 효온과 한창 통화 중이었다.

"아니 그래서 버스는 대체 언제 보내줄 수 있는 건데요?"

-나야 당장 보내주고 싶지. 그런데…… 알다시피 필올리 직원들이 워낙 느긋해서 말이야. 조급해하지 마. 어차피 거기서 문 열었다며.

"브룽키젠에서 일이 얼마나 걸릴지 모르잖아요."

-도넛만 먹으면 되는 거잖아. 내가 그거 하나 못 구해줄까 봐? 브롱키젠이면 경비도 거의 없고 빨리 끝날 텐데.

"그래도 혹시라는 게……"

-내 계획에 혹시는 없어. 자정쯤에 보내줄게. 안심하고 있어, 자기.

"뭐라는 거……"

-나도 사랑해.

효온은 일방적으로 전화를 끊었다. 오튼은 그런 그가 언제나처럼 마음에 들지 않는 모양이었다. 우리는 노랑 출구를 통해 다리를 빠져나왔다. 다리 아래에는 커다란 호수가 있었다. 유명한 피크닉 장소인 듯했다. 야외 테이블 여러 개가 호수 주위에 놓여있었다. 우리도 각자 먹고 싶은 음식 몇 개를 포장해와 테이블에 모여 앉았다.

"배불러. 과식하면 안 되는데. 딱 여기까지만 먹어야지."

디저트만을 잔뜩 사 먹은 오튼이 말했다.

"너 그 말만 지금 몇 번째인지 알아?"

"이번엔 진짜 마지막이야."

오튼이 도넛같이 생긴 것을 입에 욱여넣었다. 박사는 정말 배가 찼는지 몸을 반쯤 눕히고 배를 두드렸다.

"야, 오튼. 박사님이 남기신 것도 먹지 그러냐."

제경이 말했다.

"됐어. 나 단 거 아니면 안 먹는 거 몰라?"

"너 그렇게 살다가 일찍 죽어, 인마."

"너보단 오래 살걸. 넌 맨날 먹고 바로 자잖아."

"그래, 그건 좀 고치긴 해야 해."

내가 맞장구쳤다.

"봐, 준 씨도 그렇다잖아."

"언제부터 준 말을 그렇게 잘 들었다고?"

"우린 언제나 이랬는데? 그쵸?"

오튼이 웃어 보이며 나와 건배했다.

"오구, 우리 튼이가 드디어 새 친구를 사귄 거야? 이 누나는 너무 감격스럽다, 야."

"아, 뭐래."

오튼이 질색하며 혀를 내둘렀다. 제경은 그를 이긴 듯한 기분이었는지 뿌듯한 얼굴로 나에게 건배를 청했다.

"난 이제 좀 쉬어야겠네."

"저도요. 효온 때문에 열이 좀 받아서."

오튼이 그를 따라 누우며 말했다.

"제경은 역시 낮잠을 잘 텐가?"

"아니요. 오늘은 왠지 잠이 안 오네요."

"자네가 그럴 때도 있다니, 의외군. 오튼이 아이스크림을 먹지 않고 자는 것만큼 이상하군."

"네, 뭐. 준은?"

"나도 안 피곤한데. 저기 호수나 둘러볼래?"

"좋지. 둘은 안 가요? 진짜?"

"당연하네. 왜냐면 저 호수 밑에는 어떤 괴물이 있을지도 모르는 거고……"

"가기 싫으니까 핑계 대시는 거죠?"

오튼이 말했다.

"응."

박사가 오튼에게 대답했다.

"저랑 있어요. 같이 양이나 셀까요?"

"재밌겠군! 완전 좋네."

박사가 기뻐하며 냅다 바닥에 드러누웠다. 어디 가지 말라는 듯 오튼의 손을 꼭 붙잡은 채였다. 오튼은 그와 함께 양을 세기 시작했다. 박사는 오튼에게 같이 있어 줘서 고맙다는 감사 인사도 덧붙였다. 정말이지 순박하고 사랑스러운 사람이었다.

제경과 나는 호수에 발을 담갔다. 물은 목욕물처럼 기분 좋은 온도였다. 비누 냄새도 올라오는 것 같았다. 제경은 나에게 물을 튀기며 장난을 치다가 뒤로 자빠지고 말았다.

"세상에, 괜찮아?"

"푸하, 괜찮아. 물이 그다지 안 깊어서…… 어라, 여기 바닥에 뭐가 있는데?"

제경은 다시 물속으로 잠수하더니 묻혀있던 물건 하나를 캐내 왔다. 어린아이의 것이 분명한 일기장이었다. 방수 커버로 싸여져 있어서 종이 상태가 온전했다. 비밀 일기장인지 열쇠로 잠겨져 있었지만 열쇠 구멍이 부식되어 맨손으로 열 수 있었다.

"안쪽에 이름이 적혀있을지 몰라. 그럼 주인을 찾아줄 수 있지 않을까?"

내가 말했다.

"엄청 오래된 것 같은데…… 그래도 주인이 나타날지 모르니까. 그럼 안쪽을 좀 읽어보자."

초반 몇 페이지는 외식한 것, 학교에서 소풍 간 것 등의 일상적인 이야기들 뿐이었다. 하지만 중반부쯤 아주 흥미로운 내용이 있었다.

그곳에는 삐뚤빼뚤한 손글씨로 이렇게 적혀있었다.

'아주 이상한 꿈을 꾸었다. 낯선 행성에서 어떤 애가 울고 있었다. 왜 그러는지 물어보니까 친구들이 자기를 괴롭혔다고 그랬다. 그래서 안아주고 싶었는데 그러질 못했다. 몸이 맘대로 움직이질 않았다. 나는 언젠가 꼭 그 행성에 갈 것이다. 그 행성에 가서 그 친구를 하루 종일 안아줄 것이다. 하지만 만약 내가 그곳을 찾아가지 못한다면, 혹시 그렇게 된다면 그 아이가 나를 찾아와 주면 좋겠다. 그러면 나는 바로 걔를 알아볼 것이다. 아이가 자신의 행성으로 웃으며 돌아갈 수 있게 최선을 다할 것이다. 그때까지 친구가 행복했으면 한다.'

"이야, 이런 인재는 하우스에서 일해야 하는데. 지금쯤 뭐 하고 살고 있으려나. 날짜가 안 쓰여있으니 원, 나이라도 알 수가 있어야지. 준, 여기 봐. 좋아하는 여자애가 말 걸어줬대. 어, 여기 이름 있다. 경. 경이래. 내 이름이랑 똑같아. 우연이네."

"그냥 분실물 보관소를 찾아봐야 할까 봐."

"그래, 그러자. 그런데…… 뭔가 좀 이상하지 않아?"

제경이 호수 밑바닥을 마구 밟기 시작했다. 급작스러운 상황을 나는 보고만 있었다.

"뭐 하는데?"

"여기. 바닥 좀 봐. 이 일기뿐만이 아니라 별의별 게 다 묻혀있어. 그냥 떨어진 게 아니라, 깊이 묻혀있다고. 전부 일기나 책인 것 같아."

"그래, 이상하긴 하네."

그렇게 얘기하긴 했지만 나로선 그가 말하는 의도를 짐작할 수 없었다.

"그니까…… 잠시 손 좀 줄래?"

그는 사뭇 진지한 표정이었다. 그가 나의 손을 잡아 호수 안으로 집어넣었다. 무언가가 만져졌다. 기다란 막대, 혹은 펜 같기도 한 것이었다.

제경이 입 모양으로 카운트다운을 시작했다. 하나, 둘, 셋.

뽑혔다.

볼펜이었다. 오래돼 보이기는 하지만 그 외의 특이점은 없었다. 제경은 별거 아니었다며 웃으면서도 실망한 티를 감추지 못했다. 하지만 곧이어 이상한 일이 일어났다. 호수의 물이 사라지고 있었다. 딱 우리가 서 있는 부분만. 바닥이 흔들렸다. 우리가 밟고 있던 땅에 문이 나타났다. 제경의 의심이 들어맞은 것이었다.

제경은 어딘가에 신고해야 할 것 같다며 그 안으로 들어가길 망설였다. 나는 들어가 보기나 하자고 제경을 설득했다. 왜 그래야 하냐 묻는다면 그저 직감이라고밖에는 할 말이 없었다. 제경이 아무 말 없이 날 따라와 준 것이 다행이었다. 아마 그가 준 믿음이 까닭이었을 것이다. 나는 그의 믿음을 신뢰해야 했다. 그렇기에 아무 고민도 없이, 그와 함께 문을 열었다.

그 안에는 내려가는 계단이 있었다. 첫 계단을 밟자마자 문이 자동으로 닫혔다. 어쩐지 디앤디의 문과 비슷한 것 같아 식은땀이 흘렀다. 우린 더 아래로 내려갔다. 고풍스러운 계단은 그 끝이 보이지 않았다. 하지만 우리는 뒷걸음질 치는 법을 몰랐다. 용감하다는 게 아니라, 정말 나갈 방법을 몰랐으니까. 희미한 불빛이 나타났다. 도착지였다. 그곳에서 새어 나온 빛이 마지막 계단에 명암을 가져다주었다.

마침내 이곳의 정체가 보였다. 어둡고 비밀스러운, 하지만 넓디넓은 곳. 책꽂이를 가득 메운 도서들. 분명한 도서관이었다. 다만 이상한 점이 하나 있었다. 사람이 아무도 없다는 것. 그 때문에 도서관은 그 규모에 맞지 않게 공허했다.

제경이 이럴 줄 알고 준비했다며 손전등을 꺼냈다. 공중에 띄우면 되는 거라 사실 손전등이라 부르기엔 뭐 했다. 어쨌거나 덕분에 우리는 도서관을 둘러볼 수 있었다. 서가를 채운 책들은 모두 기록물이었다. 대부분 일기처럼 사소한 것들이나 행성과 차원에 관한 역사서였다. 각 행성의 옛 모습을 찍은 사진첩도 있었다. 눈에 띄는 것은 벽면의 서가와 서가 사이 틈이었다. 나는 그 사이로 손을 넣어보려 했다.

바로 그때. 어디선가 인기척이 들렸다.

황급히 몸을 숙여 소리가 난 곳을 보니 이곳의 직원으로 보이는 두 명이 수레를 옮기고 있었다. 수레에는 호수 바닥에서 봤던 것과 비슷한 일기장과 수첩들이 무더기로 있었다.

"이거 다 버리는 거 맞지? 오늘따라 양이 많네."

"맞아. 얼마 뒤에 새로운 기록이 대용량으로 들어올 거라고, 사소한 민간 기록은 다 처분하라고 윗선에서 그랬어."

"프로젝트에 진전이 좀 있나 봐? 5년 동안 붙잡고 있더니."

"3년 전 대탈출 이후로 사람이 다시 좀 모였나 봐. 하우스랑도 얘기가 잘 된 것 같고."

"하우스? 하우스도 이 프로젝트를 알아?"

"당연히 모르지. 그런데 옛날부터 걔네가 이리저리 좀 나댔잖아. 그랬는데 이번에 마침 그쪽을 철회할 기회가 생긴 모양이야."

"하우스도 동의를 한 거야?"

"몰라. 아마 효온 성격상 별 잔머리를 다 굴려서 어떻게든 동의를 받아냈을 거야. 자세한 것들은 우리야 짐작도 못 하는 거고. 디앤디 놈들 속을 알 수가 있어야 말이지."

역시 수상하다. 그러나 그보다 앞선 것은 두려움이다. 아무래도 안 되겠다. 이건 내가 간섭한다고 되는 일이 아니다. 아마 하우스 식구들에게도 번과 송의 이야기는 숨겨야 할 것 같다.

도망치려 하는 건가? 하지만 만약 내가 나선다 해도 바뀌는 게 있을까? 그렇다면, 정말 그렇다면, 나 같은 건 조용히 지구로 돌아가도 되지 않을까. 남들의 생명은 주제넘게 간섭하지 않고,

조용히. 해선 안 될 생각이, 다시는 반복하지 않겠다던 생각이 날 끌어안는다. 숨을 끊을 만큼 불쾌한 포옹이다. 역시 사람은 쉽게 바뀌지 않는 걸까?

제경도 나만큼 상태가 좋지 않아 보였다. 이상하지 않은 일이었다. 그에게 하우스는 인생이었고, 방문자는 그것의 의미였다. 그런데 하우스를 프로젝트라는 것의 도구로 삼다니. 혹은 그것도 아닌 한낱 방해물로 알다니. 디앤디 측에서 하우스에게 하는 대우가 쭉 이래왔다면, 분명 그랬을 테니까, 하우스가 디앤디를 그토록 질색하던 이유를 이해할 수 있었다.

제경은 나를 위해 눈물을 참고 있었다. 분명 그가 울면 내가 자책할 것이라 생각하기 때문이었다. 그가 하우스에 아직 미련을 가지고 있고, 디앤디를 증오한다는 것을 내가 알게 되면 내가 다시 날 혐오할까 봐. 지구로 돌아가는 것을 유예할까 봐.

대신 그는 목이 멘 목소리로 말했다.

"그러니까, 저게 다 무슨 소리야? 너는, 너는 잘 모르지? 그치?"

나는 이미 알고 있었다. 그가 지금껏 하우스를 지켜온 심정을. 그는 그곳의 모든 것을, 또 모두를 사랑했다. 그는 그런 사람이었다. 사랑을 위해 노력했다. 그렇기에 나에게도 품을 내어준 것이리라.

나는 그의 품을 못 본 체할 수 없었다. 나 따위가 이런 마음을 품어도 될지, 그런 것은 이제 신경 쓰지 않기로 했다. 그렇지만 나의 행동이 효과가 있을까?

"경아."

나는 그의 손을 잡았다. 그와 눈을 맞추었다. 그의 손에 열쇠를 쥐여 주었다. 우릴 비추는 빛은 작은 손전등뿐이었다. 여전히 그것은 중요치 않았다.

"제경아. 그러니까…… 내가 널 만나 행복하다면, 믿어줄래?"

제경은 잠시 어리둥절해하더니 이내 미소를 지었다. 그는 고개를 수없이 끄덕였다. 덕분에 그의 눈물은 점차 뺨 위로 흘러내렸다.

나는 그에게 번과 송으로부터 들었던 얘기를 전했다. 그는 내 말이 끝나자 한참을 생각한 뒤에 말했다.

"디앤디가 뭔가를 꾸미고 있다는 것은 분명해졌어. 그걸 위해 고리평을 방문해 끔찍한 일을 했다는 것도. 그런데 번은 대체 무슨 관련이 있지? 너보다 먼저 차원을 이탈한 지구인이 있던 건가?"

"그건 네가 가장 잘 알지 않을까? 방문자분들 출신지 다 기록해 두잖아."

"그렇긴 한데…… 아주 가끔 너 같은 사람들이 있긴 했거든.

출신 차원 번호를 모른다는 사람들. 그 사람들이 오면 너에게 했던 것처럼 공포에 떨면서 디앤디를 찾아갔고, 효온은 지금과 같이 지하실 문을 열었어. 그래서 우리가 그때 넌 지하실에 절대 못 보낸다고 악을 썼던 거고. 뭐, 그게 딱히 먹히진 않았지만. 하여간 그래서 그 사람들 출신지는 몰라."

"그 사람들 얼굴 기억나?"

"자세히는 기억나지 않지만 일단 번은 그중에 없어. 너와 닮은 십 대 소년은 본 적이 없거든."

"어렵네."

"그리고 우리랑 디앤디가 한 편이라는 건 너도 알겠지만 절대 아니야. 우린 디앤디가 고리평에서 사람들을 그렇게 데려갔는지조차 몰랐어."

"알아. 믿고 있었어. 그건 그런데…… 대탈출이란 건 또 뭐야?"

"나도 전혀 모르겠어. 그럼 니도 질문 하나 하지. 이 열쇠, 어디에 쓰는 것 같아?"

"글쎄. 장미가 그려져 있다면 히엠세잇인가?"

"번이 기록이 담긴 열쇠라고 그랬지?"

"그랬지."

"잠겨있는 기록이 있을 만한 곳은?"

제경과 번갈아 가며 눈을 끔뻑거렸다. 순간 한 가지 생각이 전기처럼 우리 둘을 관통했다. 나는 홀린 듯이 일어나 서가의 틈으로 향했다. 그러면서 아무런 말을 하지 않았고, 제경도 의문을 표하지 않았다. 우린 당연한 듯이 서가를 양쪽으로 밀었다. 그러다 서가가 쓰러지면 어떻게 할지는 관심 밖의 일이었다. 그리고 기적처럼,

철컥-

두 서가가 바닥으로 사라졌다. 그러니까, 호수의 바닥의 바닥으로. 우리는 틈 안에 있던 것을 마주했다. 그것은 또 다른 문이었다. 내가 지금껏 봐온 문 중 가장 위압감이 큰 것이었다. 아카데미의 교문보다도 더했다. 화려한 것은 아니었지만, 무엇보다 굳게 닫혀있었다. 얼핏 봐도 두껍고 무거워 보였다.

문손잡이에는 아니나 다를까 열쇠 구멍이 있었다. 이 굳센 문을, 저 열쇠 하나로 열 수 있었다. 넣고 돌리기만 하면 되는 일이었다. 제경이 나에게 열쇠를 다시 넘겨주었다.

"네 동생이 믿고 맡긴 일이니까."

떨리는 두 손으로 열쇠를 잡고 구멍에 집어넣었다. 이제 돌리면 끝이다. 그러나 그럴 수가 없었다. 손이 움직이지 않았다. 입이 말라갔다. 가슴이 자꾸 벌렁거렸다. 돌려야 한다. 만일 그러다 내게 무슨 일이 생기면, 내가 지구로 영영 돌아갈 수 없게 되

면. 후회하지 않을 수 있을까? 난 이제야 겨우 평온한데. 내가 나를 온전히 걸고서, 무언가를 뒤바꿀 수 있을까.

전화벨이 울린 것은 그때였다. 나는 놀란 나머지 전화기를 떨어뜨리고 줍길 반복했다. 효온이었다.

"하, 씨. 놀랐잖아요."

-놀랄 게 뭐 있어?

"오튼이나 박사님께 연락하면 되잖아요?"

-다 안 받던데? 넌 지금 누구랑 있어?"

까먹고 있었다. 양을 센다 그랬지, 참. 아마 둘이 같이 잠이 든 것일 터였다.

"제경이랑 어디 잠깐 나왔어요. 용건만 간단히 말해요."

-너 지금 나한테 명령한 거니?

"부탁이거든요? 그리고 또 하나 부탁인데 제발 목소리 좀 낮춰요."

-너 점점 제경 닮아가는 거 아니? 둘 다 똑같이 버릇이 없어.

"죄송해요. 죄송한데 제발 용건만……"

-버스 방금 막 보냈어. 너희도 이왕이면 빠른 게 좋잖아? 언제는 나한테 엄청 닦달하더만."

"벌써요? 네, 알겠어요. 이제 더 할 말 없죠?"

-그래서 너랑 제경은 지금 어딘데?

"필올리죠, 그거야."

-나랑 말장난 해봤자 이득 될 일 없는 거 알 텐데.

마른침을 삼켰다. 끊기지도 않고 들려오는 휴대폰 너머 잡음이 야속했다.

-후, 좋아. 잘 들어. 네가 지금 어디에 있는지 난 몰라. 그런데 어쨌거나 네가 불편한 상황에 처해있는 거라면, 도망쳐도 돼. 나와 디앤디는 전적으로 네 편이야. 대우주에서 너에게 위협을 가할 수 있는 존재가 없다는 뜻이지. 네 안전은 보장됐어. 그러니까 괜한 피해를 감수할 필요 없어. 네가 나선다고 우주가 갑자기 살기 좋은 곳이 되는 게 아니야. 네가 집으로 돌아간다고 해서 널 욕할 사람도 아무도 없어. 내 말 알아들어?

난 아무 말도 하지 못했다. 통화가 어서 끝나길 바라야 했는데, 그러지도 못했다. 효온이 내 위치를 알아낸 걸까. 내가 어디까지 알고 있다고 생각하는 걸까. 그가 날 어떻게 하려 할까.

효온은 한숨을 쉬었다.

-넌 이미 우주의 많은 걸 바꿔놨어. 그걸로 만족해.

날 회유하려는 말이었을 것이다. 하지만 그 말을 듣고 정신이 맑아졌던 건 왜일까. 넌 이미 많은 걸 바꿔놓았어. 신경질적인 목소리로 효온은 그렇게 말했다. 나는 이미 그의 골칫거리였다. 그 말인, 즉 내가 지금껏 옳은 일을 해왔다는 뜻이었다. 나는 그게 좋았고, 앞으로도 그런 사람으로 남고 싶었다. 나는 충분히 그럴 수 있는 사람이었다.

그리고 지금 이 열쇠를 돌리면, 그 첫 발자국을 내딛는 것이었다.

-대답해. 내 말 들려?

“알겠어요. 난 그냥 제경이랑 편의점 구경 중인데 왜 그래요? 계산해야 되니까 끊어요, 빨리.”

-하여간 한 마디도 안 지지.

드디어 통화가 끊겼다. 이제 나에게 남은 것은 정말 열쇠뿐이었다.

“준아. 많이 힘들면 굳이 모든 걸 짊어지지 않아도 돼. 힘든 일인 걸 알아. 너는 최선을 다해줬잖아, 지금까지. 우리 너 노력한 거 다 알아. 그거면 된 거야.”

그런 말을 듣는데도 이상하게 마음이 흔들리지 않았다. 당연한 일이었을 지도 모른다.

“전부 짊어지려고 하는 거 아니야. 적어도 이야기는 들어줄 수 있잖아.”

그것이 모든 것에 대한 나의 대답이었다. 진정 그뿐이었고, 그거면 충분했다. 애초에 구원자라는 건 없었다. 열쇠는 매끄럽게 돌아갔다. 문이 열리는 데 까지는 단 5초도 걸리지 않았다. 그리고 그 안으로 들어가는 것은 단 한 발자국이면 되었다.

내부는 예상외로 텅 비어있었다. 길게 이어진 복도를 걸어 나가면 끝에 책 하나가 있었다. 그것의 표지에는 지금으로부터 3년 전의 날짜와 함께 '대탈출'이라는 단어가 쓰여있었다. 나는 제경과 함께 책을 펼쳤다. 가상현실 같은 화면이 주위를 감쌌다. 히엠세잇에서와 비슷한 경험이었다.

내 눈앞에 한 문구가 나타났다.

'대용량 기록입니다. 확인하시겠습니까?'

제경이 나의 손을 잡았다. 우리는 고개를 끄덕였다. 로딩이 시작됐다. 로딩 후 그 어떤 이야기가 재생되더라도 나는 물러나지 않을 것이었다. 제경이 모두에게 했던 것처럼. 이제 우리는 두렵지 않았다.

영상이 시작되었다. 화면 너머 번의 음성이 흘러나왔다.

7

대탈출

이 망할 건물이 무엇인지 아직도 감이 안 잡힌다.

자, 침착하고 상황을 복기해보자.

나는 분명 집에 있었는데 깨어나 보니 이 괴상한 건물만 하나 달랑 놓인 공간으로 이동했다. 이 공간이 어디인지는 도무지 모르겠지만 지구는 아닌 것이 분명하다. 어찌할 도리가 없어 건물 입구 앞을 서성이던 중 직원으로 보이는 누군가에게 발각, 이곳 지하실에 가둬졌다. 직원은 곧 총책임자가 올 테니 허튼짓 말고 기다리라며 자리를 떠났다. 그리하여 나는 그를 기다리는 중이다. 손발이 꽁꽁 묶인 채. 혹시 모르니 상황을 항시 기록해둬야겠다. 누군가가 걸어온다. 긴 머리에 뿔테 안경을 쓴 사람이다. 그가 날 마주 보고 앉는다.

"반갑습니다. 중앙 본부장 효온입니다. 저기 문 앞에 서 계셨다고 들었습니다. 무슨 용건이셨죠?"

살가운 그의 말투 속에는 노련한 경계가 어려있다.

"제가 누구인지부터 물어보셔야 하는 거 아닌가요? 그리고 아무것도 묻지 않고 여기로 끌고 온 걸 보니, 처음부터 제 용건은 관심도 없던 거잖아요."

그는 미소 짓는다. 섬뜩하리만치 흔들림이 없다.

"당신이 누구인지는 나중에 묻겠습니다. 지금은 묻는 말에만 대답해주시죠. 다시 한번 묻겠습니다. 무슨 용건으로 이곳을 찾아오셨습니까?"

"그냥 눈 떠보니까 여기던데요."

"그럼 그전에는 어디에 계셨죠?"

"집이요."

그가 허리를 앞으로 숙여 나에게 다가올수록 손에 땀이 차오른다.

"내가 지금 뭘 묻는지 아시지 않습니까? 똑똑한 분 같은데, 굳이 어려운 길 가지 마시죠. 들어 봐요. 당신이 쓸만한 사람이란 걸 입증하면 난 그 쪽에게 아주 좋은 삶을 줄 수 있어요. 그런데 만약 그러지 못한다면…… 후일을 장담 못 하죠."

"좋은 삶이란 건 뭐죠?"

"역시 대화가 통하네. 프로젝트를 하나 진행 중이에요. 그런데 날 도울 인원이 좀 부족해서. 그쪽이 날 위해 일한다면 최고의 대우를 해 줄게요. 여기 직원들이 받는 것과 동일하게. 프로젝트가 끝난 후에는 간섭하지 않을게요. 멀쩡한 행성에 거주민으로 등록해 주고, 집 주고, 돈 주고. 그러고 난 빠질게요. 어때요?"

"그럼 제집에는 평생 못 돌아간다는 뜻이네요?"

"그렇습니다. 어차피 디앤디에 등록되지 않은 차원으로 돌아갈 방법은 존재하지 않아요."

"당신의 제안을 거절한다면 어떻게 되죠?"

"그러지 않는 게 좋을 텐데."

"묻는 말에만 대답해 주시죠."

그는 내 대답이 꽤나 마음에 드는 모양인지 자꾸 웃는다.

"그래, 만약 그러지 않는다면 말이야…… 불행하게 살다가 일찍 죽을 거야."

"왜죠?"

"프로젝트의 희생양이 될 거거든."

"실험 쥐가 된다는 건가요?"

"말하자면 그렇지."

"다른 실험쥐들은 지금 이곳에 있나요?"

"가까이에 있지."

"그들은 당신의 제안을 모두 거절한 건가요?"

"아니. 그들에겐 선택의 기회가 없었어."

"그럼 저에게 기회를 주는 이유는 뭐죠?"

"넌 나에게 도움이 되는 존재니까. 확신해. 지금껏 봐온 이탈자들과는 어딘가 다르거든."

나는 가만히 그의 말을 곱씹는다. 그가 성질에 거슬린 듯 말한다.

"알아들었으면 어서 대답해 봐. 넌 어디에서 왔지?"

"지구요."

효온은 그럼 그렇지, 하는 얼굴이다. 보기엔 썩 좋지 않은 표정이다.

"좋아. 아주 좋아. 하여간 지구인들 그 눈빛 하나는 인정해줘야 해."

그는 받아들이기 힘든 설명을 이어간다. 차원과 대우주, 그리고 디앤디의 개념.

"이해했어요. 그래서 계획이 어떻게 되죠?"

그가 서류 한 장을 내민다. '신차원 프로젝트'라는 제목이 붙어있다.

"새로운 차원을 만들 생각이야. 사실은, 이미 만들었지. 그 안의 주요 행성들까지도. 내가 해야 할 일은 그 안에 사람들을 거주시키는 거야. 수억 명을."

속이 쓰려온다. 나는 간신히 구겨지는 미간을 지운다.

"디앤디에서 단독으로 진행하는 건이라 쓰여있는데, 이 프로젝트로 인해 디앤디가 얻는 이익이 무엇이죠?"

"그거야 대우주 통제가 쉬워진다는 거지. 아주 순종적인 사람들을 이 행성에 심을 거야. 그런 다음에 디앤디 운영에 필요한 건물을 전부 이곳에 짓는 거지. 다른 데에 짓겠다 그러면 보기 흉하네, 토지 낭비네 하며 말이 워낙 많아서. 그리고 우리가 대우주의 전반적인 것들을 관리하다 보니까, 이 정치라는 게 여간 힘든 일이 아니야. 그래서 그런 어려운 상황에 당면했을 때, 이 차원을 배경으로 시뮬레이션을 하는 거지. 쉽게 말하자면 이 차원은 하나의 거대한 가상 현실이 되는 거야. 물론 거기 사람들한테 자금이랑 노동력도 좀 땡기고."

참을 수가 없다. 도무지 웃으며 넘어갈 수가 없다.

"수억 명의 행성민들을 장난감 삼겠다는 말씀이세요?"

"비슷하지. 돈 벌어다 주는 장난감. 지금처럼 코딱지만 한 세금만 걷어다가 정직하게 쓰면 우주는 다 망해. 시스템이 그래, 시스템이."

"시스템을 바꿀 생각은 안 해봤어요?"

"이봐, 진정해. 난 이 시스템을 만든 당사자가 아니야. 세상은 이미 수백 년 전부터 그렇게 흘러가고 있었다고. 나는 그런 세계에서 커왔고, 먹고살아야 했기에 윗자리를 탐내며 죽어라 일했어. 뭐 빠져라 일만 했다고. 그래서 말단 인턴에서 중앙 본부 총책임자가 된 거고. 그렇게 힘써서 올라와 보니 내 눈앞에 놓인 시스템은 여전히 그 모양이었고, 나는 또 온 힘을 다해 그 시스템 안에서 이리저리 굴러야 했지. 그러니 세상은 잘만 돌아갔어. 피해받는 사람이야 몇 명 있었겠지. 하지만 지금 대우주의 극소수를 제외한 모두는 행복해. 난 적어도 상황을 악화시키진 않았어. 오히려 대우주를 지구보다 훨씬 안전한 곳으로 유지했지. 난 맡은 일을 다 했잖아. 아니야?"

그가 책상을 내려치자 그 위에 놓여있던 모든 자료가 날아간다. 그는 입이 찢어지라 웃으며 날 세운 손톱으로 책상을 긁는다. 쇳소리와 웃음소리가 섞여 기괴한 소음을 만든다. 나는 어떻게든 이곳을 빠져나갈 궁리뿐이다.

"진정해요. 당신을 탓할 생각은 없었어요. 그냥 궁금해서 그랬죠. 말 나온 김에 하나만 더 물어볼게요. 현재 대우주에서 가장 높은 자리에 계신데, 그런 자신의 삶에 만족하시나요?"

최대한 그의 심기를 거스르지 않을 법한 단어를 고르고 또 골라 말한 문장들이다. 다행히 그는 진정이 되었는지 의자에 주저앉는다.

"나도 하나만 묻자. 살면서 삶에 만족할 순간이 몇이나 된다고 생각하니?"

그는 스스로 고개를 젓는다. 그리고는 또 웃는다. 한참을.

"생각할 시간을 조금만 주세요. 주신 자료를 검토해야 하니까요."

"좋아. 내일 아침까지 생각해 봐. 네 생쥐 친구들이랑 같이."

그는 더 깊은 지하로 향하는 문으로 날 안내한다. 이내 그가 떠나고 방의 불이 켜지니 사람들의 형체가 보인다. 열 명, 수십 명, 아니 수백 명의 사람이 일제히 나를 쳐다본다.

살이 떨려온다. 나와 달리 기회를 얻지 못한 사람들. 효온의 말에 따르면 고통스럽게 죽을 운명의 사람들. 하나같이 수척하다. 어디서 고문이라도 받다 온 사람 같다. 나는 그중 가장 붙임성이 좋아 보이는 사람의 옆에 앉는다. 옆 사람이 말을 걸어왔다.

"새로 오셨나 봐요? 반가워요. 난 수한이라고 해요. 어디에서 오셨어요?"

"지구요."

"역시! 저도 지구에서 왔어요. 여기에 지구 출신 사람들 많아요. 혹시 한국인? 맞네요. 아, 대우주 칩 없네. 편하게 불러요."

"그럼 뭐라고 부를까요? 아, 혹시 직업이?"

"정신건강의학 관련해서 종사하고 있어요."

"그럼 박사님 어때요?"

"좋네요. 지구에서도 종종 그렇게 불렸거든요."

"말 편하게 하세요. 여긴 어쩌다 오셨어요?"

"그게…… 갑자기 차원을 이탈하고 어찌어찌 수소문 끝에 홀리머하우스라고, 차원 이탈자들을 돕는 곳에 가게 되었어. 거기서 차원 번호가 뭐냐고 묻길래 모른다고 했지. 그러니까 직원분들이 당황해하시다가 여기로 날 보내셨고, 효온이라는 사람이 날 심문했어. 그리고는…… 이렇게 된 거야."

"여기 갇힌 사람들은 전부 그런 과정을 거친 건가요?"

"그렇지. 모두가 지구인인 건 아니야. 자신의 고향에 대한 기억을 잃은 사람들도 있고, 우리처럼 디앤디에 등록되지 않은 차원에서 온 사람들도 있어."

"고향으로 돌아갈 수 없는 사람들만 모인 거군요."

"맞아. 내 생각인데, 그 프로젝트를 극비리에 진행하기 위해 하우스를 속이고 방문자들을 빼앗는 모양이야. 하우스도 뭔가 수상한 낌새를 느꼈는지 디앤디에 도움을 청하는 걸 꺼리는 눈치더라고."

"프로젝트가 무엇인지 자세하게 들으셨나요?"

"대충만 알아. 세세한 자료 같은 건 받아본 적이 없어. 네 손에 들려있는 그런 거 말이야."

그는 알고 있었다. 내가 그와는 다른 길을 밟게 되었단 걸. 변명이 떠오르지 않는다. 나는 결국 효온과의 모든 걸 실토한다. 박사는 묘한 미소를 짓는다. 어딘가 씁쓸해 보이지만 날 시기한다거나 해하려 하는 마음은 없어 보인다.

"잘됐네. 여기 생활보다는 분명 나은 삶을 살게 될 거야. 진심으로 축하해. 그런데 표정이 왜 그리 어두워?"

"제가 뭐라고 이런 기회를 잡아요. 솔직히 말해서, 박사님은 이런 제안이 들어온 적도 없었잖아요. 그런데 제가 뭐가 된다고 그렇게 살아요. 차라리 정말 자격이 되는 사람에게 자리를 넘겨주고 전 여기서 일찍 죽는 게 나을 거예요. 그리고 무엇보다…… 나쁜 일이잖아요. 부도덕한 일. 제가 뭐라고 정의 타령하는 게 웃기긴 한데, 전 도저히 마음에 걸려서 못 하겠어요."

"너는 그 사람들을 돕고 싶은 거잖아. 마음에 걸릴 게 뭐 있어."

"하지만 무슨 수로 구해요? 제가 뭘 할 수 있겠어요? 딱 보면 아시잖아요. 저는 제 인생도 제대로 못 살아요."

"내가 환자들에게 항상 하는 말이 있어. 나 하나 사는 게 벅차던 사람이, 누군가의 수호자가 되는 순간은 반드시 온다고."

"영웅이 되는 순간이요?"

"영웅은 너무 거창하고, 딱 수호자 정도."

"제가 수호자가 되려면 어떻게 해야 하죠?"

그가 입꼬리를 올리며 주위를 둘러본다. 아무도 우리에게 집중하고 있지 않다는 걸 깨닫자 안심한 듯 내 쪽으로 몸을 숙인다. 그가 귓속말한다.

"사실은 말이야, 오래전부터 계획해둔 게 있어."

"잘 선택했어. 역시 내가 사람 보는 눈이 있다니까."

첫 번째 미션을 수행하기 위해 나는 효온과 같은 차원선, 그것도 조수석에 탄다.

"차원 이동은 처음이지, 그치?"

효온이 그렇게 말하며 조종간을 당기니 하늘이 잠시 하얘지다 우주가 나타난다. 효온은 놀란 내가 재밌는지 소리 내어 웃는다.

"그래서 지금 가는 곳이 고리평이란 행성이죠? 정확히 무엇을 위해 가는 겁니까?"

"이곳은 축복아들이 사는 곳이야. 동물의 형태와 결합된 인간들이 있다는 거지. 그들이 특징을 갖는 동물들은 종류가 아주 다양해. 그중에선 인간에게 특히 순종적인 종들도 있지. 신

차원에 적응시킬 인류를 만들어 내기에 이만큼 도움이 되는 자료가 어디 있겠어?"

"그들의 유전 정보가 필요하단 겁니까? 아니, 잠시만. 인류를 만들어 낸다고요?"

"현재 지하실에는 총 217명이 있어. 그들만을 가지고 행성을 구성할 수 있을 거로 생각했나? 그게 가능하다고 해도, 그랬다면 내가 그들을 그렇게 막 대했을 리가 없지. 나는 새로운 생명을 만들 거야. 그들의 유전 정보를 모아두고, 그 안에서 짜깁기를 해서 수천, 수억 개의 새 유전자를 만드는 거지. 그러니까 지하실 사람들은 그것만 남기고 죽어도 돼. 사실 죽어주는 게 내 입장에선 편하지. 지하실에서의 기억을 따로 지울 필요가 없어지는 거잖아?"

"기억도 지울 수 있으신 건가요?"

"내 전문이지."

수상한 직감이 든다. 이 말에 실마리가 있을지 모른다.

"기억과 관련된 기술은 보통 어디에 사용되죠?"

"궁금한 게 참 많기도 하네. 기억을 만지는 일은 차원 이동에 있어 매우 중요한 부분이야. 내가 어제 설명했지, 정신이 혼란스러워지면 차원 수파수에도 혼동이 온다고. 그리고 인간을 가장 뒤흔드는 건 과거에 대한 기억이야. 그게 뜻하는 건 뭐겠어?"

"기억을 이용하면 차원 문을 열 수 있다는 거군요."

"아직은 가설에 그쳐있어. 성공한 경우가 없었거든."

찾았다. 우리 계획의 중심 열쇠는 기억이었다.

"하나만 더 물을게요. 지하실 안의 사람들은 무슨 일을 당하기에……"

"간단한 실험 몇 개. 잔인한 생체 실험, 뭐 그런 건 필요 없어서 안 해. 내가 하는 건, 쉽게 말해 심리 실험이라고 해두지."

"예를 들면요?"

"예를 들어, 지구에서 온 오스틴이라는 사람은 지금 진실과 거짓을 판단하는 사고 회로에 자극을 가하는 실험 중이야. 아마 뇌에 쇠꼬챙이가 두 개 정도 꽂혀있을걸?"

세상에. 구역질이 턱 끝까지 차오르다 겨우 가라앉는다.

"그러면 지하실 속 사람들은 지금쯤 모두 죽어있어야 하는 거 아닙니까?"

"실험 전의 뇌와 몸 상태를 저장해 두었다가 실험이 끝나면 불러와. 기억은 건드리지 않고. 물론 항우울제나 진정제 정도는 투여해야 하지만. 뭘 그리 놀라? 나도 나 때문에 사람들이 미쳐가는 꼴은 보고 싶지 않아."

고리평의 하늘은 오랜만에 보는 듯한 푸른 하늘이다. 아름다운 행성이다. 맑은 공기 사이로 푸른 먼지가 떠다닌다. 숲이 서툰 휘파람을 불어준다. 사람들도 모두 아름답다. 몇 분 더 걸어가다 보니 우물이 하나 나온다. 우리는 우물 안으로 들어간다. 그곳에는 또 다른 세상이 있다. 두 생명의 모습을 모두 닮아 사랑스러운 사람들이 모여 사는 곳인 듯하다. 토끼 같은 귀를 한 소녀가 다가와 우리를 반긴다.

"외부인이신가 봐요? 반가워요! 그런데 저희 행성은 외부인이 쉽게 출입할 수 없는데…… 무슨 일로 오셨나요?"

효온은 짧은 한숨을 쉬더니 이내 웃는다.

"거, 미안하게 됐어요."

그는 뒤를 돌아 나와 다른 직원들에게 명령한다.

"잡아."

평화는 순식간에 깨진다. 얇은 방호복을 입은 사람들이 축복아들에게 그물망을 던진다. 하나둘 붙잡힌 사람들이 수송 차량에 나뉘어 실린다. 낚시를 하는 것 같다. 준비한 차량이 가득 찰 때까지 낚시질은 멈추지 않는다. 잘못되었다. 속이 뒤엉킨다. 몸속의 모든 액체가 역류하는 듯하다. 내 또래의 아이들이 나의 발목을 붙잡고선 애원한다. 그들의 목에는 목줄이 채워진다. 이제 그들은 말하는 걸 멈추고 눈물을 흘린다. 하지만 참아내야 한다. 여기서 무너져 내리면 안 된다. 이 모든 건 기회를 위한 계획의 일부일 뿐이다.

"인원 다 찼습니다. 이제 슬슬 정리해야 합니다."

무전이 전달되자 레이저막 같은 방독면을 얼굴 앞에 띄운 사람들이 움직인다. 그들은 구석구석에 하얀 기체를 뿌린다.

"내가 기억 지우는 데 전문이라고 했지? 이 가스도 그것의 일부야."

숲 너머로 참새 날개를 한 소년이 보인다. 그는 어딘가로 도망치듯 한참을 내달린다. 나는 그를 못 본 척 묵인한다. 그만이라도 아프지 않길 바랐다.

"번. 트렁크 가서 가스통 더 꺼내와."

나는 걸음을 재촉한다. 그야 당연히, 이 순간만을 기다려 왔으니까.

가스통 몇 개를 들춰내자 그 안에 숨은 사람의 형체가 보인다.

"후, 드디어 살았네. 좁아서 죽는 줄 알았어."

"다른 직원들은 죄다 저 멀리에 있으니까 잠깐 숨 좀 돌려요, 박사님. 말씀하신 거 가져왔어요."

그에게 건네는 책은 《미등록 차원 안내서》이다. 이 책이라면 지하실 속 갇힌 사람들 모두의 고향을 밝혀내는 데 큰 도움이 될 거다. 나는 전날 밤 디앤디의 서가에서 이 책을 빼가면서 지구에 관한 페이지를 찾았다.

'지구: 병과 오염, 전쟁의 행성. 암흑 속에서 치고는 푸른 내일

을 꿈꾸는 사람들이 산다.'

나는 그 문장에 파란 밑줄을 그었다.

"그리고 핵심 키워드를 발견했어요. 기억이에요. 기억을 조절해서 어떤 특정 지점으로 머릿속을 맞추면 차원 문을 열 수 있대요. 강렬한 기억이 기억 속 차원과의 연결점을 만드나 봐요."

박사가 나를 칭찬하고선 생각에 잠긴다. 그는 알아들을 수 없는 목소리로 혼잣말을 하더니 손바닥을 친다.

"그럼 내가 저기 축복아 분들께 얘기해서 각자 회상을 일으킬 만한 물건들을 모아볼게. 곧 있으면 디앤디가 소지품을 다 뺏을 테니까 말이야."

그가 축복아들이 있는 차로 이동하려 하는 순간 트렁크의 문이 열린다. 큰일이다. 여기서 붙잡히면 변명할 거리가 없다. 생각할 것도 없이 빌고 봐야 한다.

"뭐 하십니까?"

문이 다시 닫히고 보이는 얼굴은 의외의 인물이다. 아니, 초면이다. 새하얀 머리에 새빨간 코가 인상적인 사람이다. 그 역시 축복아인 모양이다. 잠시만. 어떻게 빠져나온 거지?

"스파이 뭐 그런 겁니까? 워, 도망치지 마요. 난 무조건적으로 당신들 편이니까."

박사가 긴장으로 경직된 얼굴을 숨기며 전반적인 계획을 이야기한다. 축복아는 무표정한 투로 반응한다.

“그리 내키진 않지만 이 길밖엔 없으니…… 좋아요. 나도 같이할게요. 턴이라고 해요.”

“실례지만 정확히 어떤 부분을 도우실 수 있죠?”

박사가 말한다.

“우물 안에선 요리사였어요. 사람이 먹을 수 있는 모든 것들의 전문가죠. 독초나 약초, 그런 것들까지도요.”

“혹시 그런 것들로 사람을 기절시키실 수도 있습니까? 환각을 일으킨다거나요.”

“해 본 적은 없지만, 가능은 합니다.”

“하나만 더 묻죠. 어떻게 탈출해서 여기까지 어떻게 오셨습니까?”

턴은 자세히 말하기 귀찮다는 듯이 말한다.

“요리하는 사람들이 대체로 손재주가 좋죠.”

“완벽해요.”

박사의 눈이 반짝인다. 그의 머릿속에는 이미 완벽한 계획이 새로 쓰이고 있는 것 같다.

구속복을 입은 박사가 준비된 의자에 묶인다. 그의 머리와 얼굴에는 수많은 전선이 꽂힌다. 효온이 영상을 재생한다. 영상 속

소녀의 눈에 칼이 느리게 박힌다. 장면이 바뀌어 한 남자가 보인다. 그의 혀에 불을 붙인다. 가면을 쓴 직원들이 박사에게 목줄을 채운다. 영상이 완전히 끝나자 그에게 안대를 씌운다. 그러고는 어떤 약물을 주사한다. 그의 왼편에 선 사람이 귓속말을 한다. 그러자 박사는 하나의 문장을 반복한다.

“장미가 시들어 하늘은 연결된다. 장미가 시들어 하늘은 연결된다. 장미가 시들어 하늘은 연결된다……”

이번에는 오른편의 사람이 귓속말을 한다. 박사는 다른 문장을 이야기한다.

“좋은 것만이 남는다. 좋은 것만이 남는다. 좋은 것만이 남는다……”

유리창 밖으로 그를 바라보는 직원들이 무언갈 기록한다. 이 모습을 가만히 지켜보던 효온은 내 어깨 위로 손을 올린다.

“일한 지 이틀짼데, 꽤 할 만하지? 며칠 지나면 완전히 익숙해질 거야.”

박사가 온몸에 경련을 일으킨다. 뼈가 뒤틀리는 듯하다. 곧이어 그는 움직임을 멈추고 산소 호흡기와 함께 휠체어에 실린다. 효온은 그의 귓구멍에 USB 같은 것을 꽂았다가 뺀다. 뇌를 복구시키는 것이다.

“모르는 거 있으면 무조건 물어보고. 실수하면 곤란해.”

"홀리머하우스가 어떤 곳입니까? 별 건 아니고, 새벽에 자료실에서 공부를 좀 하다가 관련 내용을 발견해서요."

효온은 하우스라는 단어 자체가 불쾌한 듯 미간을 찌푸린다.

"이탈자들을 안내하는 곳이야. 지하실 사람들도 모두 그곳을 거쳐 온 거고. 넌 특별한 케이스야."

"그게 절 고용한 이유 중 하나인가요?"

"맞아. 네가 똑똑해 보였다는 건 사실이야. 그래도 하우스를 거치지 않았다는 게 크긴 했지. 너도 대충 눈치챘겠지만, 디앤디가 거기랑 사이가 안 좋아. 그래서 되도록 그쪽이랑 접점이 없는 사람을 쓰는 편이 좋지. 나중에 걔네가 발목 잡으면 곤란하니까."

"디앤디 측에서 그렇게 반감이 심한데 어떻게 홀리머하우스는 아직 운영되고 있죠?"

효온이 서류를 정리하던 손을 멈춘다. 그의 미소는 아련해 보이기도, 언짢아 보이기도 한다.

"기껏 만든 사람이 폐쇄할 순 없잖아?"

그가 처음 보는 표정을 지었기에, 나는 아무 말도 할 수 없다. 그가 짧은 한숨을 들이쉬고 소리 없이 삼켜내다 나의 눈을 피하며 말한다.

"오늘 조사는 나 없이 나가볼래?"

나는 그의 지시대로 자리를 떠난다. 문을 닫으며 효온의 뒷모습을 본다. 그는 손톱을 세워 뒷목을 긁고 있다. 손이 바들거리고, 그럴수록 살은 깊이 파인다. 이제 그의 뒷목엔 붉은 길 네 개가 있다.

"히엠세잇에 대한 간단한 설명을 드리겠습니다. 제26대 중앙본부장님이 설계하신 최초의, 그리고 현재로선 유일한 인공 행성이에요. 본디 아무것도 없던 차원에 건설했죠. 하지만 행성민들을 통제하기 위해 심은 종교에 사람들이 과도하게 심취하기 시작하면서 현재는 정원처럼만 쓰이고 있어요. 그리고 상기시켜 드리자면, 우리는 이곳에서 주민들의 종교적 현황을 확인하고 전구 안의 세뇌 후 신도들의 인지 능력을 기록하면 됩니다. 그럼 이만 흩어져서 작업해 볼까요?"

마을을 돌며 인터뷰를 시작한 지 삼십 분이 지났다. 결과물로 얻은 것은 내가 이 행성을 싫어한다는 확신뿐이다. 이곳의 모든 것들은 조금씩 어긋나있다. 너무도 완벽히 짜여져있어 오히려 불협화음을 이룬다. 그렇지만 그것이 누군가의 뒤틀린 욕심으로 비롯된 것이라 생각하면 미워할 수가 없다.

이쯤이면 박사와 턴을 불러야 할 시간이다.

그들은 차원선과 이어진 화물칸에 숨어있다.

"오늘 같이 온 사람은 누구야?"

박사가 말한다.

"첫눈이래요. 막 아카데미 졸업하고 온 신입이라는데, 실력이 좋아서 효온이 많이 아끼나 봐요. 일은 어떻게 됐어요?"

"사람들한테 물어서 필요한 물건들 리스트 만들어 놨어. 운 좋게도 재료만 있으면 턴이 다 만들 수 있는 것들이야. 그리고 리스트에 꽃이 상당히 많아서 여기서 웬만큼은 해결할 수 있을 것 같아."

어젯밤 박사와 턴은 지하실에 있는 모두에게 접근했다고 한다. 사람들은 처음엔 가망 없는 계획에 동참했다 피해 보기 싫다며 거절했다. 하지만 내가 빼돌린 책을 보여주자 생각을 바꿨다. 그들은 고향을 그리워했다. 그들의 차원을 못 본 체한 차원의 틈에서조차. 약물에 의존하여 살아가고 있는 그들은 고향 이야기를 하며 하염없이 울고 웃었다.

셋은 함께 행성을 둘러보기로 한다. 지구 밖 꽃에 익숙하지 않은 나와 박사를 대신해 턴이 필요한 식물들을 캐낸다. 지하실에 지구인이 적지 않은 만큼 지구의 것과 비슷한 생김새의 것들도 보인다.

"아까는 죄송했습니다, 박사님."

"어떤 부분이?"

“박사님이 그런 끔찍한 짓을 당하고 있는데도 전 아무 도움도 드리지 못했어요.”

“괜찮아. 막을 수 없던 일이었어.”

“주제넘은 말이지만…… 하나만 여쭤볼게요. 차원은 어쩌다 이탈하셨어요?”

이곳엔 어쩌다 오게 되었냐 이전에도 물은 적이 있었지만 박사는 내가 다른 답을 원한다는 걸 알았다.

“환자분께서 스스로 세상을 떠나셨어.”

그는 정적 속에서 꽃 두 개의 색깔을 비교한다. 누가 음소거라도 한 듯, 장면만 놓고 보면 지독히 평화롭다.

“죄송해요. 제가 괜한 얘길 꺼냈네요. 유감입니다.”

“넌 병원 가본 적 있어?”

무슨 소리인가 하고 보니 무심코 걷은 내 옷소매 아래로 하얀 실금이 보인다. 지구에서 벗어나니 이런 실수도 하나 보다. 나는 민망한 마음에 고개를 내젓고 말을 돌린다.

“박사님은 그 일 선택하신 거 후회 안 하세요?”

“후회는 안 해. 당연히 쉽지 않은 일이긴 하지만. 누군가를 돕는 건 좋은 일이잖아? 너도 좋아하는 일 아니야?”

“전 누구 함부로 못 도와줘요.”

박사가 가만히 나를 쳐다본다. 부연 설명을 필요로 하는 것 같다.

"제가 뭐가 된다고 건방지게. 괜히 호구 되기 싫어요."

"스스로를 그렇게 생각하는 이유는?"

"제가 우울한 사람이 된 이유는 지금까지 겪은 모든 나쁜 일들이 누적되어서인데, 그 일들은 결국 저 때문에 생긴 거잖아요. 그게 아니면 사람들이 절 왜 그렇게 싫어하고 괴롭히겠어요."

박사는 꽃을 줍다가 멈춘다. 그는 낯선 표정으로 머뭇거린다. 효온이 하우스를 떠올렸을 때와 어딘가 비슷해 보이기도 한다.

"마음 아픈 일들은 생각보다 확률에 좌우되곤 해. 그러니까, 네가 겪어왔던 불행들이 네가 못난 사람이어서 생긴 게 아닐 수도 있다는 거야."

그는 한 자 한 자를 느리게 뱉는다. 단어를 문장 안에 꾹꾹 눌러 밀폐하듯이.

"내가 맞으면서 자란 것도, 생각해 보니까 내 탓이 아니더라. 깎아내려진 삶들이 참 많아. 그만큼 과소 평가된 마음들도 많고. 무슨 뜻인지 알겠어?"

우리는 다시 꽃을 꺾는다. 비라도 오는 건지 내 볼이 젖어간다. 오늘은 인공 비를 내리는 날이 아니라고 전해 들었는데도.

"야, 꼬맹이. 넌 필요한 거 없어?"

턴이 말한다. 맞다. 나의 것을 까먹고 있었다. 곰곰이 생각해

보면 떠오르는 꽃이 하나 있다. 내가 처음으로 지구를 떠나고 싶어 한 날에 나를 둘러쌌던 꽃.

"장미요. 빨간 장미."

턴은 지겹다는 듯이 말한다.

"안 그래도 장미가 필요하다는 사람들이 많아. 근데 네가 장미는 저 위에서나 나온다며?"

그는 하늘 위 전구를 가리킨다. 전구는 첫눈과 동행해야 한다. 이제부턴 나 혼자 행동해야 한다는 것이다. 저 안에서 무슨 일이 벌어지든 홀로 장미들을 가져와야 한다. 턴이 나에게 리스트를 주며 어깨를 두드린다. 그가 할 수 있는 최대한의 응원인 듯하다.

첫눈은 정신없이 482호에게 카드를 보여준다.

"좋아요. 그럼 이건요? 뭐처럼 보이나요?"

482호는 우리를 신이 보낸 연구원들이라 굳게 믿고 있다. 교주라는 사람이 미리 말을 해둔 덕분이다. 물론 교주도 디앤디 사람이다. 482호의 머리를 식히기 위해 잠시 휴식 시간을 갖는다. 나는 이 틈을 타 첫눈의 시야에 띄지 않는 곳으로 간다. 이곳에는 형형색색의 장미가 잔뜩 피어있다. 리스트와 대조해가며 필요한 것들을 가방에 챙긴다.

하지만 이상하게 한 장미가 없다. 박사의 물건인 파란 장미다. 아무리 찾아도 파란 것은 보이지 않는다. 나는 하는 수 없이 포기하고 가방을 닫는다. 마침 첫눈의 날카로운 발걸음 소리가 들린다.

"여기서 뭐 하십니까?"

첫눈이 눈처럼 차갑게 말한다. 누가 지은 건지 이름 참 잘 지었다 싶다. 나는 별 내용 없는 변명을 한다. 꽃이 예뻐서 보고 있었다는 나의 말에, 첫눈은 의심의 눈빛을 한다. 눈썹은 움직이지 않는다. 표정을 숨기는 데 탁월한 사람이다.

"이렇게까진 안 하려고 했는데……"

그가 나에게 총을 겨눈다. 지구에선 한 번도 본 적 없는 총기다. 그래서 공격당하면 죽을지 살지 추측을 할 수 없다.

"당신이 수상한 일을 꾸미고 있다는 걸 압니다. 그렇지 않으면 그렇게 가방을 잔뜩 채우지 않았겠지요. 당신을 해치고 싶지 않으니 이쯤에서 계획을 단념하시죠."

"무슨 소리세요? 제가 죽고 싶은 게 아닌 이상 일을 꾸미긴 뭘 꾸며요?"

"정말 그렇다면 가방에 있는 물건을 다 꺼내세요."

그는 당장이라도 방아쇠를 당길 태세다. 여기서 도망친다면 효온에게 죽을 것이고, 불응한다면 첫눈에게 죽을 것이 뻔했다.

다른 길이 없다. 박사에게 배운 걸 써먹는 수밖에.

“죄송하지만 전 이것들을 꼭 가져가야 해요. 당신에겐 피해가 안 가게 할게요. 맹세해요.”

“저는 디앤디의 사람으로서 이 사태를 알릴 의무가 있습니다. 저도 어쩔 수 없네요.”

“좋은 일 한다 생각하시고 눈감아주시면 안 되겠습니까?”

“효온과 일하는 이상 그에게 반하는 일을 돕는 것이 선행이라고는 할 수 없습니다.”

“디앤디 직원으로서가 아니라, 당신으로서는요? 솔직히 가능만 하다면 좋은 사람으로 남고 싶지 않아요?”

“저도 잘 압니다. 이 프로젝트의 내용을 알면서도 가담한 순간부터 저는 악마로 불릴 운명이었다는 걸요. 이제와서 마음을 바꿀 생각은 없습니다.”

“들어봐요. 영웅처럼 앞장서서 절 구해달라는 말이 아니에요. 모른 척만 해주세요. 붙잡히더라도 당신에 대해 불지 않을게요.”

“그걸 제가 어떻게 믿죠?”

나는 요동하는 다리를 움직여 그에게 간다. 총을 든 그의 손을 잡아 내 관자놀이에 총구를 겨눈다. 방아쇠에는 여전히 칫난의 손가락이 있다. 그러나 무섭지는 않다. 죽음과는 먼 불안만이 있다. 첫눈은 나를 쏘아본다. 그의 눈이 흔들리는 것 같기도 하고 조금은 겁을 먹은 듯도 하다.

"약속은 깨지 않는 게 좋을 겁니다."

"목숨을 걸죠."

지구에서 자주 했던 말이다. 지키나 안 지키나 난 모른다는 뜻이다. 하지만 첫눈은 날 믿어보겠다고 했다.

디앤디로 돌아와 첫눈이 잠시 자리를 비우고, 턴은 실험실로 돌아간다. 박사도 곧장 지하실로 돌아갈 것이다. 나는 조종실에 혼자 남아있다. 핸들 아래에 있는 작은 서랍을 열어보니 무슨 이유에선지 칼이 있다. 주머니칼 같기도 하고 택배 칼 같기도 하다. 한 손에 쏙 들어오는 감이 익숙하다. 나에겐 더할 나위 없이 적합한 도구다.

가만 돌이켜보면 언젠가 먼 우주로 떠나는 상상을 했을 때, 그 상상 속에 자해라는 단어는 없었다. 대신에 있던 말은 도피와 낙원, 개척, 꿈, 미래. 그런데 막상 차원의 틈에서 몸을 그으려니 그때의 나에게 미안해진다. 그리고 보면 나는 과연 죽기를 싫어했구나. 지구에서 그리 멀리 떨어진 곳에서도 살아가는 공상을 하다니.

어쨌거나 이제는 그마저도 아니다. 우주 너머는 예상만큼 살만한 곳이 아니고, 지구로 돌아가봤자 재회하는 건 다름없는 압

박이라는 것을 안다. 그래도. 그래도 나는 지구로 돌아갈 운명이다. 디앤디를 사랑할 수 없기 때문에. 그리고 이곳 사람들이 탈출을 원하기 때문에. 무엇보다 내가 그들의 삶의 재개를 원하기 때문에. 고까운 마음이다. 과소 평가된 마음이라니. 그럴 리가 없다.

나는 다시금 칼을 든다. 어디에다 할까. 역시 최고는 손목이지. 그런 생각으로 소매를 걷어 올린다. 찰나에 박사가 문을 연다. 그의 눈이 내 손목으로 떨어진다.

"박사님, 가신 거 아니었어요? 어서 가세요. 사람들이 곧 돌아올 거예요."

그는 할 말이 많은 얼굴이다. 내게 말을 전할 시간이 안 된다는 것을 아는 얼굴이기도 하다.

"그래, 그런데 깜빡하고 못 전해준 게 있어서 말이야."

그가 손에 든 하얀 봉투를 흔든다.

"물물교환할래? 그 칼을 주면 이 편지를 줄게."

나는 다른 방도가 없어 칼을 순순히 넘겨준다. 그는 조종석에 걸터앉는다.

"다음에도 꼭 다시 만나자. 지구로 돌아간 후에도. 네 이야기를 듣고 싶어. 그때까지 우선 자해는 멀리하고. 아까도 말했듯이 넌 소중한 사람이라서, 너의 몸과 마음에 상처가 생기지 않으면 해."

"감사하긴 한데, 제가 그래야 하는 사람이란 증거라도 있나요."

"내 마음으로 입증이 안 된다면, 이 편지가 물증이 되어줄 거야. 네가 다른 이들에게 하듯이 네 안온을 바라는 사람들이 많아. 그런 사람들 덕분에 대우주가 굴러가는 거겠지."

내가 편지를 건네받자 곧 발소리가 들려온다.

"난 이제 도망가야겠다. 조만간 또 보자. 고생했고, 고마워."

그가 떠난 뒤 나는 고민한다. 그의 말들이 유독 예쁜 이유가, 내가 조금은 덜 죽고 싶게 만든 것이, 그의 직업적 책임감 때문 아닐까. 설령 그가 직업 정신으로 날 대한 게 맞다 해도 문제 될 건 없다. 하지만 그렇다면 그는 나를 병자로만 본 것 아닌가. 지금과 같은 극단적인 상황에 놓인 게 아니었다면 그는 날 무시했을지도 모르는 일이다.

나도 그게 자연스러운 일인 걸 알고 있다. 아는데, 아는데도 갈비뼈 안이 시려온다. 이 또한 결국 내 탓이겠지. 박사도 사실은 그렇게 생각하지 않을까?

이로 봉투를 뜯어 내용물을 확인한다. 상태가 안 좋은, 공책에서 급히 찢은 듯한 종이 두 장이 들어있다.

번에게.

지하실 밖에서 무슨 일을 하고 계시는지 전해 들었어요. 깊이 감사드려요. 그런 자리에 계심에도 목숨을 걸고 대의를 위해 힘쓰고 계신 거잖아요. 어려운 일이었을 테지만, 그럼에도 함께 가는 것을 택하신 거겠죠. 그런 사람들이 세상을 지켜가는 거라고 생각해요. 꼭 거대한 희생이 없더라도, 누군가의 우울을 떠올리곤 하는 모두가요.

이 부분까지 읽다가 더는 읽지 못할 것 같아 두 번째 장으로 넘긴다. 나는 그렇게 대단한 일을 한 게 아닌데. 딱히 멋지거나 좋은 사람도 아니고, 그저 박사의 제안을 수락했을 뿐인데.

추신. 수한의 설명을 바탕으로 지구를 그려봤어요. 실제와는 다소 다를 수 있겠다만, 나름 열심히 그린 것이니 너그럽게 받아주세요.

뒷면에는 잘 그린 지구 그림이 있다. 사진 같진 않지만, 오히려 그래서 더 지구 같다. 이렇게 보니 지구도 꽤 예쁜 행성이구나. 대우주 어디서도 꿀리진 않겠어. 남의 고향을 이렇게 정성껏 그려주다니, 착한 사람이구나. 박사의 말대로 이런 사람들이 많은 걸까. 그런 생각을 하니 반갑다. 나만 행복을 바라는 게 아니라서. 누군가는 내 행복을 바라주지 않을까? 내 욕심인가.

하여간 이제 나는 편지를 보낸 이의 안위를 걱정한다. 이 저의는 뭘까.

과소 평가된 마음. 그게 맞나 보다.

하루하루가 빠르게 지나간다. 며칠 전엔 필올리의 기록 보관소에 갔다. 첫눈을 다시 만나 실험실의 비품을 정리하기도 했다. 내가 하는 일은 대부분 잡일이었기에 여유시간이 종종 났다. 나는 그 시간의 대부분을 그림 그리는 데 썼다. 그럴 때면 첫눈이 칼 말고 펜으로 그리니 얼마나 좋냐며 누나가 할 법한 말을 몰래 전하고 갔다.

박사와 턴은 일을 묵묵히 해갔다. 박사가 사람들의 이야기를 듣고 물건의 틀을 잡으면 턴이 손재주를 부려 완성했다. 디앤디에서 배급하는 약물로도 버티기 힘들어하는 사람들에겐 턴이 특별한 꽃을 써 살아가게 했다. 박사의 정성 어린 간호와 상담도 큰 도움이 됐을 것이다.

그 모든 것에 드는 재료는 히엠세잇에서처럼 함께 구하기도 했지만 같이 작업하는 직원들이 늘어남에 따라 내가 단독으로 빼내 원조하는 일이 잦아졌다. 그렇게 준비한 물건들을 숨기는 것도 내 몫이었다. 지하실은 매일 밤 직원들이 점호와 점검을 하였기 때문에. 박사와 따로 만나지는 못했다. 앞서 말했듯 짬이 도통 나지 않았다.

"내가 조언 하나 해줄까?"

어느 날은 홀로 남아 잔업을 처리하고 있는데 효온이 날 찾아왔다.

"인간은 너무 많은 일을 하면 죽어버려."

"갑자기 그게 무슨 소리십니까?"

"그 일을 싫어하는 사람이 죽이든, 일을 버티지 못한 스스로가 죽이든, 어떻게든 죽게 돼 있어."

나는 인간은 원래 죽지 않나요, 라고 말하려는 걸 겨우 참았다.

"그보다 더 좋은 선택지가 있다면 그걸 선택하는 편이 좋아. 좋은 게 좋은 거지."

"무슨 말씀을 하시는 건지 잘 모르겠어요."

효온은 내 옆자리에 앉아 허공을 응시했다. 그 모습이 섬뜩하기도 했고, 호기심이 들기도 했다.

"예를 하나 들지. 내가 널 지구로 돌려보내 주는 대신 이곳에서의 모든 걸 포기하라고 한다면, 어떨 것 같아?"

당혹스러웠다. 이곳에서의 모든 것이 뜻하는 건 무엇일까. 그가 계획을 다 알게 된 걸까. 그가 말하는 모든 음운이 날 잡으려는 빛 같았다.

"이곳에 조금 더 남고 싶다고, 그렇게 말할 것 같습니다."

효온이 얼굴을 구겼다. 올려놓은 손가락으로 책상을 두드리기 시작했다. 탁, 탁, 탁. 따가운 메트로놈 소리가 들렸다. 내가 마른침을 삼키는 소리가 더해져 최악의 멜로디가 탄생했다.

정적은 도통 깨지질 않았다. 미쳐버릴 것 같았다. 디앤디에서 살해당하는 101가지의 방법을 떠올렸다. 그러다 잠깐은 죽기를 두려워하는 내가 재밌었다. 그러면서 지구를 생각하면 차마 다시 살아갈 내가 상상이 안 갔다.

그렇다면, 이곳에 더 남고 싶다는 대답은 날 위한 것이었을까? 아니지. 그것은 결코 아니었지. 나는 그런 생각을 하며 버젓이 웃을 수 있었다.

"긴장하지 마. 예시는 예시일 뿐이야. 그래도 충고하자면, 좋은 쪽을 골라. 네가 그렇게 많은 걸 책임질 필요는 없어. 만약…… 내가 너한테 진짜로 그런 제안을 할 수도 있잖아. 그래도 똑같이 대답할 건가? 이곳에 더 남아있으면 위험해진다고 가정한다면? 잘 생각해. 넌 우주를 바꿀 수도 없고, 바꿀 필요도 없어."

의미심장했다. 찔러보는 건가. 위험해진다. 나는 그 말을 머릿속에서 굴렸다. 최근 들어 나를 보는 직원들의 눈빛이 달라졌음을 떠올렸다. 처음에는 이상한 신입 정도로 나를 보는 듯했다. 하지만 요즘 들어선 부쩍 눈빛이 매서웠다. 날 의심하는 건가. 하긴 첫눈도 첫날부터 눈치챘는데 다른 사람들이 모를 리가 없었다.

“예전부터 묻고 싶었던 건데요, 실험은 무얼 위한 겁니까? 새로운 사회 구축이라는 두루뭉술한 목표 외에는 들은 적이 없습니다.”

“내가 2년 동안 이 프로젝트를 붙잡고 있기 전, 히엠세잇을 개발하던 사람들이 맞닥뜨린 문제가 있어. 프로젝트가 좌초되었던 까닭이기도 하지.”

그가 날 똑바로 응시했다. 그는 눈의 깜박임을 멈췄다.

“어떤 약을 써도, 어떻게 겁을 줘도 자꾸 어려운 길로 가려는 놈들이 한 둘씩 꼭 생겼어. 쓸모없는 사람을 위한 친절에 목숨을 바치는 사람들은 언제나 있었거든. 나는 그들을 만들지 않으려는 거야.”

“쓸모없는 사람이란 건 무슨 뜻이죠?”

“너도 날 알잖아. 나에게 좋은 건, 하나라도 더 나은 거야.”

“그런 분이 절 위해주신 이유가 뭡니까? 아무리 생각해도, 제가 똑똑해 보였다는 말을 이해 못하겠어요.”

“있잖아, 너한텐 이 조언이 더 먼저일 것 같다. 사람한테 기대는 하지 말이도, 어느 정도 믿음은 가져야 해.”

“그걸 저에게 알려주시는 이유는요?”

“난 내 사람 잘 챙겨. 사람들이 그렇게 많은 걸 생각하면서 행동하지 않는다고. 정신 차려."

"저를 쓸모없는 사람이라고 생각하시지는 않으세요?"

"나야말로 묻지. 너 스스로도 타인의 손을 믿지 않으면서, 남을 순수하게 도울 수 있어?"

효온은 내 반응을 살피더니 마무리는 자신이 할 테니 먼저 가 보라고 말했다. 나는 문을 열고 나가려다 말고 그의 뒷모습을 봤다. 냉혈한이지만 어딘가 지쳐 보이는 그는 녹기 직전의 얼음 같았다. 손대면 나까지 얼어버리려나, 녹은 물이 날 남겨 죽이려나.

차가운 표면에는 아직 닫히지 않은 길이 있었다. 여물지 못한 네 갈래 길. 그의 손가락은 이번엔 턱을 향했다.

"그것도 자해인 거 알아요?"

나는 대답도 듣기 전에 문을 닫아버렸다.

드디어 박사와 대화를 나눴다. 창고에서. 벽 하나를 사이에 두고 박사가 먼저 말을 걸어왔다. 나는 이런저런 이야기를 했다. 적당히 우울한, 그냥 내 이야기. 말을 시작할 때는 궁상맞게 뭐 하는 짓인가 했는데 다 털어놓고 난 후에는 후련했다. 박사는 모든 이야기를 들어주었다. 경청하는 그에게 미안해졌다. 그의 도움이 필요한 사람이 나 말고도 많을 텐데. 나에게 이리 허비하기에 그의 시간은 값진데. 그는 내 얘기가 끝나고 살아와 주어 고맙다고 했다. 뻔한 얘기였지만, 이내 처음 듣는 말이라는 걸 깨달았다. 그 순간 나는 많이 울었고, 내가 울고 있다는 걸 깨닫기까지는 긴 시간이 걸렸다.

오늘은 야외와 지하실을 잇는 땅굴을 판다. 수립한 전부가 실행되는 당일에 이 굴을 이용할 생각이다. 박사는 지하실에서부터, 나는 디앤디의 정원에서부터 길을 뚫고 있다. 곧 그와 만날 것 같다. 근처에서 목소리가 들린다.

"그게 무슨 말도 안 되는 소리야!"

어라. 박사의 목소리가 아니다. 턴의 목소리도, 효온이나 첫눈의 목소리도 아니다.

"우린 고향으로 가야 해요. 같은 지구 출신이시죠? 같이 갑시다, 우리."

"난 그 바보 같은 계획에 참여 안 한다고 했어. 니들끼리 알아서 하라고. 그런데 이런 땅굴 같은 거 파다 들키면 나까지 죽지도 못하고 고문받을 거 아니야?"

"너무도 많은 분들이 고통스러워하고 계십니다. 그러지 말고 저희와 함께 가시죠."

"그럴 수는 없어. 넌 모를 거야. 지구로 돌아가면 죽기만 더 힘들어져. 그곳엔 날 반겨줄 친구도, 가족도 없어. 그 별은 내가 태어난 곳이지 내 집이 아니야."

"우선은 진정하시고……"

"닥쳐. 너 같은 새끼가 뭘 알아. 의사 양반은 나처럼 나락으로 떨어진 적 없잖아. 길바닥에서 잠들긴 해봤어? 끼니 때울 때 몇 천 원이 넘어가는 게 무서웠던 적은 있어? 널 낳은 인간들에게 처맞아 보지도 않았지? 모르면 말을 말아 제발. 나는 지구로 갈 수 없어. 진정으로 날 위한다면, 내가 조금이라도 덜 괴로운 곳에서 죽게 내버려 둬."

"죄송합니다. 죄송합니다. 근데요……"

박사의 숨이 헐떡거린다. 목이라도 졸리고 있는 걸까. 그를 찾아야 한다. 삽질을 해야 한다. 하지만 어느 방향으로?

"번인가 뭔가 하는 놈도 똑같아. 위선 떨지 말라 그래. 걔가 날 그런 식으로 볼 수 있는 건 운 좋게 효온의 눈에 띄었기 때문이잖아. 왜 늘 그런 식이야? 있죠, 선생님. 쌤은 자기가 불쌍한 사람 돕는 줄 알죠? 착각이에요. 나는 죽어야만 만족할 수 있어. 세상을 만난 그 순간부터 행복할 수가 없는 사람이었어."

둔탁한 소리와 신음이 기차놀이를 한다. 나는 미친 듯이 팔을 움직인다. 한 방향으로 한참을 가면 잘못된 길인가 싶고, 그래서 방향을 틀려고 보면 어디로 돌아가야 하나 혼란스럽다.

"미안합니다. 그래도 부디 살아주시면 안 될까요. 제가 이런 말 하면 안 되는 거 아는데…… 저 하나도 너무 힘들어요. 오늘은 이만 절 보내주세요. 살려주세요. 저 많이 아파요."

한순간 차원의 틈이 고요해진다. 나는 주저앉는다. 별들마저 빛을 뽐내기를 멈추고 한 소리에 집중한다.

바다. 격심하게도 잔잔한 바다에 흐르는 빗물. 박사의 울음소리.

나는 어쩐지 목구멍이 더워지는 걸 누르고 삽을 든다. 어쨌거나 나는 그를 찾아야 한다. 이번에는 내가 그를 찾아야 한다. 한 곳에서 갑자기 삽이 쑥 들어간다. 조금 더 파보니 이미 뚫린 굴이 나온다. 내 무릎 높이에 떠 있는 조명 아래로 박사가 있다. 외계의 옷에 감춰진 지구인의 얼굴이 무언가의 실조를 보여준다.

나는 그의 곁에 앉는다. 그는 웅크린 몸 사이로 얼굴을 숨기고 있다. 그의 숨이 느껴지는 순간 나는 온 마음을 다해 그를 지켜야 함을 깨닫는다. 그렇지만 무슨 말을 해야 할까. 내가 무슨 말을 할 수 있을까.

"저 지구로 갈래요."

박사는 나에게 시선을 주지만 나는 그를 보지 못한다. 이제와서 하는 말이 겨우 이런 나이기에.

"박사님도 같이 가요. 무슨 일이 있어도, 우리는 지구로 가야 해요."

그는 답하지 않는다. 나의 말을 되묻지도 않는다.

"얼마 전에 기록 보관소에 같이 갔던 누가 그랬는데, 지구는 너무 아프고 나쁜 행성이래요. 우리 별은 박사님이 필요해요. 박사님과 같은 사람이 살아와 준다면 저 같은 것도 조금은 덜 아플 거 아니에요."

살아가달라는 말. 고맙다는 말. 당신처럼 되고 싶다는 말. 내가 듣고 싶은 말. 그동안은 망설이다 공연히 놓쳐버린 말. 모든 말이 진심이다. 그가 이 말을 믿어주었으면 하는 마음조차 사실이다. 지금 나는 떳떳이 누군가의 생존을 바랐고, 그런 밤은 한없이 실존할 수 있는 것이다. 박사는 웃으며 알약 몇 알을 삼킨다. 그 웃음이 거짓이진 않을까.

우리는 이쯤에서 이별한다. 나는 처음으로 그의 뒷모습을 본다. 더 나은 말을 할 걸 후회하며 전하지 못한 말을 생각한다.

제 말을 믿으시나요? 앞으로 힘들 때면 저에게 기대실 건가요? 그러지 않으신다면 저는 슬플 것 같은데, 그 마음은 아시나요. 당신도 저의 행복을 바라며 같은 마음이었나요.

선의를 의심하는 것도 다만 비행이군요.

그런 말들은 하지 않기를 잘했지 싶다.

모든 준비가 끝났다. 이제 사람들을 모아 문을 열기만 하면 된다. 직원들이 날 쏘아보고, 효온이 조금 거슬리긴 하지만, 이대로라면 탈출에 성공할 것 같다. 첫눈의 도움을 받아 잠시 지하실에 들르기로 했다. 첫눈은 사람들의 눈을 피해 날 지하실 입구까지 데려다준다.

"정말 기억을 만져서 차원 문을 열 생각인 겁니까?"

"네. 문제 있나요?"

"한 번도 성공한 적 없는 일이에요. 디앤디도 수천 번 실험해봤지만 통하지 않았어요."

"그 실험 있잖아요, 지하실에 갇힌 사람들에게 해본 적 있어요?"

"당연히 없죠. 그러다 그들이 정말 고향에 돌아가면 보안은 어떡합니까."

"그럼 모르는 거죠. 우리에겐 통할지도."

그러다 나는 효온이 떠오른다.

"첫눈은 날 왜 도와주는 거예요?"

"그대를 돕는 것이 인간으로서 행할 수 있는 최소한의 선행인 것 같아서 말입니다."

"도의적인 이유인가요?"

"당신을 불신하고 싶지 않았기도 하고요."

첫눈은 어두운 얼굴로 돌아가고, 혼자 남은 나는 작게 한숨을 쉰다. 지하실의 그들을 마주할 준비를 한다. 그들은 어떻게 지내고 있을까. 처음 만났던 그때보다 기운을 차렸을까. 박사의 목을 조른 그처럼 날 욕하지는 않을까. 아니면 고마워할까. 행복에 차 있을까? 그랬으면 좋겠다. 다른 건 다 몰라도, 웃고 있으면 좋겠다. 진실한 마음으로.

안으로 들어간다. 나에게 달려오는 박사와 턴이 먼저 보인다. 나는 박사와 포옹하며 다른 이들을 살펴본다. 그런데 어째 아무도 웃고 있지 않다. 아니, 오히려 처음 본 날보다 더 우울해 있다. 당장이라도 죽어버릴 사람 특유의 무심한 불안이 장내를 훑고 간 듯하다.

박사는 말한다.

"무서워하고 있어. 고향에 안 좋은 기억들이 너무 많으니까. 그것에 흔들리면 안 돼. 네가, 그리고 우리가 서로를 돕는 것은 각자의 자리에서 살아가기 위함이야. 자, 여러분! 이 친구가 내일 계획을 말해줄 거예요."

사람들이 비틀거리면서도 앓는 소리 하나 않고 내 주위로 모인다. 그들의 눈은 허전하지만 흐리진 않다.

"내일 취침 시간 종이 울리자마자 지하실 문을 최대한 막아두고 저 뒤에 파놓은 땅굴을 따라가세요. 그러다 보면 바깥으로 나가는 문이 나올 텐데, 그 문을 열지 말고 기다려요. 그러면 제가 그곳으로 갈게요. 수레를 하나 가져갈 거예요. 그 안의 물건들로 차원 문을 여시면 돼요.”

사람들은 고개를 끄덕인다. 머릿속이 가득 찬 듯 무겁게 움직인다. 단 하나의 생각 외에는 없어 보인다. 그들의 뇌를 채운 건 디앤디의 약도, 실험의 트라우마도 아니다.

고향.

결국은 우리가 사랑해야 할 곳.

살고 싶지 않아도 죽음을 피하게 되듯이, 돌아갈 자신이 없어도 마주하고 싶은 곳. 우리는 그곳을 끌어안으려 한다. 그곳이 우리를 안아주지 않았기에.

“그래도 다들 여기 뜬다고 기대감에 찬 것 같네. 그래, 돌아가는 게 이딴 시궁창에서 죽는 것보다야 낫지.”

턴이 말한다.

“맞아. 이게 옳은 일이야.”

옳은 일. 그 일을 죽음보다 못한 것으로 받아들이던, 박사를 울렸던 그가 자꾸만 떠오른다.

“먼. 일어나는 게 먼저야. 완전한 회복이 조금 멀어 보여도 자책하지 마.”

“여간 먼 게 아닌 것 같은데요.”

"첫걸음은 그런 거지. 하지만 반드시 어떤 순간이…… 됐다, 이제는 말 안 해도 알겠지?"

박사는 내 목에 팔을 두른다. 나는 그를 밀치지도, 불신하지도 않는다.

하루를 남기고 그간 턴과 나눈 쪽지들을 모아본다. 그가 지하실 상황을 보고하겠다며 실험실 한구석에 몰래 글을 남겨두면, 나도 그곳에 무언가를 쓰며 잡다한 대화를 나누곤 했다.

[난 돌아가면 뭐 하냐. -턴-]

[요리해, 요리. -번-]

[그거 말고. 좀 더 있어 보이는 거. -턴-]

[요리도 충분히 있어 보이는데. 새로운 걸 찾는 거야? -번-]

[몰라. 갑자기 죽기 전에 멋있는 일 하나 정도는 해봐야 할 것 같아서. 너랑 박사님 보고 있으면, 그런 기분이 들어. -턴-]

[박사님은 몰라도 내가 그렇게 멋있는 사람은 아닌데. -번-]

[됐어. 아무튼 난 진짜 뭐 하냐고. 돌아가고는 싶은데. -턴-]

[천천히 생각해. 언젠가 하고 싶은 게 생기면, 그때 주저하지 않게. -번-]

[그래. 맞다, 너 지금까지 기록해둔 것들. 내가 챙겨갈게. 난 등록 차원으로 가는 거니까, 고리평이든 어디든 괜찮은 곳에 보

관해둘 수 있을 거야. -턴-]

[그래 주면 고맙지. -번-]

[그런데 넌 이 기록을 누가 봐주길 원하는 거야? 아니면 숨기고 싶은 거야? -턴-]

여러 번 썼다 지워 종이가 닳은 흔적. 그 위에 석힌 내 필체.

[잘 모르겠어. -번-]

[일단은 어디에 잘 숨겨 놓을게. 내가 미리 열쇠도 만들었어. 추후에 기록이 어디로 가게 되든, 이 열쇠를 쓰면 열릴 거야. -턴-]

종이에 열쇠 하나가 묶여있다. 장미 모양이 그려진 열쇠이다.

[예쁘다. 마음에 들어. 내가 생각을 해봤는데, 난 누군가 이 기억을 읽어주길 바라는 것 같아. 이유는, 글쎄. 나는 부끄럽지 않을 만큼 최선을 다했지만, 그래도 내가 바꿔놓지 못한 부분들이 있잖아. 누군가는 그것들을 알아줬으면 좋겠네. -번-]

[너는 더는 못 할 것 같아? -턴-]

[뭘 어떻게 더 해야 할지 감이 안 잡혀. 아마 내가 우주를 바꿀 수 없는 건 정말인가 봐. -번-]

나는 마지막 쪽지를 읽으며 열쇠를 가슴께에 가져다 댄다. 차갑다. 분명 처음 만졌을 때는 이보다 따뜻했던 것 같은데. 몇 달, 어쩌면 몇 년이 흐르며 더 서늘해질 것을 상상하니 가슴이 아프다. 나는 온기를 유지하면 이 이야기를 꺼내줄 사람이 생긴다는 듯이, 그것에 자꾸만 입김을 불어 넣는다.

당일. 드디어 오늘이 왔다. 마침 효온이 오늘은 차원선 운전 연습도 할 겸 혼자 외근을 나가보라 했다. 장소는 홀리머하우스. 이 이야기를 박사에게 전하자 그는 자신도 꼭 같이 가고 싶다며 나를 보챘고, 그 때문에 지금은 조수석에서 스스로의 목덜미에 주사를 꽂고 있다.

"그것도 항우울제예요?"

"아마도. 나도 주는 대로 받는 거라 잘은 모르겠네. 여하간 이거 없으면 도저히 버틸 수가 없더라고."

그러고 보니 그의 눈에 다크서클이 진해져 있다. 원래도 마른 편이던 그의 몸 이곳저곳에는 뼈가 훤히 드러났다. 나만 편히 지내는 것 같아 마음이 쓰였지만 이내 그런 생각은 지웠다.

"이렇게 나오면 거기선 눈치 못 채요?"

"사람이 워낙 많기도 하고, 너도 잘 알겠지만 디앤디 사람들이 재소자 개개인에 큰 신경을 들이는 편이 아니라서. 아, 효온은 날 아는 것 같긴 하던데. 몰라, 어차피 그 사람은 자잘한 일엔 관여 안 하니까."

"하우스에는 왜 그렇게 가고 싶어 하시는 거예요? 파란 장미가 거기서만 나와서 그렇다면 저 혼자 구해올 수도 있는데."

"내가 널 처음 만난 날에 얘기했지, 나 하나 사는 게 벅차던 사람이, 누군가의 수호자가 되는 순간이 반드시 온다고. 그런 생각으로 정신과 의사가 된 거긴 하지만, 나도 사람인지라 가끔은 그 말을 잊고 살았어. 회의한 적도 많았고. 그럴 때마다 선의를 믿는 사람들을 보며 마음을 다잡곤 했는데, 그중 하나가 너고, 셋은 하우스 사람들이야."

다른 직원이 없으니 우리는 간만에, 사실상 처음으로 편히 움직인다. 박사는 나와 함께 내렸다가 뒷마당으로 흩어진다.

"자, 여기요. 부탁하신 올 한 해 상반기 방문자 목록이에요."

"원래 자료를 이렇게 직접 주고받나요?"

자료를 받으며 내가 말했다.

"네. 효온은 하우스 일이라면 무조건 종이로 처리해요. 그냥 아날로그 덕후라 그런 건 아닌 것 같고, 뭔가 숨기려고 하는 건가 싶네요. 그래서 지금까지 하우스에 사람을 보내는 일이 없었어요. 다 직접 했지. 그래서 오늘은 정말 놀랐다니까요?"

세찡이라는 사람이 서류를 잔뜩 전해주며 말한다. 하우스를 기껏 만든 사람이 폐쇄할 순 없지 않냐던 효온의 말이 떠오른다. 하우스는 그 사실을 모르는 건가? 함부로 나서선 안 되는 일 같아 나는 입을 다문다.

"하여간 열심히 일하시는 것 같아서 좋네요. 디앤디 생활은 좀 어때요?"

제경이 싱그럽게 웃으며 내게 묻는다.

"회사 생활이 뭐 특별할 게 있나요. 전체적인 분위기가 좀 어두워서, 그게 싫긴 해요."

"어후, 고생 많으시겠네. 그래도 거기가 어둡다는 걸 발견하신 분이 계셔서 다행이에요. 그것도 모르는 사람들이 있거든요. 알아도 모른 척하거나. 당신이 촛불이 되어주면 좋겠네요. 이미 그러고 계실지도 모르지만."

"노력은 하고 있어요."

"멋진 분이시네요."

그와 이야기가 끝난 후 나는 뒷마당에서 박사를 찾는다. 그는 나를 보곤 어서 오라 손짓하며, 때마침 기다리는 사람이 곧 올 것이라 한다.

"안녕하십니까. 절 찾으셨다고요?"

박사와 비슷한 인상의 사람이 불쑥 우리 앞에 선다. 그는 자신을 박사라고 소개한다. 잠시만, 박사? 두 사람을 어떻게 구분해서 불러야 할지 고민해 봐야겠다.

"실례지만 저희 구면 아니던가요? 언제 한 번 뵌 분 같은데……"

수한 박사는 하우스 박사에게 그 기억이 맞다며 반가움에 이야기를 건넨다. 하우스 박사도 점점 기억이 되살아나는 듯하다.

"여긴 어쩐 일이십니까? 잘 지내시는 거지요? 많이 야위어 보이셔 걱정이 됩니다."

하우스 박사가 말했다.

"그럼요. 저는 잘 지내요. 솔직히 말하자면, 한동안은 아팠어요. 근데 이제부터는 괜찮아질 것 같아요. 박사님은 어떻게 지내세요?"

그는 잘 지낸다는 말에 더 힘을 실어 말했지만, 진정성이 느껴지는 쪽은 아팠다는 말이다.

"요즘은 하우스에 제가 도움을 드릴 수 있는 방문자분들이 많이 오셔서 좋습니다. 어제는 사별로 울며 찾아오셨던 분이 웃으며 항키로 돌아가셨습니다. 행복했습니다."

"좋네요. 저는…… 인사를 드리러 왔어요."

"작별 인사입니까, 감사 인사입니까?"

"둘 다요. 그러니까, 박사님은 정말 필요한 사람이고, 그보다 더 눈부신 분이세요. 저와 함께 밤을 새워주셔서 감사했어요. 그때 해주셨던 모든 말을 믿고 있어요. 덕분에 제 마음을 다시 줄 수 있게 되었고요. 기억하게 해주셔서 감사드려요. 저 진짜 어떻게

든 살아볼게요."

둘은 짧은 담화와 긴 포옹을 한다. 수한 박사는 말한다.

"제가 개원을 할까 하는데, 혹시 이곳의 이름을 빌려 써도 될까요?"

"그럼요. 얼마든지요."

"감사해요. 이젠 저도 돌아갈 테니, 먼저 들어가세요. 그리고 오늘 저를 본 것은 비밀입니다."

날이 여물어 간다. 박사와 나 둘만 남은 마당 한 켠에는 푸른 장미가 가득 있다. 별빛을 받으니 붉은색, 다시 파란색이 되었다가 결국은 보라색이 된다.

내가 죽으려고 했던 날, 날 죽이려 한 사람이 준 꽃이야.

박사는 그렇게 말하며 꽃밭으로 들어간다. 그는 헤아릴 수 없는 푸르름을 품에 안는다.

수레를 땅굴의 입구까지 실어 나른다. 천으로 내용물을 가려 놓았지만 누구에게 들킬까 긴장된다. 한 걸음. 한 걸음. 모든 걸음은 지구에게로.

조심히 문을 열고, 굴 안으로 들어간다. 신발 밑창에 닿는 흙은 발가락 사이사이를 간질이는 듯하고, 바깥보다 조금 더 후더분한 공기는 폐에게 귓속말을 한다. 이러다 쓰러지지는 않을까 걱정이 될 정도로 마음이 근지럽다.

한참을 걷다 사람들의 형체가 보이자 걸음을 멈춘다. 심장 박동을 제외한 모든 것이 정지한다. 눈물이 터져 나올 것만 같다. 그러다 그들의 입에 마르고도 그득한 미소가 걸려있다는 것을 깨닫는다. 사람들에게 차례로 물건을 나눠준다. 물건의 종류는 언뜻 봐도 다채롭다. 못생긴 인형과 이로 씹은 연필 따위의 것들을 보면 웃기다. 그러나 그 옆에 아기 양말을 들고서 통곡하는 사람을 보면서는 울음을 참기가 힘들다.

같은 행성 사람들끼리 손을 모은다. 나는 가만히 서서 지켜만 본다. 곳곳에 구멍이 뚫린다. 차원 문이다. 성공이구나. 그 속으로 낯선 풍경들이 보인다. 사람들이 모일수록, 각자의 기억에 몰두할수록 구멍은 커진다. 사람들은 그 안을 본다. 들어가지도 않고 마냥 본다. 그러곤 운다. 그러면서 보이는 그들의 상처, 멍, 주사 자국, 너덜너덜한 옷, 하얗게 돌출된 흉터. 그들은 그들의 차원을 그리워하고, 그렇기에 사랑하며, 그러므로 그 안에서의 고통을 두려워한다.

나와 턴, 심지어 박사도 그들에게 어떠한 말을 할 수 없다. 도리어 그들이 우리에게 말해준다. 사는 것에 대한 비탄함의 근원은 전쟁인 사랑이었다고.

가장 먼저 차원 문을 넘은 것은 로로라는 이름의 행성에서 온 청년이다. 퀭한 눈에 가까스로 띄워진 초점이 그가 사회 초

넌기를 지나고 있었음을 알려준다. 그는 두 손으로 종이비행기를 꼭 쥐고 있다. 그가 왼 다리를 집어넣고, 고개를 들이밀고, 반대편 다리까지 넣자 다른 이들도 그를 따라 한다. 도착한 사람들도, 아직 가지 않은 사람들도 운다. 그러면서도 누군가는 웃고, 자세히 들어보니 박수치는 사람들도 있다. 하나 공통된 것은, 그들이 누군가에게 바람을 얘기한다는 것이다. 돌아가면 꼭 멋지게 살자는 다짐도, 어찌 잘 살지에 대한 계획도 아니다. 그저 오늘 밤이 지나고도 서로가 살아있으면 좋겠다는, 그런 작은 호의들이다.

어르신, 아이들, 내 또래의 학생들이 하나둘 제자리를 찾아간다.

"이모, 크레이스 만들어줘서 고마웠어."

어느 꼬마 아이가 턴에게 말한다. 그의 손에는 처음 보는 디저트가 있다.

"그래, 근데 나 이모 아니야……"

턴은 그렇게 말하면서도 무릎을 굽혀 앉아 아이와 눈높이를 맞춘다. 아이를 안아주면서, 그의 눈이 처음으로 젖어간다. 나와 박사를 포함한 열댓 명의 사람들이 모인다. 서로 눈빛을 주고받다가, 눈을 꼭 감기도 한다. 문득 그들의 눈, 손톱, 혈관, 호흡을 보면 익숙함에 놀란다. 거참 지구답군. 나는 그렇게 생각하며 웃는다.

우리의 앞에도 구멍이 생기고 점점 커진다. 그곳에는 내가 가까이 다가가면 서울이, 다른 이가 다가가면 옥스퍼드가, 또 누군가가 다가가면 다카야마가 나타난다. 쇼프론으로 돌아가는 사람이 지구로의 첫걸음을 한다. 그는 모두에게 잘 지내라고 인사한다. 아마 내가 헝가리어를 알아듣는 유일한 순간이지 않을까. 나는 그에게 한국어로 조심히 가라는 말을 전한다.

굴에는 금방 소수의 사람만 남는다. 그중에는 박사의 목을 조른 그 남자도 있다. 박사는 그를 설득하려 고전 중이다. 하지만 소용은 없을 듯하다. 그가 끝내 지구로 돌아가지 않으면 어떨까. 그러면 나는 그를 평생 잊지 못할 테다. 나는 박사의 말에 합세하기로 한다.

"일단 가요. 힘들어도 우리 별에서 힘들어요."

그러는 동안 사람들은 모두 떠나 이곳에는 그와 박사, 나, 그리고 턴, 이렇게 네 사람만이 남는다. 그는 종일토록 우리 말을 듣지도 않을 심산인 건지 귀를 틀어막고 있다.

"미안한데 이젠 진짜 어쩔 수 없어요……."

죄송스럽다. 내가 그를 도울 수 있는 유일한 방법이 이것이라서. 그의 힘없는 손에 팔뚝을 긁히면서도 그렇다. 그래도 이 미친 연구소에 사람을 방치하고 떠날 수는 없기에 그의 허리춤을 둘러 일으켜 세우기 위해 안간힘을 쓴다. 등한시할 수 없다. 그는 소리를 지르며 발길질을 한다. 그를 어떻게든 차원 문 근처로 보내는데 불행히도 낯선 소리가 들린다. 무언가를, 아마도 문을 부수고 쳐들어오려는 소리. 그의 말로 바꿔 말하자면, 마침내 고통을 끝내러 오는 소리.

"들었죠? 시간 없으니 가요. 사람 그만 때리고. 저희 그쪽 불쌍해서 이러는 거 아니에요. 그쪽 살리려고 이러는 거예요."

턴이 나와 박사에게서 그를 떼어낸다. 그는 화가 난 것도, 간절한 것도 같다. 나는 어떻게 해야 할까. 뒷걸음치다 문득 차원 문을 보면 내 방이 보인다. 그 안으로 들어가야 할까. 도망갈까. 나의 집으로. 직원들이 쫓아온다. 그들의 발걸음은 경외심이 들 정도로 거세다. 그들이 우리를 발견하면 어떻게 하려나. 죽이거나 결박하겠지. 어느 쪽이든 만족스러운 엔딩은 아니다. 박사가 나의 손목을 거칠게 잡는다. 지구에서 났던 상처가 다 아물어 따갑지 않다.

"멍하니 서 있지 마. 가야 해."

그런가. 내가 멍하니 서 있나. 박사는 끝까지 그를 업어 옮기려고 한다. 우리를 쫓아오던 사람들이 가까워진다. 그들의 말소리가 들릴 정도로.

"어서 가."

박사와 턴은 그렇게 외친다. 그 뒤의 모든 것은 순식간에 벌어진다. 오며 가며 본 듯한 얼굴의 직원들이 나에게 총을 겨눈다. 첫눈과 있었을 때는 스스로에게 갖다 댄 총이다. 이상하게 지금은 그 총이 무섭다. 무섭구나. 박사와 턴도, 심지어 그 남자도 무서워하고 있다. 저 멀리에 서 있는 턴의 이마에 총구가 닿는다. 나는 내 바로 앞에 있는 박사의 손을 낚아챈다. 그리곤 낙하한다. 지구로. 집으로. 넓디넓은 대우주 속 환영받지 못한 차원, 그 속의 푸른 별로.

박사는 재빨리 남자를 끌어안는다. 어떻게 될까. 그도 함께 지구로 가게 될까. 혹은 그전에 박사의 품에서 놓쳐버릴까.

인사도 하지 못한 채 내 기록은 이렇게 끝이 난다. 결말이 겨우 이것인 건가. 내가 구하지 못한 두 사람은 어떻게 될까. '구한다'라는 표현은 오만한 걸까. 어찌 됐건, 내 삶으로 돌아갈 시간이 얼마 남지 않았으므로, 나에겐 단 하나의 질문만이 남는다.

고작인 마음들이었나.

아니었다. 217개의 우주 어디서든 보일, 그런 마음이었다.

그런 마음이 과소 평가 되지 않게, 이 이야기가 잊히지 않게, 나는 지금까지의 기록이 든 휴대폰을 차원 문 너머 턴에게 던진다.

이것으로 나의 이야기는 정말 끝. 안녕, 모두. 지구가 보여요.

서울은 벌써 해가 졌네요. 오늘 밤은 눈물에 잠들지 못할 것 같아요. 그대들도 그런가요? 이 이야기를 듣고 있는 당신은 누구인가요? 모든 이야기를 들은 지금은 어떤 마음인가요?

나는요, 사실은, 다들 살아만 있으면 될 것 같아요.

저는 이렇게 살아있을 테니.

*

-기록 재생이 끝났습니다.

-기록이 끝난 지 1달 후 첨부된 자료가 있습니다. 확인하시겠습니까?

[예]

-문서를 엽니다.

번에게.

오랜만이야. 네가 지구로 돌아간 지 벌써 한 달이 지났어. 그것만으로도 놀라운데, 내가 더 굉장한 소식 몇 개를 전해줄게.

우선, 너의 기록을 필올리 기억 보관소에 맡겼어. 당연히 너의 열쇠로 열 수 있어. 그 열쇠를 가지고 있는 건 너와 박사님이 전부이니 간수 잘해.

그리고 둘째. 넌 지금쯤 궁금하겠지. 내가 어떻게 이 편지를 쓸 수 있는지. 그게 두 번째 소식이야. 내가 살아있다는 거.

너와 박사님, 그리고 그 남자가 지구로 돌아간 다음에, 디앤디 사람들이 나를 끌고 가서 몇 가지를 물었어. 그러고 나서는 효온이 나를 직접 찾아왔어. 내 손재주를 눈여겨봤다고 하더라. 글쎄, 그가 언제부터, 또 어디서부터 알고 있었는지는 모르겠어. 여하튼 효온은 그 재능을 다른 곳에 써보지 않겠냐고 했어. '네가 원하는 구호 활동이야.'라면서. 살려주는 대신 내 기억을 모두 지울 테니 홀리머하우스에서 일하라고 했어. 그는 한 달간 생각할 시간을 주겠다 했지만 나는 속으로 하겠다는 결정을 내렸어. 그게 내가 할 수 있는 최선의 일 같았거든. 내가 너와 디앤디 생활을 하면서 느낀 건데, 인간들은 최악의 밑바닥까지 최선을 추구해. 나도 그래서 하우스에 가고 싶었던 거야. 너라면 무슨 말인지 알겠지.

마지막으로 하고 싶은 말은…… 이러나저러나 고맙다는 말이야. 우리 행성에서 살아가다 보면 모든 게 지루해. 숲은 너무 예쁘고, 동물들과 사람들은 온순하고, 사회는 평탄하니까. 이게 무슨 배부른 소리냐고 할 수도 있겠지만, 나는 그게 정말 싫었어. 원래 다 그러고 사니까 적응해야 하는 건 줄 알았어. 그러다 웬 지구 꼬맹이를 만났는데, 가만 들어보니 지구는 당최 살만한 곳이 아닌 것 같은데, 걔는 이상할 정도로 무언가를 갈망하며 사는 거야. 걔가 알려준 셈이지. 나도 어쩌면 세상의 작은 빛이 될 수 있다고.

나는 한 달 동안 이 편지를 쓰고(박사님께도 하나 쓰고), 첫눈과 필올리에 기억을 묻어두면서 생각을 정리했어. 정리의 결론은 더 잴 것도 없이 하우스로 가야겠다, 라는 거였고. 그래서 나는 지금 하우스로 가는 버스에 있어. 곧 있으면 효온이 와서 내 기억을 지울 거야. 무섭지는 않아. 내 고향 친구와 가족들이 이미 겪었던 일이니까. 하우스에서는 어떤 사람들을 만날까. 잘 상상이 되지는 않아. 누구든지 찾아와도 괜찮다는 뜻 같기도 해.

이제 그만 말을 줄여야겠다. 너도 알겠지만 나 감정 표현 같은 거 못해. 그래서 간만에 오글거리는 말 좀 했더니 속이 울렁거리네. 네가 이 편지를 읽을 수 있을지는 모르겠지만, 끝내 누군가에게는 닿게 될 거라고 믿어. 그리고 될 수만 있다면 그 사람이 이곳으로 와주면 해. 효온이 프로젝트를 멈추지 않을지도 모르니까. 그렇게 생각하니까 죄책감도 들고, 가슴이 쓰리네. 너는 더 하려나.

고맙고, 수고했고, 보고 싶다. 나도 이제부터 하고 싶은 거 하면서 살아보려니까, 너도 잘살아라. 난 앞으로 너 기억 못 하니까 연락할 생각은 하지 말고.

턴으로부터.

추신. 혹시라도 언젠가 다시 만나게 된다면, 나를 튠이라고 불러줘.

8

브롱키젠, 그리고 도넛

-너희가 무슨 짓을 벌이려는지 알아. 그러니까 멈춰. 전부 죽여놓기 전에. 너희만 조용히 하면 너희 넷의 안전을 보장할게. 그 계약은 진실이야.

효온이 전화기 너머로 악을 쓰며 말했다. 우리는 또 악을 쓰며 그를 무시했다. 우리는 할 일이 있었다.

"아니 나는 그 '우리'에 포함이 되지 않는다니까?"

오튼이 불평했다. 그러나 효온이 기차를 다 막기 전에 디앤디의 버스를 훔치자는 계획을 세운 것도 그였다. 그 계획은 성공했다. 디앤디 직원들과의 추격전만 제외하면.

"빨리, 시동! 어서!"

"하고 있어!"

오튼은 버스의 시동을 걸었다. 제경은 무기를 든 디앤디 직원들로부터 날 숨기기에 바빴지만 나야말로 그를 보호하고 싶었다. 하지만 우리를 보호해 준 사람은 따로 있었다. 박사였다. 그는 버스의 문밖에 매달려 바퀴가 굴러가는 그 순간까지 입구를 막았다.

"오튼, 애들 문까지 붙었어요."

"이제 다 됐어요."

버스가 떠오르기 시작했다. 문에 붙어있던 디앤디 사람들이 떨어져 나가는 소리가 들렸다. 한두 명을 빼고 말이다. 그들은 문손잡이를 잡고 대롱대롱 매달렸다. 그렇게 우주 안에서 휘청거렸는데, 그 모습이 왠지 친근했다. 버스가 기울었다.

"그래서, 저것들 어떻게 떼어낼 거야?"

효온한테서 걸려 온 연락으로 전화기가 미친 듯이 울렸다. 정신이 없어 나는 모두의 전화기를 끄러 운전석 쪽으로 갔다.

"그거예요!"

오튼이 날 보고 소리쳤다.

"다들 이쪽 끝으로 와요. 미는 거예요. 기운 반대 방향으로 몸을 기대요. 자, 하나, 둘, 셋!"

버스가 반대 방향으로 기울기 시작했다. 나는 죽을힘을 다해 버스를 밀었다. 정말 죽어라. 그리고 난 죽어선 안 되었기에, 할 일이 남았기에 버스는 수평을 되찾았다. 오튼과 제경의 환호 소리가 들렸다. 그리고 박사가 쓰러지는 소리도.

"괜찮으세요? 어서 치료 도와드릴게요."

문 쪽에서 몸싸움이 있었던 모양이었다. 박사의 얼굴을 비롯한 몸 구석구석에는 부딪힌 상처와 멍 자국이 있었다. 총에 맞지 않은 걸 다행으로 여겨야 하나 싶었다. 걱정 가득한 제경의 얼굴과는 다르게 박사는 아무렇지 않아 보였다. 그는 제경이 쥐여준 솜인형을 꼭 잡고 눈만 멀뚱히 뜨고 있었다. 소독약이 상처에 들어가도 아픈 걸 못 느끼는 것 같아 보였다.

"고통을 못 느끼셔?"

"아니. 기쁨을 많이 느끼셔. 그니까, 좀 심하게 많이."

박사는 우리 얘기를 들은 건지 아닌지 해맑게 웃고만 있었다.

"나 이제 답변 써야 하네."

"답변요?"

"네. 손님들이 하우스에 남겨주신 칭찬과 피드백에 대한 답변을 작성해야 합니다."

그는 번쩍 일어나 종이 뭉치를 내밀었다. 익숙한 것이었다.

"지금껏 쓰신 게 이거였어요?"

"매일 쓰셔. 나도, 오튼도 쓰지만. 박사님은 못 따라잡겠더라."

나는 첫 만남 날 기차에서 글을 쓰던 박사를 떠올렸다. 지치지도 않는 모양이었다. 성실한 사람이었고, 한결같은 사람이었으며, 그보다 먼저 친절한 사람이었다. 나는 처음 마주하는 종류의 경이감을 느끼고 있는데 제경이 내가 말했지, 하는 얼굴로 내 어깨를 두드렸다.

"그래서, 우리 계획이 어떻게 되는데요?"

오튼이 조종석을 나오며 물었다. 자동 운전 모드로 바꿔놓았다고, 날 보고 덧붙였다.

"계획은 네 담당이잖아."

"그니까 그게 문제잖아! 계획이 없어 우린."

오튼이 몹시 불안해했다. 나는 그를 위해서라도 무언가 말을 해야겠다는 의무감을 느꼈다. 사실은 그보다 큰, 우주를 짊어진 듯한 책임감을 느꼈는데 그게 부끄러워서 대체할 거리를 찾은 걸지도 몰랐다.

"저, 브롱키젠에 대우주 일보 본사가 있다고 했죠? 거기 편집장님이 하우스 손님 출신이시고……."

오튼, 박사, 제경이 차례대로 나를 봤다. 오튼의 입에 드디어 미소가 걸렸다.

브롱키젠은 단 행성이었다. 빵은 폭신한 쉬폰 같았고 공기 중에선 설탕이 그득히 어렸다. 모든 곳이 스프링클로 덮여있었다.

"자, 여러분이 그 특종을 물고 왔다는 제보자분들이신가요?

어디, 편집장을 직접 부를 만큼 엄청난 특종인지 들어볼까요? 개인적인 인연이나 지위로 기사를 추리진 않습니다, 저희가.”

편집장이란 여자가 짓궂게 웃으며 말했다. 하우스 손님이었을 과거를 상상하기 힘들 만큼 화려하고 위엄 있는 사람이었다. 박사는 나와 제경이 보았던 모든 것들을 폭로하였다. 번이 준 장미와 제경이 몰래 찍은 기록 보관소의 사진, 효온과의 녹취록을 함께 제출하며.

편집장은 충격에 빠진 표정이었다. 날 처음 본 오튼처럼 손을 벌벌 떨었다. 그날의 오튼이 나와의 일이 이렇게 될 줄 몰랐을 것처럼, 이런 일들이 있었을 거라곤 상상치 못한 듯했다.

“하우스 총책임자의 직함을 떼고 인간으로서 말씀드리는 겁니다. 이런 반인륜적인 일이 다시는 일어나선 안 됩니다. 부디 디앤디를 막는 걸 도와주십시오.”

“저희에게 큰 실이 될 일인 거 아시죠? 마지막으로 절 설득해 주시죠.”

박사는 눈 하나 꿈쩍 않고 말했다.

“그 어떤 생명도 아무렇지 않게 저버려져선 안 됩니다. 그 어떤 믿음도요. 그것이 대우주의 의무입니다.”

편집장이 웃었다. 그럴 줄 알았다는 듯, 반갑다는 듯한 미소였다.

대우주 일보에선 빠른 속도로 기사를 작성해 내보냈다. 실시간으로 우주가 뒤집어졌다. 대우주의 모두가 디앤디의 만행을 알았다. 뜻이 맞는 사람들이 져버려져선 안 될 생명을 위해 인터넷에 모였다. 후원금과 지원팀이 마련되었다. 이 모든 것이 단 몇 시간 만에 일어났다.

그리고 그 몇 시간 동안, 효온은 수백 통의 전화를 걸었다. 그리고 결국에는 직접 브룽키젠을 찾아왔다.

"진작 알아봤어야 했어. 번의 누나였다니. 하여간, 나는 이제 끝났네. 불안해하지 마. 난 곧 있으면 공식 석상에 올라 사과를 하고 조사를 받아야 해. 다 끝이라고. 이젠 난 너희를 뭐 어떻게 못 해."

"기자회견 전에 내가 물을게. 왜 그랬어?"

"넌 왜 그랬어? 왜 손목을 긋고, 왜 강에서 뛰어내렸어? 왜 번에게 그런 말들을 했어? 왜 여기까지 왔어?"

효온은 허벅지를 긁어댔다. 눈물이 나올 때까지. 그러더니 그 다음부터는 눈알을 긁었다.

"그러지는 마."

"후, 좋아. 궁금한 게 많은 모양이야. 나랑 어디 좀 가자. 답이 될 거야."

우리는 그의 손과 발을 묶고서 그를 택시에 태웠다. 그는 그 상황이 웃긴 모양이었다. 하긴 나도 그랬으니.

도착한 곳은 디앤디의 브롱키젠 본부였다. 나는 그가 무슨 속셈인 건지 전혀 알지 못했다.

그는 우리를 의외의 장소로 데려갔다. 작은 사무실, 인턴들의 자리였다. 그는 그중에서 가장 창끝 자리로 갔다. 그는 그 자리의 맨 아래 서랍장을 빼내 볼펜으로 바닥을 긁었다. 그러니 칠이 벗겨지며 접착제로 붙인 수첩 하나가 나왔다. 참으로 효온다운 봉인 법이 아닐 수 없었다.

그는 그것을 박사에게 던져 보냈다. 박사가 그것을 열었고, 곧 우리가 앉은 의자가 어딘가로 이동하기 시작했다. 빛과 같은, 어쩌면 그보다 빠른 속도로. 움직이는 동안 한 청년을 봤다. 효온이었다. 그는 브롱키젠에서 한 소년과 대화를 하고 있었다. 그는 소년에게 이렇게 물었다.

"안녕. 난 디앤디의 인턴이야. 잠깐 외근 나왔는데, 뭘 그렇게 생각하고 있어?"

"이탈자들이요. 차원 이탈자. 그들에 대해 생각하고 있었어요."

"그 사람들은 왜?"

"아무래도 디앤디 말고 그들을 보호할 다른 시설이 있어야 해요. 그들이 왜 차원을 이탈했겠어요. 그 근본적인 걸 같이 안아줄 공간이 필요하다고요."

효온은 생각에 잠긴 얼굴이었다. 얼빠져 보이기도 했다. 한 방 맞은 얼굴. 딱 그런 얼굴이었다.

"그래. 왜 아무도 그걸 생각 못 했을까."

"디앤디는 악하니까요. 걱정 마요. 그쪽들뿐만 아니라 대다수의 집단은 나빠요. 그러니까 착하기만 한 공간이 필요하단 거고요. 그니까…… 대우주의 집 같은 거요."

"착한 집이 필요하단 거지?"

"우주엔 집이 없는 사람들이 많아요. 착하지 않은 사람들도요. 착한 게 강한 건 줄 모르는 사람들도 많고, 그래서 무너지는 친절들도 많고. 그건 부당해요. 따뜻하지 못한 제가 봐도 그건 잘못됐어요."

"그럼, 내가 그 집을 짓는다면, 거기서 일해볼래?"

"죄송한데, 당신이 그런 걸 어떻게 진행하죠?"

"난 마음만 먹으면 해내는 사람이라서."

"왜 하고 싶은데요?"

"내가 나쁜 사람이라. 착한 사람도 있으면 좋겠다, 싶네."

소년은 긴 귀를 접었다 폈다 했다. 어딘가 영 불안해 보이는 모습이었다.

"됐고. 이름이나 말해봐."

"저 진짜 취직시켜주시게요?"

"이름."

소년은 긴 한숨을 내쉰다.

"오트너요. 오트너."

"오트너라. 두 글자 이름이 더 잘 어울리겠는데."

"그럼 그쪽이 닉네임 지어줘요."

"나중에 내가 지은 집으로 찾아오면, 그때 새 이름을 줄게."

"좋아요. 그럼 그렇게 해요."

소년은 돌아섰다. 효온은 그의 뒷모습을 오래오래 바라봤다.

그리고, 의자가 멈췄다.

오튼은 웅크려 앓는 소리를 냈다. 제경은 짐작이야 했겠지만 충격은 어쩔 수 없는 듯했다. 가장 큰 타격을 입은 건 박사일 거라 생각했는데, 정작 그는 태연했다. 제경의 소독을 받을 때와 똑같은 모습이었다.

"봐. 나도 남들과 똑같은 인턴이었어. 똑같이 실적을 내고 싶었고, 정직원과 승진을 원했어. 조금은 특별하게 집이 하나 짓고 싶었고. 그리고 아주 유별나게 일을 잘했어. 그래서 여기까지 왔고, 평범하게 이전 사람들이 하던 일을 이어받았어. 그리고 그걸 발전시키는 데 열중했지. 그게 다야. 악행에 별 이유를 찾지 마. 그건 너희에게도 좋지 않아."

"악행인 건 아네."

내가 중얼거렸다.

"그거야 알지. 근데 하나 알아야 할 거. 날 악당이라 부르지 마. 난 그저 남들보다 조금 더 나쁜 보통 사람이야. 모두가 그렇듯이."

그것이 내가 마지막으로 직접 들은 그의 목소리였다. 그는 그 직후 바로 수갑이 채워져 연행되었다. 그의 손목에서 피가 흘러 수갑을 적셨다.

디앤디 중앙 본부의 지하에는 103명의 사람이 갇혀 있었다고 다음 날 뉴스를 통해 전해 들었다. 수사가 빠르게 진행되었고, 디앤디 측은 모든 혐의를 인정했다. 그렇게 하룻밤 사이에 대우주가 뒤바뀐 것이었다. 내가 디앤디에서 사탕과 빵 냄새를 맡으며 설탕을 캐는 요정들과 수다를 떨 동안에. 언론에서는 나와 하우스 사람들을 영웅이라 칭했다. 나는 그 칭호가 한없이 부끄러웠다. 수호자. 아무래도 그편이 더 좋았다. 그것 역시 쑥스럽긴 매한가지지만.

"오튼. 다 잘 해결되었어요. 전원 구조에 벌써 집으로 돌려보내는 작업 시행 중이래요. 그래서 절반이 넘는 사람들이 고향으로 돌아갔고요. 그런데 표정이 왜 그렇게 안 좋아요?"

오튼은 공허한 눈으로 아이스크림 길 위에 발자국을 남겨가며 말했다.

"제가 가장 싫어하는 행위를 한 사람이, 결국은 절 만든 사람이라는 게 절 고통스럽게 해요. 그리고 그딴 인간을 조금, 그러니까 특별히, 그렇게 애정했다는 게. 아주 조금이지만. 아무튼, 그렇네요."

하늘이 어두워지고 있었다. 달콤함의 행성에 씁쓸함이 서려갔다.

"내가 말했잖아. 무엇도 사랑할 수 없는 사람보단 무엇이든 사랑하는 사람이 나을 것 같았다고. 그런데 있지, 가끔은 그 사랑 때문에 너무 아파. 그게 지금이야."

제경은 지하철을 타고 도넛 가게로 가는 길에 내게 말했다. 그러고 그는 실없이 웃었다.

"그래도 사랑해?"

"사랑하기 싫어. 근데 그럴 수 없잖아. 그냥 사랑할래."

참 슬픈 우주였다. 그만큼 예쁘기도 했지만.

나는 그저 웃는 제경의 뺨에서 눈물을 닦아주었다.

"경아."

"준아."

"고마웠어."

환승할 지하철이 도착했다. 이젠 더 먼 곳으로 가야 할 시간이었다.

도넛 가게는 아담했다. 화려한 스프링클이나 초코잼도 없었다.

"어서 오세요."

"선물 세트 하나 주세요."

"좋은 일 있으신가 봐요?"

"그렇죠. 아주 대단한 일들이 있었죠. 축하할 일이 곧 생길 거기도 하고."

나는 딸기잼 도넛을 하나 물고 가게 밖으로 나왔다. 저 멀리 디앤디 본부가 보였다. 나는 도넛을 깨물었다. 붉은 잼이 흘러나왔다. 장미 맛 같았다. 다만 이번에는 푸른 장미 맛이었다. 푸르디푸른, 대우주의 맛이었다.

차원 문이 열렸다. 딱 나 하나가 들어갈 크기였다. 떠날 준비가 되었단 뜻이었다.

생각해 보면 그랬다. 항키에서 편지를 쓸 때까지만 해도 내가 이런 마음이 될 줄은 몰랐다. 아무도 몰랐겠지. 내가 이런 것들을 볼 거라고는. 내가 이런 일을 해낼 거라고는. 더 욕심이 났다. 더 많은 사람을 놀라게 해주고 싶었다. 웬만해선 지구인들의 박수를 받고 싶었다.

"잘 가십쇼. 함께해서 즐거웠습니다. 준 씨는 지구에서도 많은 것들을 해내실 겁니다."

"수고했어요. 가서 푹 쉬어요. 이왕이면 차원 이탈은 하지 말고요. 한 번이면 족하죠?"

"준아."

나는 제경과 마지막 포옹을 했다. 그는 아무 말도 하지 못했다. 효온이 체포되며 자연스레 그와의 계약도 파기되었다. 그렇기에 하우스는 유지될 것이었다. 다른 말로 바꾸자면, 제경은 오래도록 날 잊지 않을 것이다. 저주라고, 제경은 말했다.

"경아, 잘 있어. 넌 정말 좋은 애야. 다들, 좋은 분들이세요. 대단하시고. 고마웠어요. 잘 있어요, 모두."

"도움이 되어 기쁩니다."

박사가 말했다.

나 역시 그러해요. 그 말은 하지 못했다. 하지만 그랬다. 그래. 누군가의 작은 희망이라도 될 수 있어 행복했다. 앞으로도 빛이 될 수 있다면 영원히 행복할 것만 같았다.

그렇게, 안녕.

내가 들어가자 차원 문은 무심히 닫혔다. 나는 다시 나의 푸른 별에 왔다.

9

푸른 별

번과 긴 포옹을 했다. 수고했다고, 그리고 고맙다고 서로에게 전했다. 둘 다 울었다. 그 울음의 이름이 같을지가 궁금했다. 하지만 아무래도, 상관은 없었다.

또 한참을 웃고, 그보다 더 많이 웃었다.

모두에겐 단순 가출이었다고 말했다. 나야 평소에 우울증이 심했으니 다들 이해하는 눈치였다. 나는 그들에게 있잖아요, 로 시작하는 고백을 하고 싶었다. 결국엔 하지 못했지만. 입이 근질거려 미칠 지경이었다.

그리고 그를 찾아갔다. 수한.

"감사합니다. 너무 감사합니다……"

살면서 정신과 의사가 우는 모습을 지켜보게 될 줄은 몰랐다. 많은 이야기가 오고 갔다. 뒤풀이와도 같은 것들이었다.

"어떤 수호자가 나서줄 줄 알았어요."

"어떻게 확신하셨어요?"

"어디에나 있잖아요, 수호자는. 수호자는 수호자를 만들거든요."

병원을 나오는데 복도에서 누군가를 만났다. 그 남자였다. 박사의 목을 졸랐던 그 남자.

나는 그와 눈을 마주쳤다. 그는 날 알 리가 없었지만 날 보고 눈물을 흘렸다. 그렇게 기나긴 눈 맞춤을 하는 타인이라면, 분명 대우주 어딘가에 인연이 있을 사람이란 걸 그는 알았다.

나는 그와도 포옹을 했다. 그는 힘없이 나에게 안겼다. 그의 퀭한 눈에 먼 기억이 일렁였다.

사랑.

우리는 하염없이 사랑을 얘기했다.

나는 그가 어느 날에 수호자가 되길. 혹은 수호자의 곁에 있어 주길 바랐다.

수호자는, 수호자를 만드니까.

내 손목의 상처가 다 아물어 하얀 흉터가 되었다. 하얀 새벽이 찾아왔다. 나는 별을 보며 비밀을 생각했다. 우주 저 먼 곳에 있을 모두의 집을. 그리고 저버려진 생명들을, 저버려져선 안 되는 생명들을. 어디에선가 숨 쉬고 있을 수호자들을. 그들의 곁에 심어진 가능성과 흉터들의 내일을.

어째 날이 길어질 것만 같았다.

나의 세상은. 참 이상하다. 그게 너무 좋다. 어찌 아름답지 않을 수 있을까.

작가의 말

안녕하세요, 작가 김은채입니다. 《홀리머하우스》라는 저의 첫 소설을 여러분께 보여드리게 되어 기쁩니다.

초등학교 3학년, 처음 작가의 꿈을 꾸었던 때부터 '작가의 말'에 무얼 쓰면 좋을지 고민했습니다. 그런데 막상 쓸 기회가 오니 막막하네요.

우선 저의 첫 작품을 무사히 출간하게 도움 주신 학교 스승님들, 부모님, 서툰 원고를 살펴주신 송세아 편집장님과 꿈공장플러스 관계자분들께 감사의 말씀 드립니다. 여러분이 없었다면 이 소설도 없었을 겁니다.

《홀리머하우스》 집필은 저만의 이야기를 우리의 이야기로 바꾸는 과정이었습니다. 한때 저는 세상에 우울한 사람은 나 하나뿐이라고 생각했습니다. 아니, 그러길 바랐습니다. 제가 사랑하는 저의 친구들과 가족들은 행복했으면 했으니까요. 그런데 짧게나마 살아보니 그게 쉬운 일이 아니더군요. 저는 저만큼, 때론 저보다 힘든 친구들을 만났습니다. 저의 우울이 가족에게 퍼지는 모습도 보았습니다. 주변 지인들에게 극단적인 선택에 관한 이야기를 매일같이 들었고, 그런 하루하루들은 저에게 두 가지 생각을 안겨주었습니다. 첫째는 우울은 나만의 것이 아니라는 것이었고, 둘째는 그렇다면 나의 회복도 모두의 회복으로 나눌 수 있겠다, 라는 생각이었습니다.

그런 생각을 하고 나니 캐릭터들이 하나둘 제 머릿속으로 찾아왔습니다. 처음은 준과 번이었고, 그다음은 제경과 오튼, 박사, 그리고 효온, 그 외의 많은 친구들이었습니다. 인물들이 모이니 그들이 경험한 이야기는 자연스레 그려졌습니다. 저는 그들이 들려주는 경험담을 충실히 노트북에 옮겨 적었습니다.

저에게는 그들의 이야기가 꽤나 재밌었는데, 여러분께는 어떻게 가닿았나 모르겠습니다. 부디 즐거운 모험으로 읽혔길 바랍니다.

약 2년간 제주도에서, 학교 교실에서, 제 방에서, 거실에서, 카페에서, 비행 도중에, 대기 시간에, 자습 시간에, 잠들기 전에, 저녁을 먹고 나서 이 이야기를 써 내려갔습니다. 여러분들의 잠깐의 시간에 저의 2년이 스칠 수 있다면 영광이겠습니다.

모든 게 버겁기만 하던 사람이, 무언갈 수호하게 되는 순간을 믿습니다. 틈과 틈의 사이를 지키려 하는 사람들의 친절을 믿습니다. 믿음을 가진 사람들의 힘을 믿습니다.

더 많은 걸 사랑할 수 있는 이야기꾼이 되어 또 다른 날에 찾아뵙겠습니다.

감사하고, 응원합니다.
오늘도 여러분의 우주에 웃음이 있길 기원합니다.

2023. 가을.
저의 우주에서, 김은채 드림.

홀리머하우스

초판 1쇄 인쇄	2023년 10월 13일
초판 1쇄 발행	2023년 10월 27일

지은이	김은채
펴낸이	이장우
책임편집	송세아
편집	안소라
디자인	theambitious factory
마케팅	시절인연
제작	김소은
관리	김한다 한주연
인쇄	금비PNP
펴낸곳	도서출판 꿈공장플러스
출판등록	제 406-2017-000160호
주소	서울시 성북구 보국문로 16가길 43-20 꿈공장 1층
이메일	ceo@dreambooks.kr
홈페이지	www.dreambooks.kr
인스타그램	@dreambooks.ceo
전화번호	02-6012-2734
팩스	031-624-4527

꿈공장플러스 출판사는 모든 작가님의 꿈을 응원합니다.
꿈공장플러스 출판사는 꿈을 포기하지 않는 당신 곁에 늘 함께하겠습니다.

ISBN	979-11-92134-49-9
정가	16,800원